Jack Lance hat lange als Redakteur für große Nachrichtenmagazine gearbeitet. In den Niederlanden und Belgien sind von ihm zahlreiche Psychothriller erschienen. Seine Bücher wurden verfilmt, für Theaterstücke adaptiert und in mehrere Sprachen übersetzt. Unter seinen Fans gilt Jack Lance als der »niederländische Stephen King«. Er lebt in der Nähe von Venlo und schreibt derzeit an seinem nächsten Roman.
www.jacklance.com

Jack Lance

Höllenfeuer

Psychothriller

Aus dem Niederländischen von
Axel Plantiko

BASTEI
LÜBBE
TASCHENBUCH

BASTEI LÜBBE TASCHENBUCH
Band 16461

1. Auflage: August 2010

Vollständige Taschenbuchausgabe

Bastei Lübbe Taschenbuch in der Bastei Lübbe GmbH & Co. KG

Deutsche Erstausgabe

Titel der Originalausgabe: »Vuurgeest«

Textredaktion: Dr. Lutz Steinhoff
Lektorat: Jan F. Wielpütz

Titelillustration: HildenDesign unter Verwendung eines Motivs von
© shutterstock
Umschlaggestaltung: HildenDesign, München
Autorenfoto: Foto Ingrid, Nieuw Bergen, Niederlande
Satz: hanseatenSatz-bremen, Bremen
Gesetzt aus der Berthold Baskerville Regular
Druck und Verarbeitung: Norhaven
Printed in Denmark
ISBN 978-3-404-16461-5

Das scheinbar gelöschte Feuer schlummert häufig
unter der Schlacke.

Pierre Corneille

Entzünde kein Feuer, das du nicht löschen kannst.

Chinesisches Sprichwort

Prolog

Die schwarze Gestalt stürzte sich auf ihn. Ihre halb zugekniffenen Augen sprühten Funken. Alles an diesem Wesen strömte Kraft aus: Die breiten Schultern waren angespannt, die Muskeln stark wie Drahtseile, die Fäuste geballt, dazu das Brummen und Schnauben. Wie ein Raubtier.

Er selbst, alt, müde und steif, hatte der gebündelten Wut nichts entgegenzusetzen. Bevor er wusste, wie ihm geschah, hatte das Muskelpaket ihn zu Boden geworfen und auf den Bauch gerollt. Sein Gesicht wurde auf die kalten Steinfliesen gespresst. Der Kerl setzte ihm mit dem ganzen Gewicht seines Körpers einen Fuß auf den Hinterkopf und drückte zu. Dem ekelerregenden Geräusch knackender Knochen folgten höllische Schmerzen und warmes Blut, das ihm aus den Nasenlöchern schoss. Er hörte, wie jemand hysterisch zu schreien begann, und erst nach einer Weile wurde ihm klar, dass er selbst es war, der schrie.

Der Albtraum hatte vor ungefähr zwei Stunden begonnen, auch wenn er das nicht mehr so genau wusste; ihm war es vorgekommen wie Tage und Nächte.

Die orangerote Glut des letzten Sonnenuntergangs, den er erleben sollte, war dem Licht der Sterne gewichen. Gegen elf Uhr hatte er beschlossen, zu Bett zu gehen. Er war gerade aus dem Hängestuhl auf der Veranda aufgestanden und hatte die Tür zum Wohnzimmer aufgeschoben, als es am Hauseingang klingelte.

Als Erstes ging er ans Wohnzimmerfenster. Im fahlen Schein der Straßenlaterne vorm Haus konnte er nur die eckigen Umrisse einer Gestalt erkennen, die ihm den Rücken zuwandte.

Ihm war nicht wohl bei der Sache. Er war ein alter Mann, leichte Beute für jemanden, der einen Raubüberfall verübte. Kurz hatte er den Verdacht, dieser späte, unerwartete Besucher trüge vielleicht Gedanken in sich, die genauso dunkel waren wie die Finsternis, die ihn umhüllte wie ein Mantel.

Doch hätte er dann geklingelt? Nein, vermutlich hätte er sich auf andere Weise Zugang zum Haus verschafft.

Aber vielleicht überbrachte jemand auch einfach nur eine schlechte Nachricht. Womöglich von einem Bekannten, der einen Schlaganfall oder eine Herzattacke erlitten hatte. Darauf musste man gefasst sein, wenn zu dieser späten Stunde ein Fremder vor der Tür stand.

Deshalb hatte er die Tür geöffnet, trotz seiner Bedenken.

Ungefähr zwei Stunden später lag er mit gebrochenem Nasenbein unter dem Fuß dieses Mannes in Schwarz.

»Gut«, ertönte eine schleppende, leise Stimme über ihm. »Jetzt bezahlst du für deine Lügen.«

Er konnte nicht antworten. Nicht mehr. Er konnte kaum Atem holen, geschweige denn, dass er noch ein Wort hätte herausbringen können.

Der Fremde zog ihn am Kragen seines grün-weiß karierten Hemdes hoch und rammte ihm ein Knie in den Rücken. Flammender Schmerz fuhr ihm ins Rückgrat. Danach ließ sein Peiniger ihn wieder zu Boden fallen, als sei er ein Sack Kartoffeln. Er kniff die Augen zusammen, versuchte zu atmen und presste den Ballen seiner rechten Hand gegen die Nase.

Danach ging alles sehr schnell. Grob wurde er nach oben auf den Dachboden geschleift. Der Kerl in Schwarz legte ihm einen Strick um den Hals und schnürte ihn unter seinem Kinn fest. Wie eine Feder wurde er hochgehoben. Dann stand er schwankend auf einem knarrenden Stuhl. Der Strick, der ihm schon in den Hals schnitt, wurde noch strammer gezogen. Gezwungenermaßen ging er auf die Zehenspitzen und versuchte, die Balance zu halten.

Inzwischen hatte er jeden Widerstand aufgegeben. Wieder wurde ihm schwarz vor Augen, sodass er nicht mehr klar denken konnte. Dazu kam das unerträgliche Hämmern im Kopf, seit der Peiniger sich mit vollem Gewicht daraufgestellt hatte.

Jetzt erst sah er, dass der Strick um seinen Hals direkt über ihm um den massiven Holzbalken an der Decke geworfen und daran festgebunden war.

Er starrte seinem Mörder ins Gesicht. Der stank, und in seinen Augen glühte ein falsches Feuer.

Mit schwindenden Sinnen nahm er gerade noch wahr, wie der rechte Fuß des Mannes in Schwarz sich bewegte, danach spürte er nur noch, wie der Stuhl unter ihm zur Seite fiel.

Jason, war sein allerletzter Gedanke. *O Gott, Jason!*

1

Polaroidfoto

Jason Evans machte sich Sorgen. Das war selten der Fall. Es gab wenig, worüber er sich zu beklagen hatte, doch an jenem Tag, als das Elend begann, nagte etwas an ihm.

An diesem Montag, dem 13. Juli, musste er das Konzept für eine Werbekampagne entwerfen, und damit kam er nicht voran. Lag das am Auftraggeber? Oder hatte er einfach einen schlechten Tag? Wie auch immer, er musste sich etwas einfallen lassen für Tommy Jones, und zwar in erster Linie für dessen Autohandel. Besser gesagt: für das Gebrauchtwagen-Imperium des *Autokönigs*. Nein, diesen Namen hätte sich Jason nie und nimmer ausdenken können oder wollen. Tommy Jones hatte sich einst selbst zum Autokönig gekrönt. »Super, was?«, hörte er Tommy in Gedanken sagen. »Ich könnte glatt in die Werbung gehen.«

Was konnte man noch für einen Mann aus dem Hut zaubern, für den während der letzten dreißig Jahre schon alles erfunden worden war, was es zu erfinden gab, und dessen Produkt einem nicht schmeckte?

Jason konnte sich gut daran erinnern, dass er früher einmal, als Achtzehnjähriger, selbst bei Tommy eine gebrauchte Rostlaube gekauft hatte. Der uralte rote Plymouth Road Runner hatte ihn schon nach zwei Monaten im Stich gelassen. Das war das erste und zugleich das letzte Mal gewesen, dass er sich einen Wagen beim Autokönig besorgt hatte. Und jetzt musste Jason seine kreative Energie für diesen Betrüger einsetzen:

Tommy Jones war einer der wichtigsten Kunden von Tanner & Preston, der Werbeagentur, für die Jason als Artdirector arbeitete. Brian Anderson, Jasons Boss, hatte ausgerechnet ihn zum Chef des Teams ernannt, das dem neuen Klienten, der gerade vom Konkurrenten Foote, Grey & Hardy abgesprungen war, den Hof machen musste.

Jason wischte sich das glatte schwarze Haar aus den Augen. Keine Inspiration. Lag es daran, dass er dem Autokönig heute zum ersten Mal begegnet war? Das blendende Zahnpastalächeln von Tommy Jones hatte ihm schon oft aus Anzeigen und von Reklametafeln entgegengestrahlt, doch es war das erste Mal gewesen, dass er dem Autokönig in Brians Büro die Hand geschüttelt hatte. Tommy – mittlerweile zweiundsechzig – sah in Wirklichkeit viel blasser und älter aus. *Fotoshop macht's möglich*, dachte Jason. Nur das berühmte Grinsen und das runde Gesicht stimmten noch. Von seiner immer sorgfältig gekämmten Haarpracht war nur noch wenig übrig geblieben, und das Blond war zu Grau geworden. Klein, aber stämmig war er; einen Kopf kleiner als Jason. Und energiegeladen.

Macht mal was anderes, hatte er Jason und Brian mit beschwörenden Gesten zugerufen. *Stellt mal was anderes mit meinen Autos an. Macht sie attraktiver, schöner ... Mein Gott, macht sie richtig sexy.*

Sexy?, hatte Jason sich gefragt. *Sexy! Meine Güte, wie sexy war das damals, als mein Schlitten den Geist aufgegeben hat, ich pleite war und mich zwei Monate lang in einem McDonald's-Laden krummlegen musste, um das Geld für einen neuen zu verdienen – einen besseren als diese Klapperkiste von dir.*

Natürlich hatte er das nicht laut gesagt. Es wäre auch nicht fair gewesen. Die Zeiten hatten sich geändert. Seinen metallisch glänzenden Buick LaCrosse CX gab es nicht mal bei *Nirgends billiger, nirgends schlechter*-Jones zu kaufen.

Wie auch immer, seit der Zusammenstellung des Tom-Jones-Teams vor nunmehr vierzehn Tagen hatte er sich noch nicht mal eine Anfangsidee für eine Kampagne einfallen lassen, mit der man das Imperium des Autokönigs sexy machen konnte. Sein angestammter Werbetexter Anthony Wilson hatte auch noch nichts Brauchbares vorgeschlagen, trotz mehrmaligen Brainstormings.

Jasons Blick wanderte durch das menschenleere Großraumbüro und blieb an der Schreibtischuhr in Form zweier Herzen hängen, einem Geschenk seiner Kayla. Sechs Uhr vorbei. Barbara, Carol, Donald und Anthony waren schon gegangen. Er war allein hier. Die ganze vierundzwanzigste Etage des Roosevelt Tower im Herzen von Los Angeles gehörte jetzt nur ihm. Er starrte nach draußen. Die Hitze hing immer noch wie eine schwüle Decke über der Stadt. Noch vier Wochen, dann hatte er Urlaub. Dann konnte er diesen Hexenkessel Los Angeles endlich hinter sich lassen und in den Rocky Mountains abtauchen. Zusammen mit Kayla. Noch vier Wochen.

Vorher brauchte er aber irgendeinen Geistesblitz für Tommy Jones. Er seufzte. Heute gelang es ihm wieder nicht. Er stand auf und wollte alles liegen und stehen lassen, als George aus der Poststelle hereinkam. Er wedelte mit einem braunen Briefumschlag.

»Hier ist noch eine späte Lieferung«, sagte er, gab Jason den Umschlag und ging wieder.

Jason starrte einen Moment auf den breiten Rücken, der sich langsam entfernte. Dann fiel sein Blick auf den Briefumschlag. Auf der Vorderseite standen in eckiger Blockschrift Jasons Name und Adresse, sonst nichts, ein Logo oder der Name des Absenders fehlten. Er runzelte die Stirn, nahm, ohne hinzusehen, seinen silbernen Brieföffner von der Schreibtischgarnitur und schlitzte den Umschlag auf. Er enthielt nichts – außer einem Polaroidfoto. Es zeigte ein Tor, flankiert von mächtigen Eichen. Dahinter ragten windschiefe verwitterte Grabsteine aus der Erde.

Jason sah noch einmal in den Umschlag. Doch er war leer. Er drehte das Foto um, und erst jetzt entdeckte er, dass hinten etwas draufgeschrieben war, in derselben Blockschrift:

Du bist tot.

Lange starrte er auf die Wörter. Dann sah er sich die Vorderseite des Polaroidfotos genauer an. Grabsteine hinter einem alten Tor.

»Was ist das?«, murmelte er. Wieder betrachtete er den Text auf der Rückseite.

Er verstand das alles nicht. Irritiert drehte er das Bild noch einmal um. Er kannte den Friedhof nicht. Zwischen den Grabsteinen wuchs hohes Gras; alles machte einen verwahrlosten Eindruck. Im Hintergrund sah er eine Reihe niedriger Bäume.

Ob Shaun ihm das geschickt hatte? Nein, das war nicht seine Handschrift. Der würde das auch nicht tun. Aber wer sonst? Und weshalb?

Wieder untersuchte er den Briefumschlag. Kein Hinweis, kein Absender. Auf der Vorderseite standen unter der Briefmarke sein Name und die Adresse seines Arbeitgebers.

Die Zustellung war durch United States Postal Service erfolgt.

Jason wusste nicht, was er davon halten sollte. Er sah hoch. George war weg.

Wieso war der Brief erst jetzt unten in der Poststelle eingegangen? Um diese Zeit wurde doch keine Post mehr zugestellt. Die Post kam frühmorgens und ungefähr um halb zwei, aber nie gegen Ende des Tages. Vielleicht konnte George ihm Näheres darüber sagen, falls er nicht auch schon nach Hause gegangen war. In seinem PC suchte Jason nach der Durchwahl zur Poststelle. Er ließ das Telefon zehn, zwölf Mal klingeln. Niemand meldete sich. Also war George noch auf dem Rückweg zu seinem Postzimmer, oder er war schon unterwegs zum Ausgang. Jason stand auf und lief zum Fahrstuhl. Es schien endlos lange zu dauern, bis der schließlich kam.

Jason stieg ein, drückte auf den grauen Knopf für GROUND FLOOR, und die Tür schloss sich wieder. Im Erdgeschoss öffnete sie sich, und er rannte hinaus.

»George!«, rief er, während er ins Postzimmer stürmte. Die kleine Kammer – die Wände voll mit übereinandergestapelten braunen Paketen und Schachteln mit Papier und Briefen – war leer. Jason durchsuchte die Stapel Briefumschläge und Notizen auf dem Schreibtisch, als sei die Lösung für das Geheimnis des Polaroidfotos dort zu finden.

Wo war George? Der Roosevelt Tower zählte zweiundvierzig Stockwerke. Die Suche nach ihm schien aussichtslos zu sein. Seine Gedanken wanderten wieder zurück zum Polaroidfoto. Wer tat so etwas? Wer, um des Himmels willen, machte sich die Mühe, ihm dieses Foto mit seiner bizarren Botschaft zu schicken? Es war ein übler Scherz, es ergab keinen Sinn. Jason holte tief Luft.

In diesem Moment kam George herein.

»Mister Evans.« George war wie immer förmlich.

»George, hören Sie mal, der Brief, den Sie mir eben gebracht haben, woher kommt der? Wer hat ihn abgegeben? So spät kommt die Post doch nicht mehr.«

»Tja«, sagte George und kratzte sich hinterm Ohr. »Er lag in meinem Postfach. Ich muss ihn übersehen haben.« Er zog die dichten Augenbrauen zusammen und kniff kurz die Lippen zusammen. »Ich dachte …« Er schüttelte den Kopf und sah Jason ernst an. »War es wichtig? Hatten Sie …« Er brach ab und musterte Jason. »Ist alles in Ordnung mit Ihnen, Mister Evans?«

»Wie meinen Sie das?« Jason schnauzte ihn beinahe an.

»Ähm, Entschuldigung, aber Sie sehen ein bisschen blass aus.«

Jason versuchte, wieder ruhig zu werden. George war eine Seele von Mensch; ein Bär, der niemandem etwas zuleide tat, und Jason war es peinlich, dass er den Mann so angefahren hatte.

»Sie haben ihn erst jetzt in Ihrem Postfach gefunden?«

George nickte.

»So ist es, Mister Evans.«

»Und Sie wissen nicht, wer ihn dort hineingelegt hat?«

George schüttelte betreten den Kopf.

»Ich sortiere die ganze Post sehr sorgfältig. Manchmal geht etwas schief, und das …«

Wieder brach er ab und schüttelte den Kopf.

»Ich verstehe das nicht, Mister Evans. Ich hätte schwören können, dass mein Fach leer war. Vollständig leer, wirklich wahr. Und als ich vor einer halben Stunde nachgesehen habe, einfach weil ich das oft tue, lag dort der Briefumschlag.«

Jason packte George an den Schultern.

»Denken Sie genau nach, George. Briefe tauchen nicht einfach so auf, aus dem Nichts. Jemand muss den Brief gebracht haben.«

George senkte den Kopf.

»Waren Sie die ganze Zeit hier?«, fragte Jason.

George sah hoch und schüttelte langsam den Kopf. »Nicht die ganze Zeit, Mister Evans. Ich habe noch mit Lori Kaffee getrunken. Und Mr Albraight von der Verwaltung hat angerufen. Dort war ich auch. Er hat sich wieder nach den laufenden Portokosten erkundigt. Er will immer, dass alles stimmt, bis auf den letzten Cent. Und außerdem …«

»Sie haben also mehrmals den Raum verlassen«, stellte Jason fest.

»Das stimmt«, sagte George.

»Und dann lag plötzlich der Brief in dem Postfach.«

George nickte.

Zehn Minuten später war Jason wieder in seinem Büro. Der Ansatz zu der Werbekampagne für Tommy Jones starrte ihn vom Bildschirm seines Computers vorwurfsvoll an, doch Tommy und dessen Rostlauben waren aus seinen Gedanken verschwunden.

Jason griff wieder nach dem Polaroidfoto und warf einen letzten Blick auf das Tor, die Grabsteine und die handgeschriebene Zeile. Sorgfältig schob er das Foto in den Briefumschlag zurück und ließ ihn in die Innentasche seiner Jacke gleiten. Er nahm seine Aktentasche, schaltete den Computer aus und verließ sein Büro.

Du bist tot.

Makabre Post. War es nur ein dummer Scherz? Irgendwo tief in seinem Innern flüsterte eine Stimme, das ist kein Scherz. Er spürte, wie ihm heiß wurde. Ein Tropfen Schweiß bahnte sich seinen Weg über die Stirn. Mit einer schnellen Bewegung wischte er den Tropfen weg.

2

Kayla

Jason erwachte, als sich ein Arm auf seine Brust legte. Er blinzelte schlaftrunken und blickte in Kaylas blaue Augen. Ihr langes schwarzes Haar stand in alle Richtungen ab, und ihr Lächeln machte den Morgen rund und weich.

Jason erwiderte ihr Lächeln und ließ den Kopf wieder auf das Kissen zurückfallen. Sofort glitt ihr schlanker Körper auf ihn. Ihre Lippen suchten seine. Ihre Finger krochen im Zickzack seine Beine hoch.

»Deine Hand bringt mich ins Land der Extase«, flüsterte er ihr ins Ohr.

»Mäßiger Spruch, Mister Supertexter«, sagte sie. Ihre Finger fanden, wonach sie suchten. »Hmmm, das hier kann ich nicht als mäßig bezeichnen.«

Er stöhnte.

»Das Früstück gibt es heute leider etwas später …«, flüsterte Kayla.

»… lassen wir es doch ganz ausfallen«, antwortete er und trat in Aktion.

Nach dem Duschen mussten sie sich beeilen, um rechtzeitig im Büro zu sein.

Kayla war Assistentin der Geschäftsleitung bei Demas Electrical, einem Hersteller von Motorteilen. Durch ihre Zuverlässigkeit hatte sie sich über die Jahre hinweg bei ihrem Chef, Patrick Voight, unersetzlich gemacht.

Während sie sich im Badezimmer schminkte, kümmerte Jason sich um das Frühstück. Als er Marmelade und Butter auf den Tisch stellte, schlich Kayla sich von hinten an ihn heran und umarmte ihn. Er drehte sich um. Ihr Haar war noch nass, und auf ihren Wangen lag frische Röte.

»Weißt du eigentlich, wie sehr ich dich liebe?«, sagte sie und wies auf den Frühstückstisch. »Außerdem bist du als Hausmann wirklich gut zu gebrauchen, und obendrein bist du auch noch ein Gentleman.«

»Genau wie dein Boss. Manchmal bin ich richtig eifersüchtig auf ihn. Der gibt dir ständig Anweisungen, und du führst sie prompt für ihn aus.«

Sie machte sich los und bewegte ihren Zeigefinger wie einen Scheibenwischer vor seinen Augen.

»Nicht immer, Jason Evans, längst nicht immer, und das weißt du ganz genau. Ein paar Dinge tue ich nur für dich.«

Er wollte nach ihr greifen, doch sie schlüpfte unter seinen Händen durch und setzte sich. Ihr Blick wanderte über die Marmelade, die Butter, das Ei. Sie trommelte kurz mit den Fingern auf den Tisch.

»Ist der Toast schon fertig? Und wo ist das Besteck? Du weißt doch, dass ich nicht viel Zeit habe.«

Er schob sich neben sie, suchte ihren Blick und seufzte gequält.

»Siehst du, genau das meine ich. Da lege ich mich richtig ins Zeug für dich, und dann ist es wieder falsch. Waren es nicht die Frauen, die sich darüber beklagt haben, dass sie nur für das eine gebraucht werden? Und dass sie ansonsten als Sklavin dienen müssen?«

Sie feixte.

»Ach, ich finde, dass du deine Sache ganz ordentlich machst.

Kommt wahrscheinlich durch deine Arbeit. In einer Werbeagentur weiß man wenigstens, wie man seine Zielgruppe bei Laune halten muss.«

»Aha, meine kleine Zielgruppe«, sagte er.

»Dir ist es wieder mal geglückt, mich zu manipulieren. Ich bin dir halt ausgeliefert.«

»Na toll«, brummte er ein bisschen unwillig. »Also, wenn du Besteck haben willst, weißt du ja, wo du es findest.«

Sie stand auf und begann, im Besteckkasten zu wühlen.

»Schon wieder so ein mäßiger Spruch«, sagte sie. »Dein Marketing könnte eine kleine Verbesserung vertragen. Perfekt bist du noch nicht.«

»Noch nicht perfekt dressiert, meinst du wohl. Schließlich muss es ja noch etwas zu verbessern geben.«

Jason nahm zwei frische Scheiben aus dem Toaster. »Übrigens, nach der Arbeit gehe ich noch bei Pa vorbei.«

»Möchtest du, dass ich mitgehe?«

Er zuckte mit den Achseln.

»Pa wird seine Feier bestimmt schon vorbereitet haben, und das bedeutet, dass ich nichts zu tun brauche, außer zuhören. Wenn du nicht unbedingt willst, würde ich sagen: Bleib ruhig zu Hause. Wir sind ja morgen dort, und ich bleibe nicht lange. Höchstens eine Stunde.«

Sie frühstückten schnell und räumten auf. Dann stieg jeder in sein Auto, und sie verließen Fernhill in den grünen Santa Monica Mountains zwischen Malibu und Santa Monica. Jason war hier in der Nähe aufgewachsen, genauer gesagt, im siebzehn Meilen entfernten Cornell. Kayla stammte aus Palm Springs, fühlte sich in Fernhill aber mehr als zu Hause.

Es war fast fünf Jahre her, dass Jason das Anwesen gekauft

hatte. Nun ja, sein Vater hatte es für ihn gekauft. Er wusste, dass Jason dieses Haus haben wollte, und daher hatte er es auch bekommen. Jason hatte damals gerade erst bei Tanner & Preston angefangen, und die Bank hielt ihn noch nicht für kapitalkräftig genug, das Haus selbst zu erwerben.

Es hatte nicht viel gekostet, aber es musste eine Menge daran gemacht werden. Zusammen mit seinem Vater hatte er das Haus innerhalb eines Jahres eigenhändig renoviert. Das Resultat war ein typisches weiß gestrichenes Landhaus aus Holz im Neokolonialstil. Vor dem Haus hatten sie Rasen gesät, aufgelockert von üppigen Rabatten, in denen Kayla ihre weißen und violetten Lupinen und ihre riesigen Hortensien pflegte.

Am liebsten saßen sie jedoch auf der hinteren Veranda mit der weiten Aussicht über die Canyons rund um Fernhill. Mittlerweile nannten sie ihr Haus *Canyonview*. Es hatte nicht viele Räume: Wohnzimmer, Küche, Bad und zwei Schlafzimmer, von denen Jason eins als Arbeitszimmer eingerichtet hatte. Mehr brauchten sie nicht.

Während Jason hinter Kayla über die Tuna Canyon Road in Richtung Pacific Coast Highway fuhr, dachte er an ihre erste Begegnung. Keine zehn Monate nach seinem Bruch mit Carla Rosenblatt, einer der drei Frauen, mit denen er eine ernsthafte Beziehung gehabt hatte, war er buchstäblich auf sie gestoßen.

Er lächelte und winkte Kayla noch kurz zu, als er zum Pacific Coast Highway abbog und sie weiter in Richtung Interstate 405 fuhr.

Erst als er sich in die Schlange auf der Interstate 10 Richtung Hollywood und Tanner & Preston einreihte, dachte er zum ersten Mal wieder an die Werbekampagne für Tommy Jones. Mit einem Mal bekam er Kopfschmerzen, und die vertrieben seine gute Laune. Heute musste irgendetwas zu Papier gebracht werden, wie auch immer. Zumindest musste Brian zufriedengestellt werden. Ein Konzept musste her, aber noch immer sorgte Tommy Jones für einen Fleck in seiner Fantasie. Er lenkte seine Gedanken in eine andere Richtung. Morgen wurde sein Vater sechsundsechzig. In seinem Kopf ordnete er die paar Dinge, die er dafür zu erledigen versprochen hatte.

Die seltsame Post, die er tags zuvor bekommen hatte, beschäftigte ihn nicht.

3

Affären

Aus seinem Vorhaben, sich sofort hinter den Computer zu klemmen, wurde nichts. Er hatte gerade erst begonnen, seine neuen Mails durchzugehen, als Barbara Baker kam, um sich bei ihm zu beschweren. Sie fühlte sich unterbewertet. Babs fungierte als unverzichtbares Mädchen für alles, spielte Telefonistin, erledigte administrative Aufgaben und war Designassistentin. Sie musste mit Designer Donald Nelson und Artdirector Carol Martinez zusammenarbeiten. Zwischen Babs und Carol lief es nicht gut. Babs ließ durchblicken, dass Carol sich kein Bein ausriss. »Ich bin hier nur Assistentin, mache aber die meiste Arbeit«, sagte sie. »Es muss doch möglich sein, dass ich mehr als nur Assistentin bin.«

Jason hatte keine Lust, ihr wieder einmal zu erklären, dass Carol sechs Jahre länger in diesem Job arbeitete und dass sie mehr Erfahrung hatte. Dass sie, wenn sie keinen häuslichen Stress hätte, bestimmt noch bessere Leistungen abliefern würde, sagte er nicht. Carols Ehe stand auf der Kippe. Jason war darüber informiert. Donald auch, doch außer ihnen wusste niemand in der Firma davon. Carol Martinez hatte andere Dinge im Kopf. Das war unangenehm, aber er konnte kaum etwas anderes tun, als Verständnis für ihre Situation zu zeigen, abzuwarten und ansonsten den Mund zu halten. Auch Babs gegenüber.

»Du machst das prima, Barbara«, sagte er. »Ich sehe, wie du dich von Woche zu Woche verbesserst. Deine Ideen und Lösungen sind gut. Hab Geduld. Deine Zeit kommt bestimmt.«

Er musterte ihr Outfit. Enge Jeans, genauso enges Top, das ihren Bauchnabel freiließ. Jason hatte mit Kayla schon mal über Babs' herausfordernde Kleidung gesprochen. Seine Frau hatte ihn gewarnt, sie nicht zu oft anzustarren. Was überflüssig war, denn so jung und attraktiv Babs auch sein mochte, Jason war Kayla absolut treu. *Not available* nannte er das in Gedanken.

Barbara muckte immer noch auf. Wenn er meinte, dass sie gute Arbeit leiste, warum konnte sie sich dann nicht häufiger mit Designeraufgaben beschäftigen?

»Ich will nicht mehr ans Telefon gehen, und dieser ganze administrative Kram hängt mir zum Hals raus«, sagte sie. »Ich will endlich meine eigenen Ideen verwirklichen.«

Jason appellierte noch einmal an ihre Geduld. Schließlich ging sie wieder, sichtlich unzufrieden. Er sah bekümmert hinter ihr her. Sie hatte Talent und Ehrgeiz. Das musste genutzt werden. Wenn sie unzufrieden blieb, würde sie ihr Heil irgendwo anders suchen, und das wollte er verhindern. Er musste mit Brian darüber reden. Aber erst morgen; jetzt stand erst mal Tommy Jones an.

Doch dies schien immer noch nicht der Tag für den Autokönig zu werden. Brian kam herein, angeblich um mit ihm über die Arbeit zu sprechen, aber schon bald ließ er die Katze aus dem Sack. Er beklagte sich über seine Louise, die plötzlich keine Lust mehr hatte auf die geplante Woche Las Vegas. Das hatte natürlich mit Brians Zockerei zu tun, die schon an Sucht grenzte. Meistens kam er um Tausende Dollars ärmer aus Las Vegas zurück. Louise hatte das Jason gegenüber mal erwähnt. Er vermutete, dass sie das einfach nicht mehr mitmachen wollte. Aber wie sollte er Brian das klarmachen? Es gelang ihm nicht, die richtigen Worte zu finden. Glücklicherweise bekam Brian einen wichtigen Telefonanruf und eilte in sein Büro zurück.

Die Nächste, die in seinem Büro aufkreuzte, war Carol. Ausgerechnet gestern Abend war es zwischen ihr und ihrem Mann wieder mal zum Streit gekommen. Nach dem Krach hatte Carol einen Koffer gepackt und bei ihrer Mutter übernachtet. Aber sie hatte kein Auge zugemacht. Sie wollte nicht wieder zurück.

»Es ist vorbei, Jason«, schluchzte sie unter Tränen. »Zwölf gute Jahre Ehe im Eimer.«

Jason fühlte sich langsam wie ein Sozialarbeiter. Er legte ihr einen Arm um die Schulter, wusste aber nicht, was er sagen sollte. Es gab nichts, womit er sie hätte trösten können.

»Nimm dir heute frei«, sagte er.

Sie sah ihn dankbar an.

»Ich hatte gehofft, dass du das sagen würdest«, meinte sie. »Ich gehe mit meiner Mutter einkaufen, aber morgen bin ich wieder da.«

Sie wischte die Tränen weg, die ihr Make-up verschmiert hatten, und verließ sein Büro. Jason blickte hinter ihr her und sah, wie Donald sie in den Arm nahm. Das war vielleicht das nächste außerdienstliche Problem. Donald war in Carol verliebt. Jason fragte sich, wie viel Schuld Donald an Carols Ehekrise hatte. Ihre Affäre war inzwischen ein offenes Geheimnis. Auch Babs wusste davon. Wahrscheinlich war das ein weiterer Grund, warum sie Carol so wenig mochte. Falls Carol und Donald sich noch enger zusammentun würden, gäbe es nie mehr eine freie Stelle für sie.

Jason seufzte. Das letzte Mitglied des Teams, Werbetexter Anthony Wilson, beobachtete die Szene der betrübten Carol und des Trost spendenden Donald mit einem Kopfschütteln.

Er blieb in der Tür zu Jasons Büro stehen und zog die dicken, dunklen Augenbrauen hoch. Wenn es Tony nicht gäbe, dachte Jason. Mein Fels in der Brandung, mein einziger Mitarbeiter ohne Probleme. Tony war durch nichts aus der Ruhe zu bringen. Ledig, unkompliziert, ein Einzelgänger, der kaum auffiel, außer durch seine oft brillanten Texte für die Werbekampagnen von Tanner & Preston. Mit Tony konnte man Stunden verbringen, ohne dass mehr als zehn Wörter die Stille störten.

»Stimmt was nicht?«, fragte Tony und wies mit dem Daumen hinter sich in Richtung Carol und Donald.

Jason schüttelte den Kopf.

»Dann müssen wir beide es heute wohl allein richten«, sagte Tony.

»Das tun wir, Tony«, bekräftigte Jason mit dem Anflug eines Lächelns.

Er sah auf die Uhr. Fast halb zwölf.

»Zeit für den Autokönig«, sagte er, während Tony sich an seinen Computer setzte.

4

Edward

Edward konnte ohne Weiteres als durchtrainierter Fünfzigjähriger durchgehen. Grauer Bürstenhaarschnitt im Marinelook, kein Gramm Fett zu viel, muskulöse Arme, sonnengebräunt. Er war fast sechsundsechzig und einen Kopf kleiner als sein Sohn. Als Jason hereinkam, sah er ihn eine Weile durchdringend an. Die Falten wurden etwas tiefer.

»Du siehst müde aus, Junge. Läuft alles gut?«

»Ich bin auch müde, Pa«, sagte Jason. »Es gibt Tage, da läuft alles quer, und heute ist so einer.«

»Haufen Arbeit«, sagte sein Vater.

»Wenn es nur das wäre.« Jason seufzte.

Edward zog die Augenbrauen zusammen. Jason überlegte kurz, ob er sein Herz ausschütten sollte, wegen Carol, Barbara, Donald, seinem Chef, doch dann behielt er es für sich. Er betonte immer, dass er keine Sorgen kannte, und er hatte sich vor langer Zeit vorgenommen, sein Arbeitsleben nicht mit nach Hause zu schleppen. Auch jetzt würde er daran festhalten.

»Lass uns über dich reden, Pa. Du hast morgen Geburtstag. Hast du alles im Griff für die große Feier?«

Die Sorgenfalte über den braunen Augen seines Vaters hielt sich noch einen Moment.

»Du tust so, als könnte ich es nicht allein schaffen. Eigentlich müsstest du es besser wissen.«

»Natürlich. Ich meine nur, wenn es noch was zu erledigen

gibt, können Kayla und ich es morgen machen. Letzte Einkäufe, irgendwas schleppen oder umräumen …«

»Eben hast du noch gesagt, dass du viel zu tun hast.«

»Stimmt, aber du weißt, was ich meine.«

Das Gespräch verlief wieder nach dem gewohnten Muster. Er bot Hilfe an, und Pa lehnte freundlich, aber bestimmt ab.

»Über deinen alten Herrn brauchst du dir wirklich nicht den Kopf zu zerbrechen«, sagte Edward. »Die Einkäufe sind alle erledigt. Morgen rücke ich die Möbel an die Seite, und dann können die Gäste kommen. Du brauchst nur mit deiner hübschen Kayla zu kommen, den Rest kannst du mir überlassen.«

Sein Vater hatte recht. Es gab nichts, wo er gebraucht wurde oder helfen musste. Er kannte die Kräfte, die sein Vater hatte, denn er spürte sie auch in sich selbst. Niemals Schwäche zeigen. Was du alleine tun kannst, das tu auch allein.

Das einzige Mal, dass Edward die Unterstützung seines Sohns gebraucht hatte, war am Krankenbett von Jasons Mutter gewesen, als es nach der Diagnose *unheilbarer Lungenkrebs* zum Sterbebett wurde. Und während der Monate nach dem viel zu frühen Tod von Donna. Sie war gerade mal siebenundvierzig Jahre alt.

Edward hatte seine Donna von ganzem Herzen geliebt. Doch das war jetzt neun Jahre her, und die Zeit heilte viele Wunden. Das Leben ging weiter. Die Dinge sind, wie sie sind, war Edwards Leitspruch. Simpel, aber dagegen war kaum etwas einzuwenden.

Jason spürte die gleiche Nüchternheit in sich. Man konnte das Leben unnötig komplizierter machen, als es in Wirklichkeit war. Manchmal störte sich Kayla an seiner Einstellung. Ihrer Meinung nach waren Männer, die manchmal eine Träne vergossen, nicht gleich Weicheier oder Heulsusen. Aber Jason weinte nie. Die wenigen Schwierigkeiten, in die er geraten war, hatte er selbst aus dem Weg geräumt, und das gab ihm immer ein gutes Gefühl.

Zugegeben, Jason hatte eine angenehme Jugend gehabt. Obwohl sein Vater nicht viel Geld gehabt hatte, hatte er immer so viel wie möglich für seinen einzigen Sohn zurückgelegt. Jason war in der Lage gewesen, zu studieren. Was und wo er wollte. Diese Unterstützung und das Vertrauen seiner Eltern wollte Jason auf seine ihm eigene Weise zurückgeben.

Während sein Vater Kaffee aufsetzte, warf Jason einen Blick aus dem Fenster. Die abwechslungsreichen Canyons und Wälder glänzten unter einem strahlend blauen Himmel. Mit seinem Vater teilte er die Liebe zur Natur. Sie waren Landmenschen, die Stadt war nichts für sie. Jason hatte sein Panorama von der Veranda in Fernhill aus, dies hier war das Panorama, das Edward während des größten Teils seines Lebens genossen hatte. Und es war das Panorama, das er auch noch an seinem letzten Tag genießen wollte. Er würde nie umziehen, auch nicht, wenn er hilfsbedürftig werden sollte. Jason wusste, dass er es dann mit der Halsstarrigkeit und dem Eigensinn zu tun bekäme, die er auch in sich selbst spürte. Doch das waren zukünftige Sorgen. Jetzt war Edward ein starker älterer Mann, der durchaus im Stande war, sich selbst zu helfen.

Er wandte sich vom Fenster ab und nahm von Edward den Becher dampfenden Kaffee entgegen. Ihre Blicke trafen sich kurz. Kein Lächeln, kein Stirnrunzeln oder dergleichen, nur ein einfacher Blick gegenseitigen Einvernehmens.

»Deine erste Feier ohne Onkel Chris«, sagte Jason.

»Ja«, sagte sein Vater ruhig, mehr nicht.

Jason beschloss, auch nicht mehr zu sagen. Chris, der sich erhängt hatte, weil er Krebs hatte und weil er die Schmerzen nicht mehr ertragen konnte. Er trank seinen Kaffee aus und stellte den Becher weg.

»Also, Pa, wenn du schon alles erledigt hast, dann mache ich mich mal zu meiner schönen Kayla auf. Wir sehen uns morgen.«

Eine halbe Stunde später betrat er Canyonview. Kayla war nicht im Wohnzimmer. Es duftete nach Blüten. Er wusste, wo sie war. Sie lag in der Badewanne, bedeckt von einer dicken Schicht Schaum.

Er beugte sich über sie und küsste sie. »Du leistest dir eine Genießerstunde ganz für dich allein.«

»So ist es. Herrlich! Wie war es bei deinem Pa?«

»Prima, er ist mit allem fertig. Wie war dein Tag?«

Es sah aus, als zuckte sie mit den Achseln, denn der Schaum zu beiden Seiten ihres Kopfes bewegte sich hoch und runter.

»Nichts Besonderes. Wir mussten uns ziemlich ranhalten, um das Urlaubsmailing hinter uns zu bringen. Patrick hat darauf bestanden. Meines Erachtens hätte es auch morgen gereicht, aber nun ja, der Wille des Chefs ist Gesetz, nicht wahr? Und du? Bist du mit deinen Überlegungen für den Autokönig vorangekommen?«

»Ja, schließlich doch noch, dank Tony. Er hatte am frühen Nachmittag eine gute Idee, und die haben wir in ein paar Stunden zu einem ganz passablen Ansatz ausgearbeitet. Bis Anfang nächster Woche habe ich Zeit, die Konzeption fertigzustellen. Die Umsetzung der Kampagne muss vor den Ferien abgeschlossen sein.«

»Schön«, sagte sie und setzte sich aufrecht hin. »Möchtest du auch baden? Hier ist noch Platz für dich. Die Wanne ist sehr groß.«

Er lächelte.

»Das wusste ich noch gar nicht. Aber ich glaube, ich schaue mir mal eben die Zeitung durch.«

Sie sah ein bisschen verdutzt drein.

»Du magst es nicht, wenn ich dir den Rücken schrubbe? Dann mach, dass du Land gewinnst. An dir habe ich auch nichts.«

Die Post lag wie gewöhnlich neben dem Telefon in einem Behältnis, das sie Lesekorb nannten. Er betrachtete den Stapel Briefumschläge. Rechnungen, Reklame und ein brauner Umschlag ohne Absender. Nur sein Name stand darauf. Jason riss den Umschlag auf.

Es wurde spürbar kälter, als er das Foto herausnahm. Ein Polaroidfoto. Sein Herz begann schneller zu schlagen. Wieder sah er Gräber. Aber andere als auf dem ersten Foto. Er drehte das Bild um. Die Blockschrift war ihm bekannt.

Du glaubst zu leben, doch es gibt dich nicht.

Jason stand da wie angewurzelt. Er blinzelte ein paarmal, versuchte, das alles zu begreifen. Die Wörter schienen ihn anzuspringen, aber sein Verstand fing sie nicht auf. Wieder betrachtete er die Vorderseite.

Es handelte sich eindeutig um ein anderes Foto. Kein Tor zwischen den Bäumen. Diesmal war die Linse des Fotografen auf eine Art Grabdenkmal oder Mausoleum gerichtet, ein pyramidenförmiges Bauwerk aus dunklem Marmor. Die Pyramide stand in der Mitte des Bildes. Dahinter ragten Grabsteine empor.

Er legte das Foto und den Umschlag vorsichtig hin, als handelte es sich um Sprengstoff. Sein Herz schlug immer noch viel zu schnell. Er schaute sich um, ohne zu wissen, was er suchte. Dann nahm er den Umschlag wieder in die Hand. Eine gewöhnliche Briefmarke, genau wie die erste. Auch wieder zugestellt durch die Post.

Nichts Ungewöhnliches.

Mal abgesehen von dem Foto und dem Text auf der Rückseite. Seine Gedanken blieben an den Wörtern hängen. Soweit er es beurteilen konnte, war er springlebendig. Als er das letzte Mal in den Spiegel geblickt hatte, war kein anderer Schluss möglich gewesen.

Beabsichtigte der Absender vielleicht, ihn zu töten? Bestand darin die Bedeutung der Wörter? War es eine Morddrohung? Aber warum? In Gedanken ging er die paar Menschen durch, mit denen er jemals Streit gehabt hatte. Niemand passte in dieses Bild.

So stand er mehrere Minuten da und starrte wie betäubt vor sich hin. Plötzlich spürte er eine Hand auf seiner Schulter.

5

Zweifel

Sein Herz schien ihm zu zerspringen. Er drehte sich schnell um und stand Kayla gegenüber. Sie trug ein nicht allzu großes Badetuch.

»Habe ich dich erschreckt?«, fragte sie.

»Ich war gerade in Gedanken«, sagte Jason hastig.

Er steckte das Polaroidfoto in die Hosentasche. Er wollte ungestört über diese zweite Attacke nachdenken.

»Warst du eigentlich zu Hause, als der Postbote kam?«, fragte er so ruhig wie möglich.

Sie runzelte die Stirn.

»Zu Hause? Natürlich nicht. Die Post kommt doch morgens. Da war ich zur Arbeit.«

Sie verknotete das rutschende Handtuch über ihren Brüsten und sah ihn fragend an.

»Warum?«

Er biss sich auf die Unterlippe. Sollte er ihr von dem Polaroidfoto erzählen? Und wenn ja, wie viel?

Ich muss erst in Ruhe darüber nachdenken. Ich erzähle ihr vorerst nichts davon. Noch nicht.

Er zauberte sein breitestes Lächeln hervor.

»Ach, bei mir war unheimlich viel los. Ich rede nur dummes Zeug.«

»Ist alles in Ordnung? Du scheinst ein bisschen verwirrt zu sein.«

»Müde«, antwortete er wieder schnell, zu schnell. »Auf der

Arbeit ging es drunter und drüber. Das habe ich doch schon gesagt.«

»Das ist alles?«

»Reicht das nicht?«

»Hmmm«, murmelte sie. Sie zögerte, zuckte dann mit den Achseln und ging ins Schlafzimmer, um sich anzuziehen.

Er schaffte es, die Existenz der beiden Polaroidfotos den Rest des Abends und am nächsten Tag nicht zur Sprache zu bringen. Bewusst lenkte er ihre Gespräche auf die Arbeit und auf Edwards bevorstehende Feier. Gleich nach dem Aufstehen riefen sie ihn an, um ihm schon mal zu gratulieren.

»Wieder ein Schritt näher in Richtung Ende«, brummte er. »Und dazu gratuliert man mir auch noch.«

Das war nicht ernst gemeint, wusste Jason.

Wieder fuhr er hinter Kayla her zum Pacific Coast Highway, winkte ihr zu, als sie auf der Interstate 405 blieb und er zum breiten Highway abbog. Als er sich wie jeden Tag am Ende der Schlange einreihte, fühlte er sich schuldig. Es schien fast so, als würde er Kayla eine Affäre verschweigen. Das war ganz gegen seine Gewohnheit. Er verschwieg ihr fast nichts.

Zuerst musste er alles der Reihe nach sortieren, dachte er, doch tief in seinem Herzen wusste er, dass es etwas war, was sich nicht *der Reihe nach sortieren* ließ.

An diesem Morgen blieb ihm das Gejammer von Babs, Carol oder Brian erspart. Dennoch gelang es ihm nicht, sich auf seine Arbeit zu konzentrieren. Immer wieder tauchten die beiden Polaroidfotos vor seinem geistigen Auge auf. Das erste Foto hatte für Irritation gesorgt, doch durch das zweite Foto wurde die Sache ernst, beängstigend ernst. Jemand drohte ihm damit, ihn zu töten; nur so konnte er es verstehen.

Als er allein in seinem Büro saß, legte er beide Fotos vor sich hin und betrachtete sie noch einmal eingehend. Waren sie auf demselben Friedhof gemacht worden? Er suchte nach Übereinstimmungen und fand sie. Dieselbe Begrenzung mit niedrigen Bäumen. Hinter dem pyramidenförmigen Bauwerk – handelte es sich um ein Grabdenkmal oder um ein Kunstwerk? – dieselben kreuz und quer verstreut liegenden und aus dem Boden ragenden Grabsteine und das hohe Gras.

Ein Anhaltspunkt, dachte er. *Es ist ein und derselbe Friedhof.*

Doch wo befand sich dieser Friedhof?

Jason drehte die beiden Polaroidfotos um und studierte zum soundsovielten Mal die kurzen Texte. Eine andere, mindestens genauso interessante Frage drängte sich ihm auf.

Ist es überhaupt eine Drohung?

Was stand dort genau?

Du bist tot. Du glaubst zu leben, doch es gibt dich nicht.

Wenn er es wörtlich nahm, dann stand dort, dass er faktisch nicht mehr lebte; dass er zwar noch zu leben glaubte, dass dies aber nicht der Fall war. Er las darin nicht, dass jemand ihn ermorden wollte, sondern dass sein Tod bereits eine Tatsache sei.

Bizarr. Aber weiter eindringen in das, was dort stand, konnte er nicht.

Jason erinnerte sich an eine Diskussion, die er mal mit Freunden geführt hatte. Wer war damals bloß dabei gewesen? Larry. Vic auch. Und Stuart. Seine Kumpel aus der Collegezeit. Eins dieser uferlosen Gespräche spätabends und manchmal bis tief in die Nacht. Am liebsten hatten sie Four Roses bei diesen angenehmen Nonsensgesprächen getrunken. Four Roses und ab und zu Budweiser. Bourbon und Bier. Stu, der jetzt bei einem IT-Giganten in Phoenix, Arizona, arbeitete, hatte damals gern den Philosophen heraushängen lassen.

Stu hatte sich gefragt, ob er jetzt, in diesem Moment, wirklich lebte. Sie hatten über das Phänomen Zeit gesprochen. Stu hatte behauptet, es gebe kein Jetzt. *Was man sagt oder tut, wird erst zum* Jetzt, *nachdem man es im Gehirn verarbeitet hat*, hatte er gesagt. *Das ist einen Bruchteil einer Sekunde später, als es wirklich gesagt oder getan worden ist. Aufgrund unserer beschränkten Sinnesorgane hängen wir ständig hinter den Tatsachen zurück. Daher sind wir uns überhaupt nicht bewusst, was in Wirklichkeit* jetzt *geschieht.* Stuart hatte auf eine seltsame Weise triumphierend hinzugefügt: *Vielleicht lebe ich überhaupt nicht. Beweist mir mal, dass ich* jetzt *lebe.*

Jason hatte sich nicht lange mit diesen unkonkreten philosophischen Überlegungen aufgehalten. Meistens war er derjenige gewesen, der sie beendet hatte.

Er lehnte sich zurück und starrte an die Decke.

Wer war der Absender der Fotos? War es eine Drohung? Oder ging es um etwas anderes, etwas, das er nicht greifen konnte? Diese Fragen rumorten ständig in seinem Kopf.

Für seine Arbeit war es ein verlorener Tag. Er beschloss, früh nach Hause zu gehen, und traf dort vor Kayla ein. Er versuchte, an alltägliche Dinge zu denken, doch es gelang ihm nicht.

Kayla war gekommen, sie hatten sich beide frisch gemacht und umgezogen. Als Jason die Haustür hinter sich zuziehen wollte, drehte sich Kayla zu ihm um.

»Und das Geschenk?«, fragte sie und zog dabei eine Augenbraue scherzhaft hoch. »Sind wir nicht ganz bei der Sache?«

Jason presste die Lippen aufeinander, ging zurück ins Haus

und nahm den bunt eingepackten neuen Werkzeugkasten für seinen Vater vom Küchentisch. Sonst passierte ihm das nie. Eigentlich war er es, der Kayla immer darauf aufmerksam machen musste, dass sie etwas vergessen hatte.

Mit der Wahl ihres Geschenks war er sehr zufrieden. Edward bastelte gerne im und am Haus herum, und im Lauf der Zeit waren ihm jede Menge Hämmer, Schraubenzieher und andere Werkzeuge abhandengekommen.

»Heute bist du wirklich nicht bei der Sache, oder?«, sagte Kayla, während er das Auto rückwärts die Auffahrt hinuntermanövrierte.

Ist das so offensichtlich?, dachte er missmutig. Das erste Polaroidfoto hatte ihn nicht weiter beschäftigt, aber das zweite hatte ihm deutlich gemacht, dass möglicherweise Gefahr drohte, und damit lagen die Dinge jetzt anders.

Wieder überlegte er, ob er Kayla von den beiden mysteriösen Fotos erzählen sollte. Er schüttelte den Kopf. Sie waren auf dem Weg zu einer Feier. Es würde ihr nur den ganzen Abend verderben.

Später.

»Ich bin müde«, sagte er. »Der Autokönig fordert seinen Tribut.«

Selbst in seinen Ohren klang das hohl. Notlügen kamen ihm nicht leicht über die Lippen.

Zu seiner Erleichterung reagierte Kayla verständnisvoll.

»In der Firma geht es hektisch zu, oder? Diese ganzen Affären, und dann auch noch die Werbekampagne für einen nicht gerade inspirierenden Kunden. Das verstehe ich gut. Es wird Zeit, dass wir Urlaub machen.«

Er nickte. Hoffentlich sah es enthusiastisch genug aus.

»Ich kann es kaum erwarten.«

Das Haus war schon voller Gäste, als Edward die Tür öffnete. Im Wohnzimmer entdeckte Jason ein paar vertraute Gesichter, denen er nur an Geburtstagen begegnete. Verwandte, Freunde von Edward, Nachbarn, ein paar Bekannte aus Cornell. Edward genoss es sichtlich. Seine gute Laune ließ darauf schließen, dass man noch nicht über Onkel Chris geredet hatte, auch wenn diese Sache im Lauf des Abends bestimmt zur Sprache kommen würde.

»Herzlichen Glückwunsch, Pa!«, sagte Kayla. Sie flog ihm um den Hals und gab ihm zwei dicke Küsse. Jason grinste und überreichte ihm den in Geschenkpapier mit Blumenmuster – *ich habe nichts anderes*, hatte Kayla ziemlich verzweifelt gesagt – eingewickelten Werkzeugkasten. Edward packte ihn aus und sagte, das sei doch nicht nötig gewesen. Das sei viel zu viel. Jason erwiderte, Pa solle nicht meckern. Es waren Rituale, nur halb ernst gemeint.

Sie begrüßten die anderen. Jason zählte die Menschen, die er mochte, und die, denen er lieber aus dem Weg ging. Gleichstand.

Lass die Feier beginnen, dachte er ohne Enthusiasmus.

Er beteiligte sich an Gesprächen, lachte zur rechten Zeit mit, betätigte sich als Getränkeholer, lief mit Häppchen herum. Doch durch seine Gedanken wirbelten nur die Bilder auf den Fotos und die kryptischen Botschaften in der eigenartigen Blockschrift.

Er versuchte, es abzuschütteln, und konzentrierte sich auf das Gespräch zwischen Tante Ethel und Kayla. Tante Ethel war auf der Jagd nach Informationen. Sie wollte wissen, wann Jason und Kayla endlich mit dem Kinderkriegen beginnen würden. Vermutlich glaubte Ethel, dass sie es subtil und vorsichtig anging. Schließlich war Kayla mit der Geduld am Ende, und sie sagte schnippischer als beabsichtigt: »Es drängt wirklich nicht, Tante. Wir haben noch jede Menge Zeit.«

Tante Ethel klimperte erschrocken mit den Wimpern.

»Aber ihr seid doch verheiratet. Schon zwei Jahre. Vielleicht wird es dann doch Zeit.«

Das war für ihre Art sehr feinfühlig. Ethel war eine von Edwards drei Schwestern. Er hatte auch noch zwei Brüder.

»Wirklich, Tante, wir haben noch Zeit«, sagte Kayla jetzt ruhiger und geduldiger. »Jason und ich sind einunddreißig. Heutzutage fangen die Leute nicht so früh mit dem Kinderkriegen an.«

Wenn sie überhaupt damit anfangen, hörte Jason sie anschließend denken.

Er wandte sich an Hank, den zwei Meter großen, schweren, gutmütigen Hank, und fragte ihn, wie es mit seinem Geschäft lief. Nicht dass ihn das tatsächlich interessierte, doch er wollte von Tante Ethels unangenehmen Fragen ablenken. Er wusste ziemlich genau, was gleich unweigerlich folgen würde. Ethel würde unseren lieben Herrn im Himmel heranziehen und die heilige Pflicht, die den Ehepaaren auferlegt sei.

Hank war Inhaber einer gut gehenden Baumaterialhandlung. Er redete gern darüber. Mit weit ausholenden Gebärden erklärte er, was er alles unternahm, um *sein Kindchen zu optimieren*, wie er es nannte. Es konnte nicht besser laufen, wirklich nicht besser. Er beendete seinen Vortrag mit einem Scherz, den er nicht zum ersten Mal von sich gab.

»Und, Jason, sucht Tanner & Preston noch neue Kunden? Vielleicht aus dem Bausektor?«

Jason antwortete wie immer: »Ach, weißt du, Hank, die Wahrheit ist, du bist einfach zu groß für uns.«

Hank schlug ihm lachend auf die Schulter und verschwand in die Küche, um Getränke zu holen.

Den Rest von Edwards Familie fand Jason in einer Ecke des Wohnzimmers. Stephanie war die Älteste. Mit ihren vierundsiebzig Jahren hatte sie Frank, ihren Ehemann, schon drei Jahre überlebt. Sie trug eine viel zu große Brille mit einem Gestell wie Schmetterlingsflügel. Dadurch erinnerte sie Jason oft an Dame Edna. Auf jeden Fall gackerte sie mindestens genauso viel wie der TV-Transvestit. Je älter sie wurde, desto weniger gelang es ihr, den Mund zu halten. Auch jetzt wurde Jason unter einem Schwall gut gemeinter Sprüche begraben, die bei ihm zum einen Ohr rein- und zum anderen rausgingen. Ab und zu ein bescheidenes *Ja* oder *Nein* reichte als Antwort.

Die macht es sicher noch ein Vierteljahrhundert, dachte Jason. Der Bestattungsunternehmer würde noch lange auf sie warten müssen.

Schließlich half Kayla ihrem Schwiegervater beim Nachschenken der Getränke. Jason sah die Chance gekommen, sich der Predigten von Tante Stephanie zu entziehen.

»Ich übernehme mit Kayla die Getränke, Pa«, sagte er in der Küche zu Edward. »Dann kannst du dich deinen Gästen widmen.«

Edward zögerte kurz, nickte dann aber und verschwand wieder ins Wohnzimmer.

»Tante Ethel war noch direkter als sonst, findest du nicht?«, sagte Kayla, während sie geschickt vier Gläser mit irgendwelchen Erfrischungsgetränken unterschiedlicher Farbe füllte.

Wenn es ums Kinderkriegen ging, waren Kayla und er immer einer Meinung gewesen. Ihr Leben bestand aus ihnen selbst, aus ihrer Arbeit, aus ihrer Freiheit. Nachwuchs würde das alles auf den Kopf stellen. Wollten sie das? Waren sie so weit? Vor allem im letzten Jahr hatten sie abendelang darüber geredet, ohne zu einem Ergebnis zu kommen. Keine Entscheidung bedeutete, vorerst keine Kinder. So lautete die unausgesprochene Konsequenz.

Wie immer spürte er das Verlangen, ihr ans Herz zu legen, nichts auf Tante Ethel zu geben. Sie klang wie eine alte Schallplatte, auf der nur eine Melodie war.

Er öffnete den Mund, doch der plötzliche Gedanke an die Polaroidfotos und Botschaften des mysteriösen Absenders sorgte dafür, dass er schwieg.

Er zwang sich, wieder über das Thema Kinder nachzudenken. Sie konnten die Entscheidung nicht ewig vor sich herschieben. Und, ehrlich gesagt, eigentlich wollte er gern Vater werden. Während der letzten Gespräche mit Kayla war ihm das nach und nach bewusst geworden.

»Tja«, sagte er, »was hältst du davon?«

Sie sah ihn verdutzt an. »Wie meinst du das?«

»Na ja, vielleicht liegt sie doch nicht ganz falsch.«

»Wie?«

»Oder nicht, oder … Na ja«, stammelte er. »Wie denkst du darüber?«

»Nicht ganz falsch? Hat Tante Ethel deiner Meinung nach recht?«

Er atmete tief durch, bevor er das aussprach, was er dachte. Möglicherweise gab es danach kein Zurück mehr. Er verurteilte sich selbst und Kayla zu einem Leben mit Windeln wechseln, mit kurzen Nächten und mit allem, was sonst noch zum Aufziehen eines Kindes gehörte. Zumindest, falls Kayla ihm zustimmte.

»Ich bin bereit.«

Kayla machte große Augen. Es dauerte einen Moment, dann sagte sie: »Ist es dir ernst damit?«

Jason nickte. Er wollte ja sagen, aber er brachte keinen Ton heraus.

Kayla starrte vor sich hin, dann sah sie ihn mit ihren großen blauen Augen an.

»Und du?«, fragte Jason heiser. »Willst du Mama werden?«

Kaylas Augen wurden feucht.

»Das sagst du mir jetzt, hier?«, flüsterte sie. »Gute Gelegenheit.«

»Was ist denn falsch an diesem Augenblick?«

»Jason …« Sie suchte nach Worten. »Wie sollen wir das denn bewerkstelligen? Mit unserer Arbeit? Mit allem?«

Er grinste. »So weit ist es ja noch nicht. Meines Wissens muss vorher noch was anderes passieren, bevor wir uns darüber den Kopf zerbrechen müssen. Und dann bleiben uns noch neun Monate, um alles zu organisieren.«

Kayla hielt seinem Blick stand, ihre Augen waren so feucht, dass sich eine Träne bildete.

Er nahm sie in die Arme und flüsterte ihr ins Ohr: »Ich glaube, ich hätte doch einen anderen Augenblick wählen sollen.«

»Das macht nichts«, flüsterte sie zurück. »Du hast recht: Jeder Augenblick ist richtig. Ich liebe dich, Jason!«

»Ich liebe dich auch.«

Kurz darauf kamen die Sheehans.

»Pap! Mam!«, rief Kayla, bevor die beiden Gelegenheit hatten, dem Geburtstagskind zu gratulieren. Kayla war viel ausgelassener als sonst, wenn sie ihre Eltern sah. Das hatte zweifellos mit dem zu tun, was sie und Jason eben besprochen hatten. Kayla würde die Neuigkeit nicht lange für sich behalten können, das wusste Jason. Er beobachtete, wie sie miteinander redeten, danach kam sein Schwiegervater lachend auf ihn zu.

Sie hat es schon erzählt, dachte er. *Sie kann es nicht abwarten.*

»Wie geht's dir, Junge?«, fragte Daniel Sheehan.

»Gut, Pa.«

»Was machst du augenblicklich in deiner Werbeagentur?«

»Sie gehört mir nicht, aber ich bin mit einer Kampagne für einen Autohändler beschäftigt.«

Nein, Kayla hatte offenbar doch den Mund halten können.

Kurz nach Mitternacht machten sie sich auf den Weg. Die meisten Gäste waren noch da, und, wie zu erwarten, war während der letzten Stunden über Onkel Chris geredet worden. Natürlich war es Tante Ethel gewesen, die damit angefangen hatte, sehr zum Missfallen von Jasons Vater. Er wollte nicht, dass die fröhliche Stimmung in sich zusammenfiel wie abgestandenes Bier. Dennoch war es verständlich, dass man sich über Chris unterhielt; die Trauer war frisch und noch nicht verarbeitet. Kayla und Jason entzogen sich dem lieber.

Außerdem war Kayla mit ihrer Entscheidung beschäftigt. Und die Tatsache, dass sie den Knoten durchgeschlagen hatten, ließ Jason die Polaroidfotos tatsächlich für einen Moment vergessen. Im Buick, er hinter dem Steuer und sie neben ihm, ließ sie sich lauthals darüber aus, was sich alles verändern würde, wenn sie erst schwanger war. Ob man aus Jasons Arbeitszimmer ein Kinderzimmer machen könnte? Sein großer Schreibtisch müsste dann eben im Wohnzimmer untergebracht werden. Vielleicht könnte man das Wohnzimmer ein bisschen vergrößern, indem man die Veranda verkleinerte. Mit der Hilfe seines Vaters würde er das doch wohl schaffen, oder? Schließlich waren Edward und Jason handwerklich sehr geschickt, und der Umbau wäre doch ein Klacks für sie, oder? Wie das Kinderzimmer aussehen sollte, wusste sie auch schon.

Sie redete wie ein Wasserfall, und Jason hörte ihr lächelnd zu. Er kam gar nicht dazu, selbst etwas zu sagen, und er dachte auch nicht daran, ihr zu widersprechen. Wenn seine Frau sich eine Meinung gebildet hatte, dann hielt sie daran fest, auch wenn er sich auf den Kopf stellte oder ihr ein Ständchen brachte, mit Blumen und Champagner.

Plötzlich wurde er von zwei Scheinwerfern im Rückspiegel geblendet. Das Auto hinter ihnen fuhr mit aufgeblendetem Licht und kam immer näher, bis die Stoßstangen fast aneinanderstießen.

»… jedenalls keine bunten Farben«, sagte Kayla. »Es muss hell und beruhigend sein, das ist besser für das Kind …«

Sie brach ab und warf ihm stirnrunzelnd einen Blick zu.

»Was ist?«

Mit zusammengekniffenen Augen sah er in den Rückspiegel. »Ich weiß nicht. Hinter uns klebt einer mit aufgeblendetem Licht an unserer Stoßstange.«

Sie sah sich um.

»Was soll das denn?«

Plötzlich war die Hölle los. Der Fahrer des anderen Wagens gab Gas. Das konnte nicht wahr sein, es war absurd. Und trotzdem *passierte* es.

Ein kräftiger Stoß ließ seinen Wagen nach vorne schießen. Der Sicherheitsgurt presste ihm die Luft aus der Lunge. Sein Buick flog nach rechts. Er umklammerte das Lenkrad und trat auf die Bremse. Im Scheinwerferlicht tauchten Bäume vor ihm auf; ihre Stämme schienen kräftiger zu sein als das Metall seines Wagens.

»Festhalten!«, brüllte er und riss die Arme vors Gesicht.

Kayla schrie.

Schon krachte der Buick gegen einen Baum, dann gegen

einen zweiten. Jason sah nichts, weil sein Gesicht in einem grauen Airbag verschwand, der aus dem Lenkrad gesprungen war. Sein Kopf schlug nach hinten, alles wirbelte durcheinander. Benommen tastete er nach Kayla und drehte sich zu ihr. Auch ihr Airbag war aufgesprungen. Gott sei Dank!

Sie sagte nichts, sondern starrte ihn nur mit offenem Mund und großen Augen an. Ein scharfer, beißender Geruch stieg Jason in die Nase. Brandgeruch. Rauch im Auto! Über den Airbag hinweg sah er, wie aus der Motorhaube eine Stichflamme hervorschoss.

Er erstarrte. Vielleicht war er verletzt, vielleicht schmerzte es, doch er spürte nichts. Er *konnte* sich nicht mehr bewegen, und er konnte nichts spüren. Kayla rief ihm etwas zu, doch seltsamerweise hörte er es nicht. Das bleierne Läuten von Kirchenglocken hallte in seinen Ohren wider. Der Schwindel wurde immer stärker, als würde er gerade die wildeste Achterbahnfahrt seines Lebens erleben.

Die Flammen schlugen aus der Motorhaube hoch, sie schienen zu wachsen. Das Feuer kroch auf ihn zu. War das möglich? Ihm stockte der Atem. Rauch betäubte ihn. Mit weit aufgerissenen Augen blickte er in die Flammen, die nach ihm griffen. Der beißende Brandgeruch drang ihm bis in die Lunge.

Die Flammen tanzten auf ihn zu.

6

Feuer

Vaughn wühlt im Korb mit den kleineren Holzstücken neben dem offenen Kamin. Dieses Holz ist trockener als der Stapel daneben, doch es ist immer noch feucht. Draußen ist es kalt und nass, und das Holz liegt noch nicht lange drinnen. Vaughn greift nach der großen Spritusflasche. Er liebt das Feuer. Öfter als nötig schleppt er Holzstücke vom Hof ins Wohnzimmer. Öfter als nötig macht er Feuer im offenen Kamin.

Er hingegen hasst Feuer. Das unvorstellbare Knistern. Das unrhythmische Tanzen der Flammen. Der Gestank des feuchten, verrottenden Holzes, das in Flammen aufgeht. Der unangenehme Qualm. Das alles verursacht Angstschweiß bei ihm. Er ist nur Gast hier; er kann nichts sagen. Zu Hause, ja, zu Hause ist das anders. Da erlaubt er nicht einmal seinem eigenen Vater, den Kamin anzumachen. Zu Hause kann er es verhindern, hier nicht. Er kann nur hoffen, dass Sherilyn, seine Sherilyn, nicht merkt, wie groß seine Angst ist. Sie sind jetzt fünf Monate zusammen, und sie weiß nichts von seiner Angst, von seiner Phobie.

Sherilyns Vater schüttet Spiritus über das Kaminholz. Routiniert entzündet er ein Streichholz und wirft es in den Kamin. Wusch! Eine unerwartet große Stichflamme schießt in die Höhe. Die Flasche gleitet Vaughn aus der Hand und landet im Feuer, das zu einem riesigen Ball wird und in lodernden Flammen explodiert, die bis zur Zimmerdecke aus Eichenbalken reichen. Vaughn reagiert instinktiv, er macht einen Schritt zurück und stößt dabei seine Tochter fast um. Vaughn greift auch nach ihm, fasst aber daneben. Feuerzungen le-

cken aus dem Kamin, fressen sich in den Perserteppich, der davor liegt. Die Flammen kommen auf ihn zu, umzingeln ihn. Die Welt besteht plötzlich aus nichts anderem als höllischem Feuer; vor ihm, hinter ihm und neben ihm tanzen die Flammen ihren wilden Totentanz. Sie türmen sich über ihn. Gelähmt starrt er ins Feuer. Er kann nicht fliehen, und es kommt immer näher herangekrochen. Unglaubliche Hitze versengt seine Haut. Er hört jemanden schreien, und erst jetzt bemerkt er, dass er es selbst ist, der schreit. Die ersten Feuerzungen tasten nach seinem Körper. Er schreit sich die Lunge aus dem Hals.

Dann steht Sherilyn vor ihm. Ihr Gesicht ist verschwommen.

»Jason!«, ruft sie.

Er schaut auf ihren Mund, auf ihr Gesicht, erkennt ihr Entsetzen und ihre Unruhe.

»Jason! Jason!«

Plötzlich zieht sich das Feuer zurück, scheint wegzukriechen. Die Flammen werden zu kleinen Feuerzungen, klettern in den Kamin zurück, wie in einem rückwärtslaufenden Film. Er kneift ein paarmal die Augen zu und öffnet sie wieder weit. Er kann es nicht glauben.

Hinter Sherilyn taucht das Gesicht ihres Vaters auf, genauso entsetzt und beunruhigt.

Jason schaut sich um. Nirgends Brandspuren. Kein Feuermeer. Er starrt in den Kamin und sieht Flammen, die durch den Spiritus etwas höher schlagen, aber das ist alles. Es muss eine Halluzination gewesen sein. Er hat als Einziger Dinge gesehen, die nicht wirklich passiert sind, vermischt mit Bildern aus einem ständig wiederkehrenden Albtraum. Aus diesem bösen Traum, in dem ihn ein großes Feuer zu verschlingen droht, aus dem es kein Entrinnen gibt. Aus diesem Traum, dem es immer wieder gelingt, ihn wahnsinnig zu machen vor Angst.

Sherilyn weiß nichts davon. Vaughn und seine Francisca auch nicht. Nur seine eigenen Eltern wissen Bescheid.

»Jason, du schwitzt ja wie ein …«

Die Worte bleiben ihr im Hals stecken. Sherilyn blickt ihn mit großen Augen an. Jason liest Unverständnis und Grauen darin.

»Geht's, Junge?«, fragt Vaughn besorgt.

Auch Francisca, Sherilyns Mutter, ist gekommen, aufgeschreckt durch Jasons Schreie.

Jason tastet sein Gesicht ab. Sherilyn hat recht, Schweißperlen tropfen hinunter. Die Knie werden ihm weich, das Herz hämmert in seiner Brust. Er will hier weg.

»Setz dich«, sagt Francisca. »Was ist los mit dir, Jason?«

Er muss etwas sagen. Drei Augenpaare sehen ihn verständnislos an. Er sucht nach Worten.

»Ich dachte … das Feuer …«

Er hatte gedacht, nein, er hatte gespürt, dass die Flammen aus dem Kamin auf ihn zukamen. Er war der festen Überzeugung gewesen, dass er bei lebendigem Leibe verbrennen würde. Er hatte sich nicht rühren können, er hatte dort gestanden, wie festgenagelt.

Sherilyn würde es nicht verstehen. Er hüllt sich in Schweigen. Sherilyns Eltern schauen ihn verwirrt an. In Sherilyns Augen erkennt er etwas anderes: Distanz, Entfremdung. Diesen Jason will sie nicht, das wird ihm klar. Das, was passiert ist, hat das Bild ihres Freundes zerstört, zu einem Scherbenhaufen werden lassen. Jason bebt und schwitzt, und er ist leichenblass. In ihren Augen ist er zu einem Häufchen Elend geschrumpft. So kennt Sherilyn ihn nicht, und das hat sie geschockt.

Er wird sie verlieren, muss er sich eingestehen. Und das nur, weil ihr Vater unglücklicherweise eine Flasche Spiritus in das Feuer eines offenen Kamins hat fallen lassen. Vor seinem geistigen Auge lodern die Flammen ein zweites Mal auf.

Als er geht, reicht es gerade noch zu einem flüchtigen Kuss. Er hat sie schon verloren. Sherilyn, Jason Evans' erste richtige Freundin, sechzehn Jahre alt, braucht keinen Freund, der offensichtlich nicht richtig ist im Kopf.

7

18. August

Die Tür neben ihm wurde aufgerissen, und er sah in Kaylas entsetzte Augen.

»Komm endlich, Jason!«, schrie sie. Vor ihrem Gesicht baumelten wirre Haarsträhnen. Er rührte sich noch immer nicht und starrte sie an, als sähe er sie zum ersten Mal.

Kayla zögerte nicht lange und zerrte an seinem Arm. Der Sicherheitsgurt hielt ihn fest. Sie ließ ihn los, fluchte, beugte sich an ihm vorbei und löste den Gurt. Dann zerrte sie wieder an seinem Arm, und diesmal bewegte er sich. Er fiel aus dem Wagen und landete auf der harten Erde. Ein qualvolles Stöhnen entrang sich seiner Kehle, doch in der frischen Luft schien er endlich zu sich zu kommen, als sei ihm ein Eimer Wasser ins Gesicht geschüttet worden.

Er blickte zum Auto hinüber. Immer noch zwängten sich Flammen unter der Motorhaube hervor und leckten am Metall, doch es waren weniger, und sie wurden kleiner; sie krochen auch nicht mehr in Richtung Windschutzscheibe. Hatte es das große Feuer wirklich gegeben?

»Lauf!«, brüllte Kayla. »Hier fliegt gleich alles in die Luft!«

Er rappelte sich hoch und rannte Hand in Hand mit seiner Frau. Nur weg vom Buick! Auf der anderen Straßenseite blieb er keuchend stehen.

Kayla und er waren ganz allein auf der schmalen Monte Ave zwischen Cornell und Fernhill, im verlassenen Herzen der Santa Monica Mountains. Der Autofahrer, der sie angefahren hatte, war einfach weitergefahren. Jason hatte nicht die geringste Ahnung, wer es gewesen sein könnte. Die Frage beschäftigte ihn im Moment aber auch nicht sonderlich.

Das Feuer und die albtraumhaften Bilder hielten ihn gefangen.

Erst Stunden später, es ging schon auf den Morgen zu, waren sie zu Hause im Canyonview angekommen. Kayla schlief ein, kaum dass ihr Kopf das Kissen berührt hatte. Er jedoch blieb wach und versuchte, seine wirren Gedanken zu beruhigen. Vergebens. Er brach in Schweiß aus. Wütend schlug er die Bettdecke zurück und blieb einen Moment so liegen.

Über sein Handy hatte er den Notruf alarmiert, und wenig später war ein Polizeiwagen mit zwei Beamten aufgetaucht. Ein großer blonder Bursche und ein gedrungener Mann mit Bürstenhaarschnitt. Zuerst hatten sie mit einem Feuerlöscher die letzten Flammen unter der Motorhaube gelöscht, danach hatten sie Fragen gestellt.

Jason und Kayla berichteten von dem Autofahrer, der vermutlich zu viel getrunken hatte und ihnen hinten draufgefahren war. Nein, sie hatten nichts von ihm gesehen, die Scheinwerfer hatten sie geblendet. Und vom Auto hatten sie weder Marke noch Farbe mitbekommen. Obwohl auf den ersten Blick keinerlei Verletzungen zu erkennen waren, hatten die Polizisten sie zur Notfallstation des Barlow Hospitals gebracht. Eine kurze Untersuchung durch den diensthabenden Arzt bestätigte, dass weder innere Verletzungen noch ein Schleudertrauma vorlagen, danach waren die Polizisten so freundlich gewesen, sie nach Canyonview zu bringen.

Dort hatten sie sich noch kurz über den Vorfall unterhalten.

Morgen musste die Versicherung informiert und der Wagen abgeschleppt werden.

»Wenn der schrottreif ist, sollte ich ihn Tommy Jones anbieten«, hatte Jason gesagt, doch Kayla hatte nicht darüber lachen können. Er selbst auch nicht.

Dass er direkt nach dem Unfall wie erstarrt gewesen war, hatte sie nicht mehr angesprochen. Sie kannte ihn. Sie kannte seine Ängste.

Wer hatte sie angefahren? Kayla glaubte, der Mensch wäre betrunken gewesen. Jason bezweifelte es. Er wusste von den Polaroidfotos, sie nicht. Vor allem diese Zweifel waren es, die ihn nicht schlafen ließen.

Schließlich stand er leise auf, knipste die Außenbeleuchtung an und trat auf die Veranda hinaus. Die kühle Nachtluft tat ihm gut. Es war fast windstill. Nur Grillen und andere Insekten störten die Stille. Eine Wolke glitt vor die schmale Mondsichel am südöstlichen Himmel. Eine gelbliche Glut hing in der Luft, und allmählich verfärbte sich die Schwärze in ein Dunkelblau. Die unzähligen Sterne und leisen Geräusche aus dem Wald versetzten ihn in eine melancholische Stimmung. Er musste wieder an Stu denken und dessen Philosophieren über das nicht existierende Jetzt. Und wieder stürmten die Gedanken an Flammen auf ihn ein. Es dauerte geraume Zeit, bis er wieder ins Bett ging. Doch der Schlaf wollte nicht kommen.

Plötzlich hörte er Geräusche im Haus. Leitungen rasselten und knackten, Holz knarrte. Oder war es Knistern? Roch er den üblen Gestank von lodernden Flammen? Starr lag er da. Dann glitt er wieder aus dem Bett und eilte aus dem Schlafzimmer. Was glühte dort im Gang? Seine zitternden Finger suchten den Lichtschalter. Keine Rauchwolken, keine knisternden Flammen, nichts.

Schweiß tropfte ihm von der Stirn. Ein Anflug von Übelkeit ließ ihn schwanken. Er handelte wie in einem Traum. Er lief vom Gang ins Wohnzimmer, schaltete dort das Licht ein. Nichts zu sehen. Dann in die Küche, dann ins Badezimmer. Schließlich stand er wieder auf der Veranda, und auch dort war kein Flämmchen zu entdecken. Natürlich nicht, meldete ihm sein Verstand.

Nur mit Unterwäsche bekleidet, lief er, inzwischen etwas ruhiger, um Canyonview herum.

Langsam, aber sicher verflüchtigte sich der Gestank von Feuer und Tod aus seiner Nase. Schließlich roch er nichts mehr. Es gab kein Feuer, keinen Grund zur Panik.

Er legte die Hände ins Genick.

Lass dich nicht verrückt machen, Jason, dachte er. *Bleib ruhig, vertrau auf deinen gesunden Menschenverstand.*

Die Glut der Morgensonne färbte den Himmel im Osten gelb.

Er ging wieder ins Haus. Die Wohnzimmertür zur Diele stand offen. An der Eingangstür glaubte er etwas auf der Fußmatte liegen zu sehen. Er ging hin bückte sich. Ein Briefumschlag. Sein Herz blieb stehen. Er machte Licht.

Es war ein brauner Umschlag, natürlich. In der ihm bekannten Blockschrift stand nur sein Name darauf. Keine Adresse und keine Briefmarke.

Dieser Brief war persönlich zugestellt worden.

Wann? Hatte der Brief auf der Fußmatte gelegen, als sie nach Hause gekommen waren? Wohl kaum.

Jason starrte noch eine Weile auf den Umschlag, dann öffnete er ihn mit zittrigen Fingern.

Wieder ein Polaroidfoto. Doch es zeigte nicht das, was er erwartet hatte. Er hatte geglaubt, wieder Gräber zu sehen. Stattdessen erkannte er einen Buchstaben auf einer grauen Mauer aus Sandstein. Es war eine verwitterte Mauer, mit Unebenheiten, Rissen und Moosbewuchs. Eine seltsame Mauer … Plötzlich verstand er es. Er blickte auf einen Grabstein. Der Stein füllte das gesamte Bild, und vom Grau des Sandsteins hob sich, wie ein Graffiti, ein roter Buchstabe ab. Kein vollständiger Name, nur ein zierlicher, verschnörkelter Buchstabe.

M

Der verschnörkelte rote Buchstabe nahm einen großen Teil des grauen Untergrunds ein. Sein grafisch geübtes Auge erkannte jedoch, dass der Buchstabe dort ursprünglich nicht gestanden hatte. Dies war das Werk von jemandem, der wusste, wie man mit Fotoshop arbeitete. Von jemandem, der zuerst eine Aufnahme von dem Grabstein gemacht und anschließend das *M* per Fotoshop hineinkopiert hatte. Danach war das Foto noch einmal ausgedruckt worden. Ein Kinderspiel für jeden, der sich mit dem Bearbeiten von Fotos auskannte. Er selbst hätte es auch gekonnt. Schließlich hatte er so etwas oft genug gemacht.

Er drehte das Polaroidfoto um.

Auch diesmal fehlte nicht der handgeschriebene Text.

18. August, dein Todestag.

8

Ein alter Traum

Am Morgen erledigten Kayla und er die Dinge, die zu tun waren. Er rief bei Brian Anderson an und sie bei Patrick Voight. Beide reagierten erschrocken und besorgt. Sowohl Kayla als auch Jason sagten, es hätte viel schlimmer ausgehen können, und im Übrigen sei alles in Ordnung.

Jason ließ seinen Buick abschleppen. Kayla fuhr ihn in ihrem Chrysler zur Werkstatt, Felix Auto Repair am City Terrace Drive. Zusammen mit dem Chef, Ron Schaffner, begutachteten sie den Schaden. Der Kühlergrill war total kaputt, die Stoßstange hing lose herunter, und die Scheinwerfer waren schlichtweg verschwunden hinter den messerscharfen Glassplittern, die noch links und rechts in den Fassungen steckten. Die Motorhaube war leicht nach oben gebogen. An den Rändern sah man schwarze Brandspuren statt dem vertrauten Silbermetallic.

Der Chef kratzte sich am Bauch, danach hinterm Ohr, spuckte seinen Kautabak aus und murmelte mit näselnder Stimme: »Müsste noch zu machen sein, kann aber dauern.«

Mit einem Leihwagen, einem braunen Dodge Avenger 2.0 SE, fuhr Jason zurück. In Canyonview bekamen sie Besuch von einem Vorgesetzten der Polizisten. Guillermo Caiazzo hatte nicht nur einen italienischen Namen, sondern auch das entsprechende Outfit (selbst der leichte Duft von Armani fehlte nicht, sagte Kayla später mit einem zufriedenen Lächeln, das Jason ein bisschen eifersüchtig machte). Sein gestreifter

Maßanzug saß ziemlich eng. Er blieb eine halbe Stunde und machte sich Notizen. Allerdings brachte das nicht viel, denn Kayla und Jason konnten ihm nichts Konkretes berichten. Sie hatten das grelle Licht der Scheinwerfer des anderen Autos gesehen, danach war ihr Wagen von der Straße gedrängt worden, und der fremde Fahrer war verschwunden. Guillermo seufzte und meinte, dass er den Buick auf Spuren untersuchen lassen würde. Danach rief Kayla ihre Eltern an und Jason seinen Vater.

So ging der Tag vorüber. Wieder sagte Jason nichts von den Polaroidfotos. Kayla warf ihm mehrmals sorgenvolle Blicke zu, als hätte sie erraten, dass er ihr etwas verheimlichte. Sie sprach es jedoch nicht an, vielleicht weil sie glaubte, es läge an dem kurzen Brand; sie kannte ja seine Angst vor Feuer, und sie wusste, dass sie daran nichts ändern konnte.

Abends, im Bett, während Kayla schlief und ihn nichts mehr ablenken konnte, wurde seine Angst noch größer. Zum tausendsten Mal fragte er sich, was die Fotos zu bedeuten hatten und wer sie gemacht hatte. Schließlich war er sich ziemlich sicher, dass derjenige, der das letzte Bild gebracht hatte, hinter dem Unfall steckte. Der Fahrer hatte den Buick gerammt und anschließend das dritte Foto durch den Schlitz in der Haustür geschoben.

Wenn das stimmte, hatte es sich bei dem Unfall in Wirklichkeit nicht um einen Unfall gehandelt. Dann war es ein Anschlag gewesen.

Und es konnten weitere Polaroidfotos folgen. Und weitere Anschläge.

Werde ich am 18. August ermordet?

Lief es darauf hinaus? Hatte er nur noch einen Monat zu leben?

Er durfte Kayla die Fotos nicht länger verschweigen. Er musste ihr alles erzählen. Doch er traute sich nicht. Irgendetwas hinderte ihn daran.

Nach endlosem Grübeln schlief er ein und fand sich wieder in einer sternenlosen Nacht. Flammen glühten. Wo war die Tür? Er konnte sie nicht finden. Sein Herz schlug wild, und der Schweiß lief ihm den Rücken hinunter, während er hektisch um sich griff. Überall Flammen! Um ihn herum, sogar unter ihm! Stand er auf einem Scheiterhaufen? Er öffnete den Mund und wollte schreien, doch er brachte keinen Laut heraus. Sengende Hitze schlug ihm ins Gesicht und verbrannte ihm die Haut. Und er konnte nicht fliehen. Die Flammen türmten sich über ihm, schlossen ihn ein. Sie kamen näher, immer näher! Schmerz, betäubender Schmerz …

Schließlich quälte sich ein heiserer Schrei durch seine Kehle. Er schrak hoch und schnappte nach Luft.

Es ist nicht real!, versicherte er sich selbst. *Du bist nicht eingeschlossen, da war kein Feuer, du bist nicht verbrannt. Es war nur ein Traum – ein Albtraum.*

»Jason?«, hörte er Kayla mit zitternder Stimme neben sich flüstern. Auch sie hatte sich aufgerichtet. »Mein Gott, Jason, was ist los?«

Er wollte antworten, doch seine Zähne klapperten, er zitterte am ganzen Körper. Er wischte sich über das klatschnasse Gesicht. Tränen liefen über seine Wangen. Tränen oder Schweißtropfen? Er spürte, wie seine Augen brannten: Tränen. Er konnte es nicht glauben: Er flennte!

Kayla nahm ihn in die Arme.

»Jason, sag etwas. Rede mit mir«, flüsterte sie.

Er holte tief Luft und versuchte, das Schluchzen zu unterdrücken. Der Schädel drohte ihm zu platzen. Er seufzte tief.

»Ich hatte wieder diesen Traum.«

Sie ließ ihn los und senkte den Blick, als hätte sie es erwartet. »Du meinst den Albtraum?«

Er nickte.

»Wegen dem Unfall?«

Er schüttelte den Kopf. »Nein, es war wieder der eine Albtraum. Derselbe wie früher.«

Allmählich ließ sein Zittern nach. Kayla schaute ihm tief in die Augen.

»Wieder dieser alte Traum? Vom Feuer und dass du nicht fliehen kannst?«

»Es ist ein düsterer Ort, irgendwo. Es ist Nacht, und ich sehe nichts, außer dem Feuer. Es ist überall. Es kriecht immer näher, und schließlich erfasst es mich. Es ist, als stünde ich auf einem Scheiterhaufen. Als wäre ich gefesselt. Ich kann mich nicht bewegen. Ich kann nur darauf warten, dass die Flammen mich erreichen, dass ich brenne. Dann schrecke ich hoch und bin wach.«

Kayla schluckte. Sie schien etwas sagen zu wollen, doch sie brachte kein Wort heraus. In ihren Augenwinkeln bildeteten sich Tränen. Mit beiden Händen umfasste er ihr Gesicht. Plötzlich zitterte er nicht mehr, und er fühlte sich noch schuldiger wegen der Polaroidfotos.

Er ließ sie los und sank in sein Kissen zurück. Das letzte Mal, dass er diesen Albtraum durchlebt hatte, lag ungefähr vier Jahre zurück, als er sie gerade erst kennengelernt hatte. Wann das Ganze angefangen hatte, wusste er nicht mehr. Als kleines Kind hatte er ein paarmal vom Feuer geträumt. Danach kam eine Zeitspanne von ungefähr zwanzig Jahren, während der das Feuer ihn regelmäßig aus dem Schlaf gerissen hatte; manchmal mehrere Male pro Woche, dann wieder monatelang nicht. Ein einziges Mal hatte ihn die Angst auch tagsüber ergriffen. Kayla hatte ihn vor vier Jahren davon befreit. Für immer, hatte er geglaubt.

Die Schmetterlinge im Bauch hatten damals wie ein Eimer Wasser gewirkt, der die Flammen gelöscht hatte. Der Albtraum hatte sich aufgelöst, war vergessen.

Seine Angst vor dem Feuer war geblieben, aber viel weniger stark als früher.

Diese Angst war das Einzige, was ihn in Panik versetzen konnte. Brennende Kerzen, Lagerfeuer oder die Freudenfeuer zu Halloween, all das mochte er nicht. Solchen Sachen ging er aus dem Weg. Jason Evans hatte einen tief sitzenden Abscheu gegenüber allem, was angezündet werden konnte.

Erinnerungen drängten sich auf. An sein Zuhause, an früher. Er hatte nicht gewollt, dass sein Vater den Kamin anmachte, nicht einmal an kalten Winterabenden. Anfangs hatte Edward noch seinen Willen durchgesetzt, doch nach mehreren dramatischen Nächten voller Albträume hatte er sich damit abgefunden, dass nie mehr Feuer im Kamin gemacht werden durfte. In Canyonview wurde keine einzige Kerze angezündet, und Jason hatte Kayla rasch davon überzeugen können, dass sie keinen Kamin brauchten.

Es gab einen wissenschaftlichen Begriff für seine Angst: Pyrophobie. Wortwörtlich bedeutete er: krankhafte Angst vor dem Umgang mit Feuer. Diese Angst steckte in ihm. Warum? Er wusste es nicht. Es hatte keinen Brand gegeben, unter dem er gelitten hatte. Es gab eigentlich nichts, worauf er seine Angst zurückführen konnte. Er hatte seine Eltern gefragt, ob vielleicht in seiner Kindheit irgendetwas geschehen sei, das als Erklärung für seine Pyrophobie dienen konnte. Etwas, an das er keine Erinnerung mehr hatte. War in dieser weit zurückliegenden Vergangenheit irgendwo der Keim für seinen immer wiederkehrenden Albtraum zu finden?

Doch auch seine Eltern hatten ihm nicht helfen können.

Als er sich in Kayla verliebt hatte, war er ein wenig zur Ruhe gekommen, auch wenn ihn die Suche nach den Ursachen für seine Angst vor dem Feuer nie ganz losgelassen hatte.

Während der letzten vier Jahre hatte er ein normales Leben geführt; die Flammen in seinem Kopf schienen gelöscht. Vier Jahre lang hatte es funktioniert, doch jetzt hatte sich ein anonymer Fotograf in sein Leben gedrängt. Jason musste herausfinden, wer es war und was die Botschaften zu bedeuten hatten.

Er spürte, dass ihm nicht viel Zeit blieb. Vielleicht nur bis zum 18. August.

9

Sackgassen

Am Freitag gingen sie wieder zur Arbeit, wie sie es vereinbart hatten. Jason musste als Erstes haarklein von seinem Unfall berichten. Die Kollegen hörten gebannt zu. Nachdem endlich alle wieder gegangen waren, ließ er Carol Martinez zu sich kommen. Er fragte nach dem Stand der Dinge in Sachen Ehekrach. Carol erzählte, Bruno hätte das Haus verlassen und ihr Anwalt würde heute oder morgen mit dem Papierkram für ihren Antrag auf Scheidung fertig werden. Die Angelegenheit kam zügig voran, und das war ihr anzusehen. Sie wirkte entspannt. Jason drückte ihr die Daumen.

»Ich hätte noch gern deinen Rat wegen eines Fotos«, sagte er wie nebenbei.

Er hatte das dritte Foto eingescannt und als JPEG gespeichert. Dadurch verhinderte er, dass Carol die Botschaft auf der Rückseite lesen konnte. »Ich schicke es dir gleich. Es handelt sich um ein eigenartiges Foto. Es ist bearbeitet. Man sieht den Buchstaben *M* auf einem Hintergrund aus Stein, wahrscheinlich ein Grabstein. Möglicherweise hat ein Name darauf gestanden, der mithilfe von Fotoshop durch das *M* ersetzt wurde.«

Er sah sie ruhig an, als handelte es sich um einen gewöhnlichen Auftrag zwischendurch.

»Ich wüsste gerne, ob du an die einzelnen Bildschichten rankommen kannst, sodass der möglicherweise vorher vorhandene Name auf dem Stein sichtbar wird.«

Carol kratzte sich hinter dem Ohr.

»Mal sehen«, sagte sie. »Mail mir das Bild einfach zu.«

Er erledigte es sofort, nachdem sie sein Büro verlassen hatte.

In der Zwischenzeit konnte er glücklicherweise selbst schon aktiv werden. Bei Google suchte er unter den Stichwörtern *Grab mit Pyramide.* Die Suche ergab ein einziges Resultat: einen Textausschnitt über einen ägyptischen Pharao. *Grab + Pyramide* ergab Tausende Hinweise, in denen es allerdings nur um das Ägypten vor unserer Zeitrechnung ging. Er versuchte es mit anderen Wörtern, kam jedoch keinen Schritt weiter. Allerdings hatte er auch nicht wirklich damit gerechnet. Auf diese Weise den Friedhof zu finden, wäre ein riesiger Zufallstreffer gewesen.

Carol streckte den Kopf zur Tür hinein. Sie sagte, aus dem Foto sei nichts herauszuholen.

Sackgassen.

Das Konzept der Werbekampagne von Tommy Jones stand. Vor allem dank des Einsatzes von Tony, Babs und Carol. Ihr letztes Brainstorming war unerwartet gut gelaufen. Mehr brauchte heute nicht erledigt zu werden. Jason konnte früher ins Wochenende starten, und das kam ihm sehr gelegen. Er wollte seinen Freund Lou Briggs besuchen. Lou war ein Computergenie mit wachem Verstand. Wenn es Lou Briggs nicht gelang, in den Fotos irgendetwas zu finden, dann gelang es keinem.

Jason wählte seine Nummer. Nach dem dritten Klingeln meldete sich Lou. Jason fragte, ob er mal vorbeikommen könnte.

»Natürlich«, sagte Lou, munter wie immer. »Wann?«

Jason sah auf die Uhr. Erst halb vier. Eigentlich erwartete man von ihm, dass er bis mindestens fünf Uhr im Büro blieb.

Doch im Augenblick war es ihm ziemlich egal, was von ihm erwartet wurde.

»Passt es dir jetzt gleich?«

Im geliehenen Dodge fuhr Jason aus der Innenstadt mit ihren Hochhäusern hinaus bis in einen Außenbezirk in South Valley. Die breiten asphaltierten Straßen wurden endlos von niedrigen Gebäuden und bunten Reklameschildern flankiert. Er bog in die Barringhill Avenue ein und erreichte ein Wohnviertel. Vor einem weiß getünchten Bungalow stellte er den Wagen ab. Das Auffälligste an dem Haus waren die beiden Satteldächer. Das eine lehnte in einem Neunziggradwinkel am anderen.

Vor ungefähr einem Jahr hatte Lou über ein Internetforum, *ipyrophobia.com*, in das sie beide ab und zu gingen, Kontakt zu Jason aufgenommen. Lou hatte kurz seine Lebengeschichte erzählt. Entscheidend war, dass er von einem Hausbrand erhebliche Narben zurückbehalten hatte.

Jason hatte ihm geantwortet und Mut zugesprochen. Danach waren einige Mails hin- und hergegangen. Irgendwann hatte er Lou besucht. Die *erheblichen Narben* erwiesen sich als leichte Untertreibung, und Jason hatte einen gehörigen Schreck bekommen. Der glatzköpfige, magere Lou hatte keine Ohren, keine Nase, keine Lippen und keine Augenlider mehr. Er sah aus wie ein mit Haut bespanntes Skelett. Außerdem war er auf einen Rollstuhl angewiesen. Durch Kontraktion der Muskeln konnte er kaum noch gehen. Er war genauso alt wie Jason, doch man konnte ihn ohne Weiteres für fünfzig halten; die raue, mit roten Flecken übersäte Haut machte ihn älter.

Lou, der kaum Freunde und Verwandte hatte und ein isoliertes Leben führte, bestand darauf, das Internet hätte ihn gerettet. Mit Anlagen und Wertpapieren verdiente er Geld wie Heu. Die Finanzkrise hatte ihn nicht getroffen, und in gewissen Kreisen genoss er den Ruf eines Wall-Street-Gurus. Eine ideale Situation. Er brauchte niemandem persönlich zu begegnen, und trotzdem scheffelte er haufenweise Geld.

Nachdem er sich ein wenig an Lous Äußeres gewöhnt hatte, war Jason das Schicksal des anderen nicht mehr aus dem Kopf gegangen. Seitdem besuchte er ihn regelmäßig, manchmal sogar einmal in der Woche. Lous messerscharfer Verstand beeindruckte ihn. Das Feuer hatte ihm viel genommen, nicht aber seine Intelligenz und seine Lebensweisheit. Lou hatte stets einen guten Rat oder ein aufmunterndes Wort parat. Einmal hatte er Jason mit einem kreativen Vorschlag für eine Werbekampagne geholfen, ein anderes Mal hatte Lou Jasons privaten Computer wieder zum Leben erweckt, nachdem ein Virus sämtliche Daten gelöscht zu haben schien. Doch meistens redeten sie über alltägliche Dinge, und Lou sorgte immer dafür, dass Jason sich fröhlich oder einfach mit einem guten Gefühl verabschiedete. Das Einzige, das so gut wie nie zur Sprache kam, war ihre Pyrophobie.

Lou hatte einmal erzählt, dass seine Brandverletzungen auf ein Leck in der Gasleitung im Haus seiner Eltern zurückzuführen waren, als er siebzehn war. Die Wohnung hatte binnen Sekunden lichterloh gebrannt. Er selbst war noch mit dem Leben davongekommen, seine Eltern nicht. Von Gefühlen überwältigt, hatte er nicht weiterreden können. Die Erinnerung war zu schmerzhaft für ihn, auch jetzt noch.

Nein, über Feuer wollte er lieber nicht reden. Wenn es doch passierte, verzog sich sein Gesicht, und die Narben traten noch deutlicher hervor.

Jason klingelte, und die Tür sprang mit einem Klicken auf.

Lou hatte eine Fernbedienung für fast alle Geräte im Haus, einschließlich Tür. Der zerbrechlich wirkende, von seinen Wunden gezeichnete Mann begrüßte ihn aus seinem Rollstuhl. Jason betrat das Wohnzimmer. Ein cremefarbenes Sofa fiel sofort ins Auge, zusammen mit zwei Sesseln in derselben Farbe. Die restliche Einrichtung bestand aus einem Glastisch und zwei weißen Schränken auf einem makellos sauberen Fußboden aus sandfarbenen Ziegeln. Außer einem LCD-TV-Flachbildschirm gab es noch drei große Computerbildschirme, die nebeneinander auf einem weißen Holztisch standen, genau vor dem Fenster, durch das man in einen verwahrlosten Garten schaute.

Jason setzte sich in einen Sessel und legte die drei Polaroidfotos auf den Tisch. Lou betrachtete sie stirnrunzelnd.

»Ich falle gleich mit der Tür ins Haus«, begann Jason. »Du wirst dich sicher fragen, was es damit auf sich hat.«

»Ja, schieß los.« Lou massierte sich die rechte Hand.

Jason berichtete alles, was ihm seit Montag passiert war. Es überraschte ihn selbst, dass er Lou nichts verschwieg. Doch er kannte Lou, und er vertraute ihm. Bei Kayla hatte er die Sorge, dass sie es nicht ertragen würde und in Panik geriet.

Während er berichtete, schob Lou eine Flasche Bier über den Tisch und nahm sich selbst auch eine. Jason trank ein paar Schlucke.

»Das Ende vom Lied ist, dass ich nicht mehr ein noch aus weiß«, sagte er. »Mein Todestag ist der 18. August, behauptet dieser Mensch, der mir die Fotos geschickt hat. Ich schließe nicht aus, dass es sich um denselben Menschen handelt, der Kayla und mich von der Straße gedrängt hat. Außerdem teilt er mir mit, ich wäre schon tot, und ich *glaube* nur, dass ich noch lebe. Da frage ich mich natürlich, wann der nächste

Angriff kommt. Wann kommt das nächste Polaroidfoto? Werden Kayla und ich beobachtet? Was kann ich dagegen tun?«

Bevor Lou etwas sagen konnte, fuhr er fort: »Ich bin hier, weil du vielleicht irgendwas aus den Fotos rausholen kannst. Auf dem zweiten Bild ist ein Grabdenkmal oder ein Mausoleum zu sehen. Wenn ich das finde, weiß ich, um welchen Friedhof es sich handelt. Und das *M* auf dem dritten Foto wurde per Fotoshop über eine Inschrift gelegt. Aber was steht wirklich auf dem Grabstein? Das wüsste ich gerne.«

Lou griff nach seinem Bier, trank einen kräftigen Schluck und stellte die Flasche wieder zurück.

»Fangen wir ganz am Anfang an. Gib mir mal die Fotos. Das dritte werde ich unter meinen Scanner legen.«

Typisch Lou. Er ließ sich nicht irritieren und handelte sofort. Jason gab ihm die Bilder. Lou schob das Foto mit dem *M* unter die Klappe seines HP-Scanners und öffnete auf seinem Bildschirm ein Programm. Nicht Fotoshop, irgendwas anderes. Lou verfügte über spezielle Software.

»Was hältst du von meiner Geschichte?«, fragte Jason.

»Heftig«, meinte Lou knapp.

»Das finde ich auch.« Jason seufzte.

»Mit wem hast du darüber gesprochen?«

»Du bist der Erste. Nicht mal Kayla weiß es.«

»Warum nicht?«

»Ich habe dir doch schon mal erzählt, wo ihr Problem liegt. Außerdem haben wir gerade die ganze Sache mit Onkel Chris durchgemacht. Und jetzt das …«

Lou schüttelte den Kopf.

»Aber ich werde es ihr erzählen. Im richtigen Augenblick. Mir ist klar, dass es sein muss.«

»Warum gehst du nicht zur Polizei?«, fragte Lou.

»Die war gestern bei mir, wegen des Unfalls. Ein italienischer Kommissar. Ein Herzensbrecher, wenn du mich fragst. Kayla fand ihn ganz passabel. Er hat gefragt …«

Jason brach ab, weil das letzte Foto auf Lous Bildschirm erschien. Es füllte ihn ganz aus. Das *M* schien mit roter Farbe auf den Stein gemalt worden zu sein.

»Er hat alles Mögliche gefragt, aber Kayla saß neben mir. Deshalb habe ich den Mund gehalten.«

»Was hindert dich daran, jetzt zu ihm zu gehen?«

Jason nickte. »Du hast recht.«

»Schau mal«, sagte Lou. »Ich habe die Schichten voneinander gelöst.«

Jason blickte ihm über die Schulter und sah, dass das *M* auf dem Grabstein verschwunden war. Der Buchstabe war jetzt neben dem Stein.

»Mein Gott! Wie hast du das so schnell geschafft?«

»Ich bin gut.« Lou grinste. »Ich bin *richtig* gut.«

Auf dem grauen Stein waren nur noch Spuren von Verwitterung, Moos und Risse zu sehen.

»Ich hatte gehofft …«, setzte Jason an. Er räusperte sich. »Ich hatte gehofft, dass unter dem *M* vielleicht ein Name zum Vorschein kommen würde. Der ursprüngliche Name auf dem Grabstein.«

Lou schüttelte den Kopf. »Dies ist die einzige Schicht, die ich ablösen kann. Mehr ist nicht vorhanden.«

»Bist du sicher?«

»Ich kann noch was probieren, aber ich bin mir ziemlich sicher, ja.«

Wieder seufzte Jason. Lou drehte seinen Rollstuhl in Jasons Richtung und sah ihn durchdringend an.

»Was hattest du denn erwartet? Dass dein eigener Name draufsteht?«

»Nein«, sagte Jason hastig, als wollte er betonen, dass er den Gedanken unsinnig fand. Trotzdem, er war fest davon überzeugt, *dass* irgendwas nicht stimmte.

»Nein, natürlich nicht, aber …«

Schließlich rang er sich durch, seine Gedanken laut auszusprechen: »Ich hatte ein paar Tage Zeit und konnte es mir durch den Kopf gehen lassen. Es kann sein, dass ich bedroht werde, aber so steht es ja nicht da. Ich soll angeblich tot sein, und mein Todestag ist offenbar der 18. August. So gesehen kann man die Mitteilungen auf der Rückseite durchaus als Tatsache betrachten. Vergangenheit. Und da auf jedem Grabstein ein Name steht, kam ich auf den Gedanken …«

Lou nickte. Er grübelte und massierte sich dabei wieder die rechte Hand. »Ich verstehe. Das habe ich auch gedacht. Technisch gesehen, das weißt du auch, kann der Fotograf den eigentlichen Namen gelöscht haben. Ohne das Ausgangsmaterial kann ich das nicht herausfinden. Oder, was auch denkbar ist, er hat für dieses Bild einen Teil des Steins gewählt, auf dem der Name nicht steht.«

Jason rieb sich mit Daumen und Zeigefinger über das Kinn.

»Du meinst, ich müsste das Ausgangsmaterial finden, mit dem dieses Polaroidfoto gemacht wurde. Das habe ich mir schon gedacht.«

»Besser noch den *echten* Grabstein«, ergänzte Lou.

Wieder nickte Jason. »Aber dann muss ich herausfinden, auf welchem Friedhof er steht. Ich habe schon danach gesucht. Bislang ohne Erfolg.«

»Ich will dir gerne helfen bei der Suche«, bot Lou an.

»Danke«, sagte Jason.

Er stand auf und ging hin und her.

»Noch mal von vorne. Du stimmst mir also zu, dass ich die Botschaften auch wörtlich nehmen kann? Aber ich darf dir versichern, ich bin springlebendig.«

Lou strich sich über den kahlen Schädel. Er lächelte. Durch die fehlenden Lippen wirkten seine Zähne unnatürlich groß, und sein Lachen sah eher makaber aus als freundlich. Lou konnte nichts dafür. Jason war sein Freund, und deshalb blickte er durch die äußere Hülle bis in sein Inneres.

»Das weiß ich auch.«

»Und der Anschlag? Es hat nicht viel gefehlt, und ich hätte dieses Gespräch mit dir nicht mehr führen können. Der Fotograf, wenn er denn auch der Fahrer war, verhält sich nicht gerade so, als wäre ich schon tot. Er gibt sich alle Mühe, mich umzubringen.«

Lou zuckte mit den Achseln. »Ich weiß es auch nicht, Jason. Wenn du mich fragst, müssen wir als Erstes den Friedhof suchen. Ich werde meine Bestes tun.«

Zu Hause angekommen, schluckte er zwei Paracetamol gegen die aufkommenden Kopfschmerzen und setzte sich in den Hängesessel auf der Veranda. Kayla schien später zu kommen als gewöhnlich. Anscheinend musste sie die Arbeit von gestern nachholen.

Braune Briefumschläge waren nicht mehr gekommen. Weder bei Tanner & Preston noch bei ihm zu Hause. Eine Stunde verging, bis Kayla endlich kam. Sie erzählte von ihrem Tag, dass sie Unterlagen für den Halbjahresbericht zusammenstellen musste, weshalb sie gezwungen war, Überstunden zu machen. Er erzählte ihr von seinen Fortschritten mit Tommy Jones. Der Unfall kam nicht mehr zur Sprache.

Für das Abendessen tauten sie etwas Tiefgefrorenes auf, dann sahen noch ein bisschen fern und gingen nicht allzu spät ins Bett. Die Nacht verlief ungestört. Keine Träume, kein Feuer. Sein Körper verlangte nach Schlaf, und er bekam Schlaf. Als er aufwachte, war der Samstagvormittag schon weit fortgeschritten. Kayla war im Garten beschäftigt. Sie lächelte, die Sonne stand hoch am wolkenlosen Himmel, und Tod und Feuer schienen weit weg zu sein.

Auch am Sonntag zeigte sich das Leben von der angenehmen Seite. Kayla redete schon wieder über Kinder. Was sie sagte, klang irgendwie wärmer als früher. Offenbar hatte Jasons Wunsch nach Kindern sie in Hochstimmung versetzt.

Sie ließen es sich gut gehen an diesem Tag. Jason saß an seinem Computer, und Kayla las weiter in ihrem Thriller.

Auch später am Tag, als der Nachmittag unbemerkt in den Abend überging, brachte er es immer noch nicht übers Herz, ihr von den Polaroidfotos zu erzählen. Sie würde außer sich sein. Die Fotos und die Botschaften auf der Rückseite würden ihr noch mehr zusetzen als ihm. Ihre Vergangenheit würde wieder lebendig werden. Denn ihre Probleme mit Ralph erinnerten ein bisschen an das, was jetzt ihm widerfuhr.

Schließlich war es Kayla, die ihn zu der lange aufgeschobenen Beichte zwang. Gegen elf, kurz bevor sie schlafen gehen wollten, stürmte sie plötzlich in sein Arbeitszimmer. Er saß im Morgenmantel auf seinem Schreibtischstuhl und streunte immer noch durchs Internet auf der Suche nach dem pyramidenförmigen Grabmal. Die ganze Zeit hatte er versucht, eine Abbildung von diesem Ding zu finden, in der Hoffnung, dadurch auf den Namen und den Ort des Friedhofs zu stoßen, auf dem es stand. Vergeblich.

»Was ist denn *das* hier?«, rief Kayla wütend. Sie stand in der Tür und trug nur ihr durchsichtiges kurzes Nachthemd.

Sie hatte die rechte Hand erhoben. Darin hielt sie die drei Polaroidfotos.

10

Geständnis

Jason stand langsam auf. Die Situation war nicht gut. Nein, sie war alles andere als gut. Wütend starrte sie ihn an, als wäre er fremdgegangen.

»Wo hast du sie gefunden?«

»In deiner Hosentasche. Ich wollte die Waschmaschine noch laufen lassen. Was ist hier los, Jason Evans?«

Wenn sie seinen Nachnamen nannte, war sie meistens richtig wütend, und sie schien die scharfen Krallen einer getigerten Katze auszufahren. Jetzt musste er unbedingt ruhig und gelassen bleiben.

»Darüber wollte ich noch mit dir reden. Setz dich bitte hin.«

»Ich *will* mich nicht hinsetzen!«, zischte sie und stampfte mit dem Fuß auf.

Er ging um den Schreibtisch herum und versuchte, ihr eine Hand auf die Schulter zu legen. Sie wich zurück.

»Nein, zuerst erklärst du mir, was hier vorgeht!«, schrie sie heiser.

Er begann zu reden und konzentrierte sich darauf, dass weder Angst noch Zweifel aus seiner Stimme herauszuhören war. Er musste verhindern, dass die Wogen noch höher schlugen. Inzwischen hätte er sich selbst ohrfeigen können, dass er die Existenz der Fotos so lange verschwiegen hatte. Wie hatte er nur vergessen können, sie aus der Hosentasche zu nehmen und irgendwo zu verstecken?

Manchmal musste er nach den richtigen Worten suchen,

doch da ihm jetzt keine Wahl mehr blieb, erzählte er alles, auch von seinem Besuch bei Lou Briggs, von seinen eigenen Bemühungen, den Friedhof ausfindig zu machen, und wie er versucht hatte, beim dritten Foto einen Namen auf dem Grabstein herausfiltern zu lassen.

Während Kayla ihm zuhörte, wurden ihre Augen immer größer. Ihre Miene verriet die unterschiedlichsten Emotionen. Als er fertig war, schwieg sie lange.

»Es kann also eine Drohung sein«, sagte er, »obwohl das nicht eindeutig aus den Botschaften hervorgeht.«

Sie stand immer noch an der Tür, öffnete ein paarmal den Mund und sah dann wieder auf die Fotos und die Mitteilungen auf der Rückseite.

Sie streckte sich.

»Hast du Feinde, Jason? Ich kann es mir nicht vorstellen, aber hast du welche? Will einer was von dir? Einer, der wütend ist auf dich?«

Ihr Ärger war noch nicht verraucht, doch zumindest stellte sie Fragen, hinter denen sich Sorge verbarg.

Jason zuckte müde mit den Achseln.

»Ich weiß es beim besten Willen nicht, Kayla. Ich habe immer geglaubt, ich hätte keine Feinde.«

»Aber was, in Gottes Namen, hat das dann zu bedeuten? Wer tut so was?«

»Keine Ahnung.«

»Weshalb will jemand, dass du tot bist?«

»Ich weiß ja noch nicht mal, ob es wirklich so ist«, sagte Jason. »Das habe ich Lou auch erklärt. Aus den Mitteilungen auf der Rückseite geht nicht eindeutig hervor, dass man mich bedroht. Er oder sie. Da steht, ich wäre gestorben, am 18. August. Eigentlich lebe ich gar nicht.«

Kayla betrachtete die Fotos und und die Texte noch einmal ganz genau. Sie verschränkte die Arme vor der Brust und schnippte mit dem linken Daumen über den Zeigefinger, wie bei dem Rädchen eines Feuerzeugs.

Dann sah sie wieder hoch.

»Und du meinst, dass der Unfall in Wirklichkeit ein Anschlag war?«

»Möglich«, sagte er tonlos. »Sicher weiß ich auch das nicht.«

»Und warum hast du keine Anzeige erstattet bei der Polizei?«

»Das hat Lou auch gefragt. Ich kann es ja immer noch tun. Aber alles ist so vage. Wenn ich die Texte wörtlich nehme, werde ich ja nicht bedroht. Vielleicht war der Unfall ja *wirklich* nur ein Unfall. Ich habe überhaupt keinen Beweis, dass es mehr war als das. Wer weiß, möglicherweise handelt es sich um einen Verrückten, der mir nur Angst einjagen will. Na ja, das ist ihm auch gelungen.«

»Bei mir auch«, ergänzte Kayla.

Sie starrte vor sich hin. »Und was machen wir jetzt?«

»Gute Frage.« Er seufzte. »Was will der Absender? Alles, was ich unternommen habe, um die Dinge zu verstehen, führt mich in eine Sackgasse. Ich muss herausfinden, auf welchem Friedhof die Fotos gemacht wurden. Das steht immer noch nicht fest, und von Lou habe ich auch noch nichts gehört.«

»Du hast doch selbst zwei Polaroidkameras«, sagte sie.

Das stimmte. Neben einem uralten nostalgischen Modell 95B hatte er eine ziemlich neue und moderne t1234 12.0 Megapixel. Seine t1031 hatte er vor Kurzem über eBay verkauft.

»Was willst du damit sagen?«

Sie zuckte mit den Achseln. »Du bist ein Fan von Polaroidfotos. Du gehörst sogar zu so einem Online-Club von lauter

Freaks. Aber Polaroidfotos sind wirklich nicht mehr modern, geschweige denn trendy. Weshalb hast du keine digitalen Fotos bekommen?«

»Das weiß ich nicht, Kayla. Aber das kann eine besondere Bedeutung haben. Oder glaubst du vielleicht, einer meiner Polaroid-Kumpels könnte sie geschickt haben? Möglicherweise Jack? Oder Ricky? Oder Shaun Reilly?«

Kayla drehte sich um, und was sie dann sagte, klang bitter.

»Warum hast du mir nichts gesagt?«

Jason legte ihr die Hände auf die Schultern.

»Weil ich dich nicht beunruhigen wollte. Ich wollte versuchen, erst mal allein damit fertigzuwerden.«

Plötzlich brach etwas los in ihr. Sie begann zu zittern, die Fotos glitten ihr aus der Hand und fielen zu Boden. Sie schluchzte.

»Nicht schon wieder«, flüsterte sie heiser.

Jasons Hände glitten zu ihren Hüften hinab.

»Ich bin nicht wie Ralph«, sagte er sanft.

Sie drehte sich um und presste ihren Kopf gegen seine Brust.

»Du bist nicht tot«, sagte sie schluchzend. »Du darfst nicht sterben.«

»Das wird auch nicht passieren«, sagte er mutiger, als er sich eigentlich fühlte.

Langsam beruhigte sie sich.

»Lass mich nicht im Stich«, flüsterte sie mit einem letzten kleinen Schluchzer.

»Ich lasse dich ganz bestimmt nicht im Stich«, sagte er mit fester Stimme. »Gemeinsam schaffen wir das. Ich lebe, und ich habe vor, alt zu werden, zusammen mit dir. Wir werden glückliche Eltern, davon bin ich überzeugt. Ich sterbe nicht.«

Er bückte sich und hob die Fotos auf.

»Aber im Augenblick haben wir ein Problem. Ich … Wir müssen herausbekommen, was der Fotograf bezweckt. Hilf mir. Wir nehmen die Sache gemeinsam in die Hand.«

Sie holte ein paarmal tief Luft und schaute ihn mit Tränen in den Augen an.

»Natürlich nehmen wir die Sache gemeinsam in die Hand. Versprich mir, dass du nie wieder etwas geheim hältst vor mir, ja? Nie wieder! Tu mir das nicht an!«

Er nahm ihr Gesicht in beide Hände.

»Gemeinsam. Wir finden heraus, was das Ganze soll.«

11

Fackeln

Als Kayla am nächsten Morgen die Tür ihres Chrysler Sebring Sedan öffnete, um in eine neue Arbeitswoche zu starten, wirkte sie ziemlich matt. Die braune Jacke und der braune Rock machten ihr Äußeres auch nicht gerade strahlender. Der Glanz der Sonne auf ihrer caramelfarbenen Haut verstärkte noch die Blässe. Dennoch war und blieb sie eine Schönheit. Sie gehörte eben nicht zu den Frauen, die die Gaben von Mutter Natur bewusst einsetzten, wie etwa meerblaue Augen in einem perfekt symmetrischen Gesicht. Kayla wollte aufgrund ihrer Leistungen beurteilt werden, nicht aufgrund ihres Äußeren. Sie würde nie zugeben, dass ihr Aussehen ihr dabei geholfen hätte, irgendwo irgendetwas zu erreichen, obgleich das natürlich der Fall war. Sie fuhr weg, und er winkte lächelnd hinter ihr her.

An diesem Morgen hatten sie nicht mehr über die Polaroidfotos gesprochen. Er wollte keine Szene heraufbeschwören. Vermutlich konnte sie darüber genauso wenig reden wie über Ralph.

Ralph Gainger war ihr Verlobter gewesen, bevor sie Jason über den Weg gelaufen war – oder er ihr; das war nur eine Frage des Blickwinkels. Sie wäre jetzt schon lange mit Ralph verheiratet, wenn der arme Mann nicht gestorben wäre. Sie hatte es miterlebt. Während einer Wanderung durch die Rocky Mountains an der Grenze zwischen Nevada und Arizona hatten sie in einem Zelt übernachtet. Herzstillstand. Nur wenige

Wochen vor seinem sechsundzwanzigsten Geburtstag. Kayla hatte einen Schock erlitten. Niemand konnte sich Ralphs Tod erklären, doch die Autopsie brachte ans Tageslicht, dass er mit einer Missbildung an einer Herzklappe zur Welt gekommen war – Fachausdruck: Pulmonalis. Sein ganzes viel zu kurzes Leben hatte er mit einer tickenden Zeitbombe in seinem Körper gelebt, und kein Arzt hatte es festgestellt. Ein rechtzeitiger Eingriff hätte Ralph wahrscheinlich das Leben gerettet. Durch eine Operation am offenen Herzen hätte man den Schaden mithilfe einer Plastikklappe beheben können. Keine lebensgefährliche Operation, denn die Gefahr von Komplikationen war nur gering. Neunundneunzig Prozent der Patienten wurden schon nach acht Tagen aus dem Krankenhaus entlassen. Ralph hätte einer dieser Menschen sein müssen. Leider wurde diese angeborene Missbildung nicht immer früh genug erkannt. Man konnte es den Hausärzten, mit denen Ralph es im Lauf seines Lebens zu tun bekommen hatte, nicht einmal vorwerfen, dass sie es übersehen hatten.

Seit damals war für Kayla der Tod ein nicht zu besiegendes Monster. Wenn ein Familienmitglied oder ein Freund starb, wie jüngst Onkel Chris, war sie wochenlang völlig durcheinander, und sie fiel in ein tiefes Loch.

Dieses Ereignis im Zelt in den Rocky Mountains war eins der wenigen Dinge, über die Kayla nie sprach, obwohl Jason etliche Versuche unternommen hatte, mit ihr darüber zu reden. Irgendwann einmal war ihr etwas entschlüpft, das Ralphs Tod in einem eigenartigen Licht erscheinen ließ. Jason hatte es nicht genau verstanden, auf jeden Fall musste Ralph eine Bemerkung über seinen nahenden Tod gemacht haben, nicht lange bevor er dann wirklich starb. Jason hätte gern mehr darüber erfahren, vor allem jetzt.

Er versuchte an andere Dinge zu denken, während er zu Tanner & Preston fuhr, doch die Gedanken ließen sich nicht verdrängen. In dem Sperrfeuer von Fragen, die auf ihn eintrommelten, trat eine Frage immer wieder in den Vordergrund: *Wo*, in Gottes Namen, lag dieser Friedhof? Auf den ersten Blick handelte es sich um einen ganz normalen Friedhof, von denen es so viele in Amerika gab. Er konnte in Kalifornien liegen, aber genauso gut auch in Maine. Herumzuraten hatte keinen Zweck. Seine Suche im Internet hatte nichts erbracht, und auch Lou, den er gestern noch einmal angerufen hatte, war nicht fündig geworden.

Er fuhr auf den Pacific Coast Highway, den Kopf voller Fragen. Auf der einen Seite begleitete ihn das Blau des Ozeans, auf der anderen das Grün der Hügel von Malibu.

Aber er hatte keinen Blick dafür. Er starrte nach vorne und schlängelte sich automatisch durch den Berufsverkehr.

Seine Gedanken wanderten zu seinem wieder lebendig gewordenen Albtraum. Seine Pyrophobie war ihm nach wie vor ein Rätsel. Sie steckte tief in ihm, so wie andere unter Höhenangst litten oder unter Platzangst. Und der Albtraum symbolisierte, solange er sich zurückerinnern konnte, immer wieder das, wovor er die größte Angst hatte. Nicht fliehen können, in einem Flammenmeer gefangen sein, auf das Unvermeidliche warten müssen – auf einen grauenhaften Tod. Und vorher die unerträglichen Schmerzen.

Eiskalte Schauder liefen ihm den Rücken hinab bis in die Beine und schließlich sogar bis in die Zehen. Er rang nach Atem. Schnell trat er auf die Bremse und lenkte den Wagen auf den Seitenstreifen. Er zwang sich, ruhig durchzuatmen, und stieß einen langen, tiefen Seufzer aus.

Autos fuhren vorbei. In der Ferne lockte Santa Monica. Neben sich erblickte er Strandpavillons, Teenager auf Skateboards, erste Badegäste, die sich ins Wasser stürzten. Die Sonne. Ein strahlend blauer Himmel. Es war ein ganz gewöhnlicher Tag im ewig gleichen, angenehmen Leben in Kalifornien.

Nur dass es ihm *nicht* gut ging. Überhaupt nicht gut.

Ein Ereignis aus tiefer Vergangenheit schlich sich in seine Gedanken.

Er rennt, zwängt sich im Zickzack zwischen Bäumen hindurch, kratzt sich an Ästen, schürft sich die Haut an Baumrinde auf. Die Fackeln! Wie Ungeheuer mit funkelnden Augen verfolgen sie ihn. Jetzt knackt es dicht hinter ihm. Wieder steigt ihm Brandgeruch in die Nase. Er springt über den Stamm eines gefällten Baumriesen, kann gerade noch einem dicken Ast ausweichen.

Er ringt nach Luft. Er muss stehen bleiben. In seiner Angst springt er über einen Dornenstrauch und landet unsanft auf dem harten Waldboden. Er duckt sich, macht sich so klein wie möglich. Die Fackeln kommen immer näher. Schließlich schweben sie neben ihm. Der Qualm ätzt in seiner Kehle. Die Hitze geißelt ihn. Der beißende Geruch des Feuers macht ihn schwindlig.

Plötzlich hört er Stimmen. Hinter den Fackeln. Schrill, freudig erregt.

»Da! Da ist er, Jason …«

Er zieht die Schultern hoch, legt die Hände über den Kopf. Er will nicht gesehen werden. Er macht sich noch kleiner, doch es ist zu spät. Die Fackeln bilden einen Kreis um ihn herum. In der Glut sieht er die Gesichter von Jungen. Es sind Victor Pringle und Terril Boxall. Hinter den beiden tauchen Gavin, David und Peter auf. Victor grinst.

Nehmt das Feuer weg!, *will er rufen, doch er bringt nur ein heiseres Krächzen heraus. Er spürt kaum, dass ihm Tränen über die Wangen kullern.*

Gavin und Peter ziehen ihn brutal hoch, schleppen ihn weiter. Er ist ihr Gefangener. Sie bringen ihn ins Lager; die Jäger haben ihre Beute.

Den Rest des Abends wird er von Victor und den anderen gehänselt. Victor erzählt jedem, der es hören will, dass Jason Evans wie ein kleines Baby geflennt hat, als sie ihn gefangen genommen haben. Schließlich kriecht er als Erster ins Zelt.

Dieses Sommerlager ist längst zum Albtraum geworden, doch der wirklich böse Traum kommt erst, als er einschläft. Er befindet sich an einem anderen dunklen Ort, in einem anderen Feuer.

Es greift mit glühend heißen Krallen nach ihm. Er schrickt hoch und kann nicht mehr schlafen, er will es auch nicht. Gegenüber im Zelt liegen Victor und die anderen, sie wissen nicht, welche Angst er durchleidet. Die Leiter des Zeltlagers, die Erwachsenen, wissen es natürlich auch nicht.

Auch sein Vater nicht, als Jason einige Tage später wieder zu Hause in Cornell ist. Jason schaut ihm in die Augen und fügt sich in sein Schicksal. Selbst ein Ferienlager mit Schulkameraden ist zu viel für Jason. So etwas Normales, wie abends Verstecken spielen, versetzt ihn in Panik.

Doch es geht nicht um die Dunkelheit. Es geht um die Fackeln.

Wenn sie die Fackeln nicht gehabt hätten, wäre nichts gewesen.

Seine Mutter ermahnt seinen Vater, er solle den Jungen nicht unter Druck setzen. Sie beschützt ihn, wie immer. In den Augen seiner Mutter kann er nichts verkehrt machen.

Das hilft. Der Albtraum lässt ihn in Ruhe. Doch damit hat er den bösen Traum noch nicht abgeschüttelt, diese Hoffnung hat der kleine Jason nicht. Aber er kann eine Zeit lang schlafen, zur Ruhe kommen.

12

Liste

An diesem Montagmorgen, es war der 20. Juli, verfeinerte und korrigierte Jason das Konzept der Werbekampagne von Tommy Jones. Doch er war nicht mit dem Herzen bei der Sache. Er hatte sowieso nichts am Hut mit dem Autokönig, und heute hasste er ihn noch mehr als vor dreizehn Jahren, als sein Plymouth Road Runner den Geist aufgegeben hatte.

Kurz nach zwölf nahm ihn Brian mit zu einem Arbeitsessen mit Derek Eccles, dem PR-Chef des Elektronikgiganten Kaufmann. Brian vergaß nie, seine besten Kunden von Zeit zu Zeit zu einem Essen oder einem Empfang einzuladen. Dies war die effektivste Art, sich die Kundschaft warmzuhalten, fand er. Nach dem Essen telefonierte Jason und verschickte Mails, um laufende Projekte in Gang zu halten.

Danach rief er Kayla an. Er wollte wissen, wie es ihr ging. Außerdem spürte er das Verlangen, ihre Stimme zu hören. Sie sprachen über irgendwelche belanglosen Dinge. Beide gingen nicht auf das ein, was sie zweifellos am meisten beschäftigte.

Als er auflegte, war es fast halb vier, und er hatte alles erledigt, was heute dringend erledigt werden musste. Dadurch hatte er Zeit, sich den Kopf über den Unfall, über die Fotos und über jene Person zu zerbrechen, die ihm die Briefe geschickt hatte. Es gab keinen Zweifel, dass der Mann oder die Frau ihn kannte. Das hieß, es kamen jede Menge Leute infrage. Aber wer wollte ihn ermorden? Oder wollte irgendwer ihm mit diesen morbiden Botschaften vielleicht nur einen Schrecken einjagen?

Noch ein Gedanke fraß an ihm. Wenn er tot war, gestorben an einem 18. August, warum hatte er die Polaroidfotos dann erst *jetzt* bekommen?

Warum nicht vor zwei Jahren oder vor fünf?

Vielleicht war ich damals noch nicht tot.

Es war komisch, über das eigene Sterben nachzudenken, als wäre es schon geschehen. Schließlich *lebte* er ja noch.

Folglich musste er davon ausgehen, dass jemand vorhatte, ihn am 18. August umzubringen. Oder nicht?

Er musste Licht ins Dunkel bringen, aber wie?

Jason beschloss, einen Spaziergang zu machen. Er verließ den Roosevelt Tower, und auf dem Bürgersteig entlang der Hollywood Avenue ließ er sich alles, was er wusste, noch einmal durch den Kopf gehen.

Die Botschaften waren eindeutig. Im wörtlichen Sinne waren sie nichts anderes als Mitteilungen über sein Sterben. Der Absender behandelte ihn wie jemanden, der nicht mehr lebte, als sei er eine Leiche. Die betreffende Person, da war er sich ziemlich sicher, konnte ihn absolut nicht ausstehen.

Aber wer sollte das sein? Jason blieb stehen und legte die Hände in den Nacken. Es war höchste Zeit, eine Liste zu erstellen. Wer waren seine Feinde? Er dachte nach, doch auf Anhieb fielen ihm weder Namen noch Gesichter ein. *Komm schon, Jason,* sagte er zu sich selbst, *glaubst du vielleicht, du hättest nur Freunde?*

Aber wer? Welche Namen?

Plötzlich kam ihm die Erleuchtung, als sei irgendwo in seinem Kopf der Deckel von einem Topf genommen worden. Sieh da, auch er hatte im Umgang mit Menschen Mist gebaut. Fehler, die ihn die eine oder andere Freundschaft gekostet hatten und die nicht nur auf seine Angst vor Feuer zurückzuführen waren. Er dachte an den Bruch mit Sherilyn Chambers vor langer Zeit. Er hatte es öfter zu bunt getrieben, ein Engel war er nicht gewesen. Falsche Entscheidungen und schwache Momente – alles kam ganz von selbst an die Oberfläche.

Die Ersten, die ihm einfielen und die noch ein Hühnchen mit ihm zu rupfen hatten, waren Tracy und Carla.

Das Herz wurde ihm plötzlich bleischwer. Er hatte die Tür zu seinen miesen Erinnerungen aufgestoßen. Als hätte er seinen Kopf freiwillig in ein Wespennest gesteckt.

Mit Tracy hatte er seit Jahren nicht mehr gesprochen. Das Letzte, was sie ihm an den Kopf geworfen hatte, war ihre Erkenntnis, dass man Männern nicht vertrauen könne. Davon habe er sie überzeugt. Sollte er sie anrufen? Aber was sollte er sagen?

Trace! Wie geht es dir? Immer noch eine Flasche pro Tag? Oder reicht das nicht mehr? Übrigens, noch etwas: Hast du letztens, auf der Fahrt zum Schnapsladen oder auf dem Rückweg, zufällig an einem Briefkasten gehalten? Hattest du einen Briefumschlag dabei? So einen braunen, weißt du?

Nein, das unterließ er besser.

In Gedanken ließ er den Film ihrer anderthalbjährigen Beziehung ablaufen. Sie war seine feste Freundin gewesen auf dem Fairson College. Blond, schlank, attraktiv, aufgeweckt, intelligent. Die ganze Welt stand ihr offen. Sie steuerte auf eine glanzvolle Karriere zu. Das Trinken machte alles zunichte. Warum stürzten sich Menschen sehenden Auges in diese Fallgrube? Am Anfang hatte er gar nicht bemerkt, dass sie Alkoholikerin war. Nun gut, auf jeder Party goss sie sich kräftig einen hinter die Binde, doch das machten schließlich alle. Als dann irgendwann der billige Limestone Creek Bourbon und der Wodka irgendeiner obskuren russischen Marke auch bei anderen Gelegenheiten immer in Reichweite standen und sie fast jeden Abend sturzbetrunken war, begann er zu begreifen. Wenn sie nüchtern war, versuchte er, auf sie einzureden. Zum Schluss hatte er die AA, die Anonymen Alkoholiker, ins Spiel gebracht. Das war wie ein rotes Tuch für sie gewesen. Die Beziehung war nicht mehr zu retten, und bald darauf ging sie auch in die Brüche.

Mach's gut, Tracy Dufresne, Trace.

Die Nächste auf seiner imaginären Liste war Carla Rosenblatt. Ihr war er bei seinem ersten Arbeitgeber begegnet: DRW Advertising. Dort hatte er vierzehn Monate als Vertriebsleiter gearbeitet. Irgendwann hatte Brian Anderson ihn zu einem Essen eingeladen. Er kannte Jason, da einige Projekte sowohl über DRW als auch über Tanner & Preston gelaufen waren, und Brian schien Gefallen an Jason gefunden zu haben. Während sie ein vorzügliche Rib-Eye-Steaks aßen, machte Brian ihm das Angebot, bei Tanner & Preston anzufangen, und das mit einem erheblich höheren Gehalt als bei DRW. Die Arbeit bei DRW hatte ihm gefallen, doch das Geld hatte den Ausschlag gegeben. Carla war Grafikdesignerin bei DRW, und sie war noch ehrgeiziger als er. Vor seinem Wechsel zu Tanner & Preston hatte das schon mehrmals zum Krach geführt. Vor allem wenn es darum ging, wie sie es mit Kindern halten sollten. Meistens fing sie damit an und machte ihm deutlich, dass sie beides wollte. Kinder *und* Karriere. Womit sie meinte, dass sie nicht vorhatte, weniger zu arbeiten. Die Arbeit bedeutete ihr mehr als Kindererziehung. Er schlug vor, die Entscheidung noch ein paar Jahre hinauszuschieben, doch das passte ihr nicht. *Ich will nicht eines Tages aufwachen, und dann bin ich fünfunddreißig, und du hast es dir anders überlegt.*

Danach hatte er bei Tanner & Preston angefangen. Sein Chef

bei DRW, Walter Murphy, hatte ihm hoch und heilig versprochen, für Carla würde das keine Konsequenzen haben. Doch schon kurz darauf wurde nichts aus der Beförderung zum Artdirector, worauf sie spekuliert hatte. Bei wichtigen Projekten wurde sie immer seltener miteinbezogen. Irgendwann sagte man ihr rundheraus, falls sie höher hinauswolle, sei es besser für sie, sich anderweitig zu bewerben.

Zu Hause bekam Jason sein Fett weg. Er hatte bei Tanner & Preston eine gute Position, und sie saß in der Patsche. Ob er bei seinem Chef nicht ein gutes Wort für sie einlegen könnte?

Er konnte es nicht, und er wollte es auch nicht. Er hatte ihr Jammern und Meckern satt. Leider konnte er ihren Vorwurf, er habe auf ihre Kosten Karriere gemacht, nicht entkräften. Das wurmte ihn.

Ihre Trennung war eine ziemlich unangenehme Sache gewesen. Bei Tracy hatte er abrupt Schluss gemacht, und damit war es vorbei. Bei Carla zog es sich über Monate hin, erst dann trennten sich ihre Wege endgültig.

Jason seufzte und überlegte, wer der Nächste auf seiner Liste persönlicher Feinde sein könnte. Er drehte sich kopfschüttelnd um und blickte direkt in die dunklen Augen eines mageren Jungen, der hinter ihm hergeschlichen war und der sich ihm bis auf einen Meter genähert hatte. Er ließ seine Arme sinken. Wieder öffnete sich ein Fenster in seine Vergangenheit. Doug Shatz! Doug war genauso schmal gewesen wie dieser Junge, hatte den gleichen düsteren Blick in den Augen und …

Mach den Mund auf! Zeig mir dein Grinsen, zeig mir deine Zähne!

Jason war sich sicher, dass er dann wieder den abgebrochenen Zahn sehen würde, und dann hätte er die Gewissheit, dass Doug wieder vor ihm stand, fünfzehn Jahre nach ihrer letzten Begegnung.

Eine Wolke schob sich vor die Sonne und warf einen Schatten auf den Jungen.

Der Junge grinste tatsächlich, öffnete dabei aber nicht den Mund. Dann drehte er sich um und rannte weg, ohne ein Wort gesagt zu haben.

Jason schaute hinter ihm her. Sein Magen verkrampfte sich. Der Bursche hatte Doug unheimlich ähnlich gesehen. War es möglich, dass …

Er dachte den Gedanken nicht zu Ende. Natürlich war es nicht Doug gewesen. Dieser Junge war vielleicht sechzehn Jahre alt, und Doug war schon lange keine sechzehn mehr. Wahrscheinlicher war, dass der Junge ihn hatte überfallen wollen und dass der Kelch gerade noch an ihm vorübergegangen war, weil er sich rechtzeitig umgedreht hatte.

Auf der Hollywood Avenue rauschten die Autos vorbei, hier herrschte immer viel Verkehr. Er spürte wieder, wie ihm die Sonne ins Genick brannte. Der magere Junge verschwand aus seinen Gedanken.

Aber nicht Doug.

Dick Shevelow hatte ihn eine Zeit lang im Schlepptau. Der ruhige, sanftmütige Dick hatte schon auf dem College beschlossen, sich der Sozialfürsorge zu widmen, und dort war er auch untergekommen. Doug Shatz war damals der erste *Patient* von Dick und Mark Hall gewesen, Jasons Freund. Doug war hochbegabt, gleichzeitig aber auch krankhaft argwöhnisch, unberechenbar und von Zeit zu Zeit sogar gewalttätig. Er hatte sich nicht im Griff, und wenn es irgendwo eine Schlägerei gab, war Doug zur Stelle.

Mark und Dick hatten sich bemüht, Doug auf den rechten Weg zu bringen, und auch Jason hatte dabei zu helfen versucht. Das hatte er bitter bereut. Er hatte offen und ehrlich mit dem spindeldürren Doug Shatz gesprochen. Hatte über Dinge geredet, die ihm selbst Schwierigkeiten bereiteten. Und ja, dabei war auch seine Pyrophobie zur Sprache gekommen.

Eine Woche später war im Umkleideraum der Mädchen ein Feuer ausgebrochen. Keine schlimme Sache, der Schrecken war groß und der Schaden gering, niemand wurde verletzt. Danach brodelte die Gerüchteküche. Es sei Brandstiftung gewesen. Jason sei ein Pyromane, da Feuer für ihn zur Obsession geworden sei, hieß es weiter. Er musste beim Direktor antanzen, der ihn geradeheraus fragte, ob er der Täter sei. Jason verneinte entrüstet. Der Direktor musste ihn gehen lassen, aber der Argwohn blieb. Der wahre Brandstifter wurde nie gefasst, doch jedes Mal, wenn er in die dunkelbraunen Augen von Doug Shatz schaute und auf den abgebrochenen Zahn, der entblößt wurde, sobald er grinste, wusste Jason, wer ihn reingelegt hatte.

Ungefähr ein Jahr später war auf dem Fairson College wieder der Teufel los gewesen. Eine Schülerin war vergewaltigt worden. Maria hieß sie. Maria Sowieso, mit einem langen spanischen Nachnamen, den man sich nicht merken konnte. Sie wisse nicht, wer sie vergewaltigt habe, sagte sie. Jason hatte eine Vermutung, wer dahintersteckte. Er gewann ihr Vertrauen, und nach mehreren Gesprächen gestand sie ihm zögernd, dass es Doug gewesen war. Doch sie hatte eine Heidenangst vor ihm. Er hatte ihr gedroht, sie umzubringen, sollte sie reden. Dennoch gelang es Jason, sie davon zu überzeugen, dass sie Anzeige erstattete. Shatz wurde verhaftet. Er gestand, und das war das letzte Mal, dass er im Fairson College gesehen wurde.

Aber konnte Shatz etwas mit den Polaroidfotos zu tun haben?

Tracy. Carla. Doug. Er hatte nicht gedacht, dass es so viele

Menschen gab, die ihn hassen konnten. Menchen, die auch von seiner Angst vor Feuer wussten. Doch bei keinem dieser drei Menschen konnte er sich vorstellen, dass sie hinter den Bildern steckten.

Er war genauso schlau wie vorher. Noch immer hatte er nicht die geringste Ahnung, in welcher Ecke er suchen sollte.

Er ging zurück zum Roosevelt Tower. Im Aufzug, auf dem Weg zu seinem Stockwerk, verknüpften seine Gedanken plötzlich im Bruchteil einer Sekunde den Wahnsinn von Doug Shatz mit einem anderen Wahnsinn. Es war noch länger her.

Noam Morain.

13

Noam

Noam war der ältere Bruder von Robin, mit dem er in der Little League gespielt hatte. Robin Morain war der beste Spieler des Teams; Jason der zweitbeste. Zusammen waren sie die treibende Kraft der *Green Bears.*

Robin hatte plötzlich aufgehört. Sein Trainer und die Mitspieler reagierten zunächst verwundert. Dann stellte sich heraus, dass Robins Bruder Noam ernstlich krank war. Noam war ins Koma gefallen und ins Krankenhaus gebracht worden. Physisch wurde er wieder gesund, aber seine Psyche hatte einen Knacks bekommen. Jason konnte es zuerst gar nicht glauben. Bis er zusammen mit Robin Noam in dem Sanatorium besuchte, in das er gebracht worden war. Noam erzählte, er werde von einem Geist verfolgt, der aus den Mauern heraustrete. Ein in Schwarz gekleidetes Wesen jage hinter ihm her, wohin er auch zu fliehen versuche. Noam nannte die Gestalt den Schwarzen Reiter. Er schien sich seine eigene Theorie zurechtgelegt zu haben, die darauf hinauslief, dass die Gestalt einer der vier apokalyptischen Reiter aus der Offenbarung des Johannes sei. Laut Noam ging es um eine der vier Plagen: Eroberung, Krieg, Hungersnot und Tod. Jason hatte nie begriffen, welche der vier Plagen Noams Quälgeist war, doch spielte das eine Rolle? Noam sah ihn, hörte ihn und bekam Aufträge von ihm – in der Regel sollte er sich selbst verstümmeln. Er hatte sich die Pulsadern aufgeschnitten, hatte versucht, sich aufzuhängen, und die Finger in die Steckdose gesteckt. Der Reiter flüsterte ihm auch ein, wer ihm Böses wollte und wer nicht. Noam verhielt sich einigen Menschen gegenüber beängstigend aggressiv. Ergeben führte er alles aus, was der Schwarze Reiter ihm befahl. Die Psychiater reagierten lakonisch. Ihrer Ansicht nach waren das die Folgen der Schizophrenie. Eigentlich war es ein Wunder, dass er die Angriffe auf seinen eigenen Körper immer wieder überlebte.

Langsam ging es bergab mit Noam. Jasons letzter Kontakt zu ihm lag schon etliche Jahre zurück. Damals saß er noch immer in Anstalten, in denen seine Psychosen mit starken Medikamenten gedämpft wurden.

Einmal war Jason bei einem Anfall dabei gewesen. Noam sprang plötzlich auf und starrte Jason mit wildem Gesichtsausdruck an. Der Wahnsinn blitzte in seinen Augen auf, während er mit zitterndem Zeigefinger auf Jason wies und schrie: »Wer bist du? Du bist nicht da!«

Jason hatte nie mehr darüber nachgedacht, was genau Noam geschrien hatte. Fast zwanzig Jahre später tat er es plötzlich doch.

Du bist nicht da.

Er hatte es als wirres Gerede eines Geisteskranken abgetan.

Jetzt erst begriff er, dass Noam ihm auf seine Art vielleicht etwas Wichtiges hatte sagen wollen.

Dich gibt es nicht.

Du bist nicht da.

Zwei kurze Sätze mit fast derselben Bedeutung. Jason erinnerte sich an den Vorfall, als sei es gestern gewesen. Irgendwie hatte Noam tief in sein Innerstes geschaut, direkt in seine Seele.

Jason stieg aus dem Aufzug und ging zu seinem Büro. Jeder war mit seiner Arbeit beschäftigt. Nur Tony nicht. Er hatte die Hände hinter dem Kopf gefaltet und starrte ins Nichts.

Jason betrat sein Büro und setzte sich an den Schreibtisch.

Hatte Robins Bruder in dem Sanatorium etwas gesehen, was normale Menschen nicht sehen können? Es gab nur eine Möglichkeit, das in Erfahrung zu bringen. Er musste Noam finden. Aber wie kam er an dessen Adresse? Er fragte sich, ob Noam noch lebte. Wie lange hatte er ihn nicht mehr gesehen? Fünfzehn Jahre? Noch länger?

Er öffnete sein Mail-Programm. Von Jugend an hatte er sich angewöhnt, die Adressen von Bekannten peinlich genau festzuhalten, sowohl schriftlich als auch in seinen Computern, zu Hause und im Büro. Innerhalb kürzester Zeit fand er die Telefonnummern von Robin Morain und dessen Eltern. Die Telefonnummer jenes Mannes, um den es ging, fand er allerdings nicht. Er konnte sich nicht erinnern, welchen Grund es gegeben hatte, sie zu entfernen. Vielleicht hatte ihn die Begegnung damals dermaßen aufgewühlt, dass er beschlossen hatte, den Bruder seines Jugendfreundes nicht mehr zu besuchen.

Nach ihrer Studentenzeit waren er und Robin eigene Wege gegangen. Eigentlich komisch; sie waren gut miteinander ausgekommen.

Er wählte Robins Nummer. Doch die schien nicht mehr zu stimmen. Pech. Er probierte die Nummer von Robins Eltern. Erleichtert hörte er, dass Jeannine sich meldete. Douglas sei gestorben, berichtete sie. Schon vor längerer Zeit, im November 2002. Jeannine zeigte sich angenehm überrascht von Jasons Anruf. Nein, sie habe ihn nicht vergessen, wie denn auch? Bei Robin sei auch alles in bester Ordnung. Seit zwei Jahren sei er mit Maggie verheiratet, rothaarig, Kindergartenleiterin, schnatterte Jeannine. Im Augenblick wohnten sie in San Diego, Robin arbeite dort bei SunTrust Banks. Deshalb stimme seine alte Telefonnummer auch nicht mehr.

Jason fragte, wie es Noam gehe. Hervorragend, betonte Jeannine. Seit Mitte der neunziger Jahre wohne er in einer Pflegeeinrichtung in Anaheim, zusammen mit anderen ehemaligen Patienten. Er könne sich selbst versorgen – mit Unterstützung zwar, das wohl, aber alles in allem laufe es gut.

Jeannine fragte ihm Löcher in den Bauch. Er schilderte sein alltägliches Leben und sagte, ihm gehe es in jeder Hinsicht bestens. Hätte sie ihn ein paar Tage früher gefragt, wäre es sogar eine ehrliche Antwort gewesen.

Wie es schien, hatte Jeannine sich nicht geändert. Wenn er nicht dazwischenging, würde er hier mindestens noch eine Stunde lang mit dem Hörer in der Hand sitzen. Nach einer Viertelstunde überraschte sie ihn, als sie sagte: »Du möchtest bestimmt Robins Telefonnummer haben.«

Lieber die von Noam, dachte er, doch dann müsste er womöglich erklären, weshalb er Noam sprechen wollte. Außerdem: Es konnte nicht schaden, als Erstes seinen alten Freund auszufragen. Er bekam Robins Durchwahl im Geschäft und seine Privatnummer. Er bedankte sich, legte auf und wählte direkt danach Robins Nummer im Geschäft.

Die Tür öffnete sich ein Stück, und Carol und Tony schauten um die Ecke. Als sie sahen, dass Jason telefonierte, winkten sie ihm zu. Er blickte zur Uhr. Schon Viertel vor sechs. Ob Robin noch arbeitete?

»Morain«, meldete sich plötzlich eine Bassstimme, ganz anders als die hohe, immer ein bisschen heisere Jungenstimme von damals, aber Jason erkannte sie sofort.

»Robin! Hier ist Jason Evans.«

Einen Moment lang herrschte Stille. Jason wartete.

»Jason? Bist du es wirklich?«

»Allerdings. Ein paar Jahre älter, aber immer noch derselbe. Überrascht?«

Sie tauchten ein in gemeinsame Erinnerungen. Es war, als hätten sie vor einer Woche zum letzten Mal miteinander gesprochen, und es dauerte mindestens eine halbe Stunde, bis Robin fragte, was Jason veranlasst hatte, sich nach so langer Zeit wieder zu melden.

»Ich würde gerne mit Noam sprechen, Robin. Kannst du mir seine Adresse geben?«

»Noam?«, wiederholte Robin. Jason hörte das Zögern in dessen Stimme.

»Von Jeannine habe ich erfahren, dass er eine eigene Wohnung hat«, sagte Jason.

»Er braucht noch Hilfe«, sagte Robin. »Allein schafft er es nicht. Warum willst du ihn sprechen? Was willst du von ihm?«

»Schau, ich …« Er überlegte. »Ehrlich gesagt, ich brauche Noams Hilfe.«

»Hilfe? Noams Hilfe? Warum?«

»Das lässt sich nicht so einfach erklären«, sagte Jason. »Es ist eine komplizierte Geschichte. Der Grund ist … Noam hat früher manchmal verrückte Sachen gesagt, stimmt's?«

»Er sagt andauernd verrückte Sachen«, sagte Robin. Dann zögerte er. »Übrigens, die sind nicht immer verrückt.«

Jason runzelte die Stirn. »Wie meinst du das?«

Robin hüstelte. »Na ja, von Pflegern in dem Haus, in dem er jetzt wohnt, habe ich gehört, dass er öfter irgendwas schreit, was dann zu stimmen scheint. Er kann sich in andere Menschen hineindenken. Ihm ist es zu verdanken, dass ein Psychiater entlassen wurde, weil er Patienten zu nahe gekommen ist. *Jungen* Patienten, wenn du verstehst, was ich meine. Sowohl Mädchen als auch Jungen. Keiner wusste es, nur Noam. Keiner hat es ihm gesagt. Er *wusste* es einfach. Seltsam.«

»Ja«, pflichtete Jason ihm bei.

»Carina, eine Pflegerin, die ihn betreut, war vor Kurzem sehr traurig, weil jemand aus ihrer Familie gestorben war. Noam sagte, die Verwandte wäre bei ihr. Er meinte, die Verstorbene würde zu Carina sprechen, und er wusste auch, was sie sagen würde. Persönliche Dinge, die er einfach nicht wissen *konnte*. Carina war zu Tode erschrocken. Sie hat zugegeben, dass alles stimmte.«

Jason schwieg einen Moment. »Ist er so was wie ein Hellseher?«

»Könnte man denken, wenn man solche Dinge hört. Mir hat er öfter gesagt, dass ich *mit Rot weggehen würde*. Maggie hat rote Haare, und ich bin nach San Diego gezogen, also … Mach dir deinen eigenen Reim drauf, aber meines Erachtens hast du das richtige Wort gesagt.«

Jason räusperte sich. »Als wir noch Kinder waren, hat Noam mal was gesagt, was mich total durcheinandergebracht hat. Es ist mir wieder eingefallen, und jetzt möchte ich es genauer wissen. Das klingt sehr vage, Robin, aber es ist wichtig für mich. Nach allem, was ich jetzt von dir höre, ist es sogar sehr wichtig für mich.«

»Worum handelt es sich?«

»Nicht am Telefon. Dafür ist es zu persönlich und zu kompliziert. Ich fände es toll, wenn wir uns mal wieder treffen würden. Das müssen wir wirklich tun.«

»Du willst mir nicht mehr erzählen?«, versuchte es Robin noch einmal.

»Bald. Wir schnappen uns jeder ein Bier, und dann erfährst du alles«, sagte Jason.

Robin seufzte.

»Ganz schön geheimnisvoll, Jason. Du machst mich immer

neugieriger. Aber ich vertraue dir. Was hast du vor? Noam anrufen?«

»Ich werde ihn lieber besuchen. Er wohnt in Anaheim, nicht? Eine Stunde Fahrt, wenn kein Berufsverkehr ist.«

»Sei vorsichtig, Jason«, sagte Robin. »Wenn er sich nicht wohlfühlt, macht er dicht. Danach geht es ihm dann oft schlecht, und die Anfälle kommen zurück. Weißt du was? Es ist besser, wenn ich vorher bei ihm anrufe.«

»Prima.«

Zehn Minuten später rief Robin zurück. Er hatte mit Noam gesprochen, und der erinnerte sich noch gut an Jason. Mit einem Besuch war er einverstanden. Jason bekam Noams Adresse und eine Wegbeschreibung.

Er stand auf und streckte sich. Es gab ihm ein gutes Gefühl, dass er endlich etwas unternehmen konnte, dass er nicht länger tatenlos warten musste. Er rief Kayla an und sagte, er käme erst später nach Hause, da er noch einen Termin habe. Er legte auf, bevor sie fragen konnte, um was für einen Termin es sich handelte. War das eine Lüge? Eigentlich nicht, aber irgendwie doch. Er dachte daran, was sie gesagt hatte. *Versprich mir, dass du nie wieder etwas geheim hältst vor mir.* Jetzt hatte er sein Versprechen schon gebrochen.

Gut eine Stunde später stand er Noam Morain genüber. In seiner Erinnerung war Noam wie Superman gewesen. Ein Muskelprotz, ein Kraftpaket. Damals war er selbst nur ungerfähr halb so groß wie Robins Bruder gewesen. Dieser Noam an dem kleinen Tisch, der zusammen mit zwei Stühlen und einem einfachen Bett die ganze Möblierung in dem Zimmerchen bildete, schien einen Meter geschrumpft zu sein. Sein

Kopf, früher bedeckt von dichtem Haar, war jetzt fast kahl. Unregelmäßig geschnittene graue Locken fielen ihm über die Ohren. Seine Haut sah ungesund aus und faltig. Alles an ihm war schwammig, fett und formlos. Er hatte mindestens dreißig Kilo zugenommen.

Hatte der Schwarze Reiter in seinem Kopf ihn so sehr verändert?

»Noam Morain?«, fragte Jason, als begegnete er einem Fremden.

Der Mann lächelte. Als sich seine Mundwinkel hoben und leicht kräuselten, erkannte Jason den alten Noam. So hatte er immer gelacht. Sein Körper mochte aussehen wie eine schlecht sitzende, zu große Jacke, aber es war Noam, kein Zweifel.

»Ja«, kam es mit dünner Stimme.

Jason nahm den anderen Stuhl und setzte sich.

»Ich bin Jason, Jason Evans. Kennst du mich noch?«

Noam nickte.

»Wie geht es dir?«

Er zuckte mit den Achseln. »Gut, gut.«

»Das ist schön, Noam.« Jason schaute sich um. »Robin hat mir auch schon gesagt, dass es dir gut geht.«

»Ja, Robin«, sagte Noam. »Es geht mir gut, sehr gut.«

Jason versuchte, sich wieder zu erinnern, wie dieser Mann einmal wie ein Wahnsinniger geschrien hatte, *du bist nicht da.*

Diese Augen; sie starrten tief hinein in mein Innerstes. Das war das Schlimmste.

Noams Augen wirkten leblos. Er sah mitleiderregend aus, wie tot. Jason beschloss, nicht lange zu zögern. Die Betreuerin hatte ihm eine halbe Stunde mit Noam erlaubt, mehr nicht.

»Noam, weißt du noch, dass ich dich früher manchmal besucht habe? Als ich klein war.«

Er hielt eine Hand in Brusthöhe, um anzudeuten, dass er damals zwei Köpfe kleiner gewesen war. Er war skeptisch, ob Noam sich erinnerte. Er vermutete vielmehr, Noams Gedächtnis würde löchrig sein wie ein Sieb. Vielleicht war es keine gute Idee gewesen, hierherzukommen, doch jetzt war er hier, und er musste das Beste daraus machen.

»Als du klein warst«, sagte Noam.

»Als ich klein war«, wiederholte Jason.

»Als du klein warst …«

Jason wartete. In Noams Augen schien ein Licht der Erinnerung aufzuflackern.

Noam kicherte. »Das weiß ich noch. Im Erkennen von Gesichtern bin ich gut, ja, da bin ich richtig gut. Dein Gesicht ist jetzt anders, aber ich kenne es noch.«

»Gut, Noam. Damals habe ich dich manchmal besucht, nicht wahr? Zusammen mit Robin oder mit deiner Mutter.«

»Ja, du bist gekommen.«

»Und ich fand es schön. Ich habe dich gerne besucht.«

Noam nickte.

»Aber weißt du«, fuhr Jason fort, »da ist eine Sache, die ich mich frage.«

Jason hatte das Gefühl, als würde er zu einem Kind reden. Er holte tief Luft.

»Einmal, als ich bei dir zu Besuch war, hast du etwas gesagt.«

Er versuchte, Noam in die Augen zu sehen, doch der starrte auf die Tischplatte.

»Du hast damals gesagt, ich wäre nicht da«, sagte Jason. »Du hast mich gefragt, wo ich wäre. An dem Tag war ich bei dir, wir haben uns angesehen, und trotzdem hast du gesagt, ich wäre nicht da. Als ob ich unsichtbar geworden wäre. Weißt du das noch?«

Er ging davon aus, dass Noam *Nein* sagen würde. Und dann? Dann wusste er auch nicht weiter.

»Ja, du hast Verstecken gespielt«, war Noams überraschende Antwort. »Das tust du immer. Warum machst du das?«

Jason blinzelte. »Ich habe Verstecken gespielt?«

Er beugte sich nach vorne.

»Weshalb habe ich Verstecken gespielt, Noam?«

»Ich fand es sehr schön. Und jetzt geht es mir gut.«

»Noam!«, sagte Jason laut. »Hörst du mich?«

Noam hob den Kopf und sah ihn an. »Hier gefällt es mir. Ich habe auch ein Haustier, wusstest du das? Eine Katze. Meine Katze heißt Joshi. Sie läuft hier irgendwo rum.«

»Noam …«

»Schwarz mit weißen Flecken. Willst du sie sehen? Ich rufe sie, und dann …«

»Was meinst du mit diesem *Verstecken spielen*?«

»Sie ist ein richtig schönes kleines Tierchen, wirklich«, sagte Noam begeistert.

»Verdammt, hör mir zu!«, rief Jason.

Es wirkte sofort. Noams Blick wurden trüb. Der Funke war erloschen. Er sah verletzt aus und abweisend, und sein Gesicht bekam hässliche Züge. Genau das, wovor Robin ihn gewarnt hatte.

Du hast Verstecken gespielt, hatte Noam gesagt. *Das tust du immer. Warum?*

»Noam, entschuldige bitte, dass ich dich angeschrien habe. Aber was hast du damit gemeint?«

Noam wandte sich ab und starrte die Wand an.

»Noam, bitte, es tut mir leid!«

Keine Reaktion. Jason stand auf und legte Noam eine Hand auf die Schulter. »Ich finde es blöd, dass ich dich verärgert habe, Kumpel.«

Noam duckte sich.

»Du redest nicht mehr mit mir, oder?«

Noam starrte immer noch die Wand an.

»Ich und meine große Klappe«, murmelte Jason. »Ich habe nichts Besseres verdient.«

Noam rührte sich nicht.

»In Ordnung.« Jason seufzte. »Wenn du nichts mehr sagen willst, gehe ich halt. Ich bitte nochmals um Entschuldigung, Noam!«

Er ging zur Tür, öffnete sie und blieb auf der Schwelle stehen. Dort drehte er sich noch einmal um und schaute auf den Mann im Stuhl. »Ich komme wieder, Noam, und diesmal wird es keine fünfzehn Jahre dauern.«

Jason wandte sich wieder um und wollte schon das Zimmer verlassen und die Tür hinter sich zuziehen.

Plötzlich hörte er ein Geräusch. Es war, als ob Fingernägel an einer Wand entlangkratzten. Er blieb stehen. Wieder dieses Geräusch. Es jagte ihm Schauer über den Rücken.

Er hatte einen entsetzlichen Gedanken: *Der Schwarze Reiter, der Geist aus Wänden.*

Noam saß hinter ihm auf seinem Stuhl. Von ihm kam dieses Geräusch nicht.

Noch ein Gedanke drängte sich auf. Noch dunkler.

Die Geißel ist der Tod. Mein *Tod.*

Langsam, ganz langsam drehte er sich wieder um.

Er sah Noam, der sich zu ihm umgewandt hatte, direkt ins Gesicht.

Noam schien plötzlich ein normaler Mensch zu sein, überhaupt nicht verwirrt. Der Unterschied zeigte sich in den Augen, sie waren auf einmal hell, kraftvoll. Einen Augenblick sah Jason jenen Noam, den er vor dessen Schizophenie gekannt hatte.

»Was kam ins Feuer?«

Der faltige Mann sagte es ruhig und offenbar bei vollem Bewusstsein. Jason war verblüfft.

»Feuer?«

Noam nickte, dann drehte er seinen Kopf wieder weg und starrte die Wand an.

»Welches Feuer, Noam? Ich verstehe nicht …«

Robins Bruder schien wieder versunken zu sein im Morast der Unerreichbarkeit.

»Noam?«

Der saß dort wie eine Puppe, gefangen im Bann der Wand.

Jason redete noch ein paar Minuten auf ihn ein, doch Noam bewegte sich nicht mehr und schwieg. Das kratzende Geräusch war verschwunden. Schließlich gab Jason es auf. Er verließ das Zimmer und zog die Tür hinter sich zu.

Er ging zu seinem geliehenen Dodge und setzte sich hinter das Steuer. Das bizarre Gespräch wirbelte in seinem Kopf herum.

Du bist nicht da. Du spielst Verstecken. Was kam ins Feuer?

Er hatte nicht die geringste Ahnung, was das alles bedeutete, ob es überhaupt eine Bedeutung hatte.

»Was hat er bloß damit gemeint?«, fragte sich Jason laut.

Ihm kam ein Gedanke.

Du solltest Mark Hall fragen.

Keine schlechte Idee. Als Psychotherapeut verfügte Mark über hervorragende Voraussetzungen, um in Jasons Kopf nach …

Na ja, nach seltsamen Dingen zu suchen, die nicht stimmten.

Schließlich hatte Mark ihm schon über die Jahre hinweg vorgeschlagen, sich einer Therapie zu unterziehen, um zusammen mit ihm etwas gegen seine Pyrophobie zu unternehmen. Jason hatte den gut gemeinten Rat jedes Mal freundlich, aber bestimmt in den Wind geschlagen.

War die Zeit jetzt reif, um sich bei seinem Freund auf die Couch zu legen? Vielleicht gewann er ja neue Einsichten in die Albträume und die Flammen, die ihn immer wieder zu verschlingen drohten.

Um halb elf war er zu Hause. Er hatte das Gefühl, dieser eine Tag hätte drei Tage gedauert. Er erzählte, während er sein aufgewärmtes Rindfleisch mit Bohnen und Kartoffeln aß. Kayla saß ihm gegenüber. Sie runzelte die Stirn, als sie erfuhr, dass er, ohne sie zu informieren, Noam aufgesucht hatte, doch sie beschwerte sich nicht.

Dann erzählte er, er hätte Mark Hall angerufen, auf dem Rückweg von Anaheim nach Canyonview.

»Ich habe ihn gebeten, er soll sich um meinen immer wiederkehrenden Traum kümmern. Ich habe keine Ahnung, *was da ins Feuer kam.* Vielleicht kann er mir helfen.«

»Mark hat dir schon oft genug seine Hilfe angeboten«, sagte Kayla. »Aber du warst stur wie ein Esel.«

»Jetzt hat sich die Situation geändert. Durch die Fotos und durch Noam.«

Kayla nickte. »Und? Wann gehst du hin?«

»Schon morgen«, sagte Jason. »Um fünf, wenn er mit seinen Patienten fertig ist. Normalerweise erledigt er dann seinen Papierkram, aber er nimmt sich Zeit extra für mich, weil ich es bin.«

»Gut«, sagte Kayla. »Kann ich mitkommen?«

Er lächelte. »Natürlich.«

»Mark ist Fachmann, er urteilt nüchtern und kennt deine Ängste. Ihr habt ja oft genug darüber geredet«, sagte sie. »Ich bin froh, dass du zu ihm gehst.«

Sie senkte den Kopf, und als sie ihn wieder hob, standen Tränen in ihren Augen. »Du hast mir gestern Abend einen fürchterlichen Schrecken eingejagt.«

»Es tut mir leid«, sagte er.

»Ich habe wirklich Angst«, sagte sie und erschauerte. »Das Einzige, woran ich mich klammere, ist, dass es schon mehr als eine halbe Woche her ist, seit du das letzte Bild bekommen hast. Danach nichts mehr. Hoffentlich ist das ein gutes Zeichen.«

»Ich habe auch Angst«, gab er seufzend zu. »Und ich verstehe nur allzu gut, dass dadurch dein alter Kummer wieder hochkommt.«

Sie nickte. »Das stimmt.«

Er zögerte einen Moment, entschloss sich dann aber doch, weiterzumachen.

»Kayla, darüber möchte ich gerne mit dir sprechen.«

»Aber ich nicht«, sagte sie sofort und stand auf.

»Was ist damals vorgefallen in dem Zelt?«, fragte Jason, als hätte er Kayla nicht gehört.

»Lass das«, bat sie. »Fang nicht damit an.«

»Er hat gesagt, dass er sterben würde. Was …«

»Nein!« Sie schrie. »Mit diesem okkulten Kram will ich nichts mehr zu tun haben.«

Okkult? Ein seltsamer Begriff aus ihrem Mund.

»Kayla, wir sind verheiratet«, versuchte er es wieder. »Wir teilen Freud und Leid. Weshalb ist das verbotenes Terrain für mich?«

»*Du* machst es doch genauso.«

Jason schwieg einen Moment. Damit hatte sie nicht ganz unrecht.

»Es gibt nichts dazu zu sagen.« Damit beendete sie die Diskussion.

Er spürte, dass sie ausnahmsweise mal nicht die Wahrheit sagte.

»Meine Mutter ist auch viel zu früh gestorben«, fuhr er stur fort. »Sie war älter als Ralph, aber siebenundvierzig ist auch noch zu jung. Im Gegensatz zu dir rede ich darüber.«

»Bitte, hör auf«, sagte sie knapp.

Er hielt den Mund, wenn auch nur widerwillig. Über Ralphs Tod gab es viel mehr zu sagen. Er kannte den offiziellen medizinischern Bericht, aber er wusste auch, dass der nicht die ganze Geschichte enthielt. Was auch immer an diesem Tag geschehen sein mochte, es hatte auf jeden Fall dazu geführt, dass Kayla nicht umgehen konnte mit dem Tod. Jason wollte mehr wissen über jene rätselhaften Dinge, die sie gegen ihn abschirmte. Heute Abend allerdings war sie wie eine verschlossene Auster, die er einfach nicht öffnen konnte.

Jason dachte nicht mehr an Ralph. Glücklicherweise war Kayla damit einverstanden, dass er sich mit Mark traf.

14

Im Feuer

Um Punkt fünf stand Jason vor Marks Haus, doch Kayla steckte im Berufsverkehr fest und kam zwanzig Minuten zu spät. Nach einer herzlichen Begrüßung durch Mark setzten sie sich. Mark schenkte Kaffee ein. In letzter Zeit hatte er noch mehr Auszeichnungen bekommen, bemerkte Jason. Zertifikate, Urkunden und Zeugnisse zierten die olivgrüne Wand hinter Marks Schreibtisch aus Mahagoniholz. Ihm ging es gut, er führte seine Paxis mit Engagement, und er vermittelte den Eindruck eines zufriedenen Menschen. Er beklagte seine langsam schwindende sandfarbene Haarpracht und schaute dabei mit gespielter Eifersucht auf Jasons volles Haar, in dem sich noch kein bisschen Grau zeigte.

Er stellte die Tassen vor ihnen ab und setzte sich ihnen gegenüber.

»So, dann lasst uns mal miteinander reden.«

Darauf folgte Schweigen. Jason und Kayla schauten Mark erwartungsvoll an, doch der erwiderte nur die Blicke und sagte nichts.

Schließlich beugte sich Jason leicht vor und sagte: »Mark, ich habe dir am Telefon schon alles erzählt. Wie auch immer, ich glaube, es ist besser, wenn du bei diesem Gespräch die Rolle des Therapeuten übernimmst, nicht die des Freundes.«

»Natürlich werde ich der Therapeut sein«, sagte Mark. Er hob die Hände. Die Fingerspitzen berührten sich. »Aber ich hoffe, dass ich nicht nur Therapeut, sondern auch Freund sein kann.«

Jason nickte.

»Zeig mir mal die Fotos«, sagte Mark. »Du hast sie doch bei dir, oder?«

Jason holte die Polaroidfotos hervor und gab sie Mark. Der betrachtete sie eingehend und hob langsam die Augenbrauen.

»Du hast versucht, den Friedhof zu finden?«

»Ja. Und ich habe alles getan, das bearbeitete letzte Foto zu analysieren, aber bislang erfolglos.«

»Du könntest zur Polizei gehen«, schlug Mark vor. Das hatten ihm Lou und Kayla auch schon geraten.

»Das kann ich immer noch tun. Aber denk dran, dass die Polizei sagen könnte, der Absender hätte mir nur irgendwelche Botschaften geschickt, das sei ja nicht strafbar. Da steht nirgends drin, dass ich ermordet werden soll. Für den Absender *bin* ich tot, und zwar seit einem achtzehnten August. Es gibt auch keinerlei Beweise, dass der Unfall nach der Feier bei Pa ein Anschlag gewesen ist. Übrigens hat heute der Kommissar angerufen, dieser Guillermo. Er hat sich meinen Buick angesehen, mit dem Ron Schaffner wohl noch einige Zeit beschäftigt sein wird, und er hat keine verdächtigen Spuren gefunden. Er hält es für einen Unfall, und der Verursacher ist getürmt. Wahrscheinlich kann die Polizei nichts für mich tun. Jedenfalls verlasse ich mich lieber auf meine eigenen Recherchen.«

Mark nickte und stützte sein Kinn auf die gefalteten Hände.

»Aber weswegen ich hier bin …«, sagte Jason.

»… ist dein Traum«, ergänze Mark, »der durch die Bemerkung von Noam Morain wiedergekommen ist.«

»Alles läuft wieder auf seine Pyrophobie hinaus«, sagte Kayla. »Wie ungewöhnlich ist das eigentlich?«

»Es gibt viele Störungen, die durch Ängste hervorgerufen werden«, sagte Mark. »Pyrophobie ist nur eine davon. Sie kommt nicht so häufig vor wie die Angst vor Spinnen oder Mäusen, wie Höhenangst oder Klaustrophobie, aber ungewöhnlich oder selten würde ich sie nicht nennen.«

»Und woher rühren die Ängste?« Wieder war es Kayla, die fragte.

»Das kann verschiedene Ursachen haben. Jetzt frage ich einfach mal dich: Wovor hast du Angst?«

»Spinnen.« Sie sagte es mit leichtem Ausdruck von Ekel in der Stimme. »Ich stelle mir eine Tarantel vor, und schon bei dem Gedanken läuft es mir kalt den Rücken runter.«

»In Ordnung. Und warum hast du Angst?«

»Ich habe Angst, dass mich so ein Viech berührt und mich sticht.«

»Siehst du«, sagte Mark. »Das Gleiche gilt für alle Menschen mit übertriebenen Ängsten. Sie fürchten, dass das, wovor sie Angst haben, ihnen auch tatsächlich Böses antun wird.«

»Aber nehmen wir mal Klaustrophobie«, sagte Jason. »Wie kann jemand in Panik geraten, nur weil er sich in einem engen Raum befindet. Was ist daran gefährlich?«

»Es müssen nicht unbedingt enge Räume sein«, sagte Mark. »Es gibt Menschen, die können es schon nicht aushalten, wenn sie in einem Kinosaal sitzen müssen. Klaustrophobie ist manchmal auf eine negative Erfahrung in frühem Alter zurückzuführen. Auch Platzangst ist so etwas. Der Patient hat dann Angst, dass er nicht fliehen kann. So verhält es sich mit vielen Ängsten.«

»Und Pyrophobie?«, drängte Kayla.

Mark stand auf und spitzte den Mund. Er sah Jason forschend an. »Das ist nichts anderes. Ich vermute, dass du irgendetwas mitgemacht hast, das mit Feuer zu tun hat. Oder mit Rauch oder mit extremer Hitze.«

»Mein Albtraum …«, sagte Jason.

»… scheint auf eine Erfahrung hinzuweisen, die du irgendwann einmal gemacht hast«, sagte Mark.

Jason zuckte mit den Achseln. »Soweit ich weiß, habe ich keine traumatischen Erlebnisse mit Feuer gehabt. Das weißt du, Mark. Und du weißt es auch, Kayla. Es ist nicht das erste Mal, dass wir darüber reden. Ich habe mich oft damit beschäftigt, und glaub mir, es gibt kein Ereignis in meinem Leben, das Ursache meiner Phobie sein könnte.«

»Halt, nicht so schnell«, sagte Mark. »Erst einmal musst du mich davon überzeugen, dass in deiner Vergangenheit wirklich nichts zu finden ist.«

»Gut«, sagte Jason. »Was sein muss, muss sein. Wie gehen wir vor?«

»Es gibt unterschiedliche Methoden«, sagte Mark. »Aber vorab muss ich noch betonen, dass ich die Annahme, du hättest eine Phobie, infrage stelle. Auf jeden Fall ist es keine gewöhnliche Störung. Menschen mit einer derartigen Phobie haben große Schwierigkeiten, normal zu funktionieren. Jason, du hast gerade Klaustrophobie angeführt. Ich hatte mal einen Patienten mit dieser Störung. Der Mann traute sich in keinen Aufzug, konnte nicht Auto fahren, wenn er auf die Toilette ging, machte er nie die Tür zu, und jede Nacht stand er mindestens vier Mal auf, um zu sehen, ob er seine Schlafzimmertür noch öffnen konnte. Aber er musste jeden Tag zur Arbeit. Seinem Chef sagte er nichts, weil er sonst seine Beförderung aufs Spiel gesetzt hätte.«

»Mein Gott«, sagte Kayla.

»Der Patient ließ es der Außenwelt gegenüber so aussehen, als wäre alles in Ordnung. Für alles hatte er eine Ausrede. Dass er lieber die Treppe benutzte, erklärte er damit, dass das gesünder sei. Mit dem gleichen Argument begründete er, weshalb er lieber mit dem Fahrrad fuhr als mit dem Auto. Doch die Ängste wurden immer stärker, und so kam er zu mir. Die jahrelange Schauspielerei hatte ihn erschöpft.«

»Und dann? Wie lief die Therapie?«, fragte Kayla.

»Wir haben eine Hypnotherapie gemacht. Du weißt, dass mich das interessiert. Ich glaube nicht an die Schulmedizin, und was neurolinguistische Programme angeht, habe ich meine Zweifel. Bei der Hypnotherapie versetzt man den Patienten in eine Art Trance. Man könnte auch sagen, in eine Art Entspannung. Alles, was unterschwellig in ihm lebt, kann auf diese Weise einfacher an die Oberfläche geholt werden. Während der Sitzungen entdeckten wir, dass der Vater des Mannes ihn und seine Mutter misshandelt und in einer kleinen Kiste eingeschlossen hatte. Das alles kam nach und nach in ihm hoch. Er hatte es vollkommen verdrängt. Es war eine schockierende Erfahrung für ihn. Als die Erinnerungen aus den tiefsten Tiefen seines Innern auftauchten, brach er in Tränen aus. Schließlich wurde er wütend. Wie auch immer, er erkannte die Ursache für seine Angst. Danach ging es ihm besser.«

Jason sagte nichts. Kayla sah ihn von der Seite an.

»Ich bezweifle, dass du unter einer Phobie leidest, Jason«, fuhr Mark fort. »Die Erfahrung sagt uns, dass derjenige, der unter einer Phobie leidet, im Lauf der Zeit durch diese Phobie immer größere Schwierigkeiten bekommt. Bei dir ist das nicht der Fall. Stimmt doch, oder? Ich habe dich kaum noch darüber reden hören, seit du mit Kayla zusammen bist.«

Jason nickte. »Ich habe mir ein paar … nennen wir es *Verhaltensregeln* … zugelegt. Abends kontrolliere ich immer, ob die Herdplatten ausgeschaltet sind und dass kein Stecker lose in der Steckdose ist. Wenn ein Gewitter droht, bin ich besonders auf der Hut. Solche Sachen. Aber ich beschäftige mich nicht ständig damit. Du hast recht, früher war es schlimmer. In den letzten Jahren ist es immer besser geworden. Ich habe keine Albträume mehr gehabt, seit …«

Er legte eine Hand auf Kaylas Knie.

»… bis die Fotos kamen. Bis dahin ging alles gut. Und du glaubst, dass ich trotzdem Dinge verdrängt oder vergessen habe?«

»Das muss sich erst herausstellen«, sagte Mark. »Ich werde dich mittels Hypnose zu dem Traum führen. Wir werden das ganz ruhig angehen und sehen, was wir nach und nach herausfinden. Erwarte nicht, dass wir sofort Erfolg haben. Es können Blockaden auftreten, und es kann mehrere Sitzungen dauern, bis es zum Durchbruch kommt. Oder er kommt gar nicht. Derartige Prozesse sind nicht steuerbar.«

»In Ordnung«, sagte Jason. »Wann fangen wir an?«

»Wann du willst. Wir können beim nächsten Termin anfangen oder jetzt gleich.«

Jason sah wieder zu Kayla. »Meinetwegen brauchen wir nicht zu warten.«

»Ganz sicher?«

Er nickte. »Ganz sicher.«

»Dann leg dich mal auf die Couch«, sagte Mark.

»Auf die Couch?«, fragte Jason zögernd.

»Das heißt nicht, dass du ein Patient bist. Nicht wie meine anderen Patienten. Aber du wirst merken, dass es entspannender ist, wenn du liegst. Und wer entspannt ist, profitiert viel mehr von der Therapie.«

Jason schüttelte den Kopf. »Ich hätte nie gedacht, dass der Tag kommen würde, an dem ich auf der Couch eines Therapeuten liege.«

»Solche Dinge können sich ändern«, sagte Mark. »Noch mal, erwarte nicht zu viel von dieser ersten Sitzung. Es ist nur ein Anfang.«

»Ich werde mein Bestes tun«, sagte Jason.

»Liegst du gut?«, fragte Mark.

Jason nickte.

Mark ließ seinen Blick über Jason wandern.

»Den Gürtel kannst du ruhig ein Loch weiter machen«, sagte er.

Jason musste zugeben, dass seine dunkelblauen Jeans tatsächlich ein bisschen eng saßen, daher lockerte er den Gürtel. Danach fragte Mark, ob er jetzt bequem lag, und wieder nickte Jason.

»Schließ die Augen, Jason«, sagte Mark.

Er tat es, doch entspannt war er noch lange nicht. Vor seinem geistigen Auge sah er Mark und Kayla, wie sie auf ihn hinunterblickten, als sei er ein Patient. Seiner Ansicht nach war er das auch, trotz der beruhigenden Worte seines Freundes. Mark war in diesem Augenblick nicht der Kneipenkumpel von früher, sondern der Psychologe.

»Welche Geräusche hörst du, Jason?«

Er hörte das Rattern eines Lastwagens draußen auf der Straße. Irgendwo in der Ferne heulte eine Sirene, dann vernahm er Schritte und das unverständliche Gemurmel von Leuten auf dem Flur vor Marks Praxis. Ein Stuhl, der von Mark oder Kayla, knackte. Sie hüstelte. Er kannte alle ihre Geräusche. Er überlegte, ob er das alles aufzählen sollte, doch stattdessen sagte er nur: »Ich höre alles Mögliche.«

»Konzentrier dich einfach auf die Geräusche, die von innen kommen«, sagte Mark.

Er verstand nicht sofort. »Von innen?«

»Ja, das Klopfen deines Herzens. Das Blut, das durch deine Adern strömt. Vergleich es mal mit einem Fluss, der dahinfließt, und das Klopfen deines Herzens mit einer schönen alten, tickenden Uhr. Du hast mir mal erzählt, dass dein Vater eine uralte Wanduhr besitzt, die du so toll findest.«

Die Uhr aus dem achtzehnten Jahrhundert im Haus seiner Eltern tauchte vor seinen Augen auf. Klein und elegant, das Uhrwerk in einem mit Mahagoniholz furnierten Eichengehäuse. Als Kind durfte er die Uhr immer aufziehen, und seine Mutter sah ihm mit einem Lächeln auf dem Gesicht dabei zu. Seine Mutter …

Sie stand neben der Uhr, als würde sie noch leben. Ein Mensch aus Fleisch und Blut, nicht vom Tod geholt. Er war immer ihr Augapfel gewesen, sie hatte ihn verwöhnt. Er brauchte nur um etwas zu bitten, und er bekam es. Mein Gott, plötzlich wurde ihm klar, wie sehr er sie vermisste.

»Sprich mit mir, Jason«, sagte Mark. »Sprich einfach aus, was in dir vorgeht.«

»Ich bin zu Hause, bei meinen Eltern. Ich schaue auf die Uhr. Meine Mutter ist auch da. Sie lacht.«

»Das ist gut, Jason, sehr gut. Sieh dich jetzt mal in Ruhe um. Ich möchte, dass du an einen schönen Ort gehst, wo du dich am wohlsten fühlst. Das kann bei der Uhr sein. Oder irgendwo anders, ganz egal. Wohin gehst du am liebsten?«

Er sah in die Runde, und plötzlich *war* er irgendwo anders. Über ihm ein grünes Dach aus Blättern und neben ihm der jahrhundertealte Stamm eines riesigen Baums. Er stand auf dem steilen Sandweg zum Saddle Peak.

»Ich bin in den Santa Monica Mountains, wo ich oft mit Kayla spazieren gehe.«

Der Saddle Peak war ihr Lieblingsplatz in den Bergen. Manchmal kletterten sie auf den Gipfel, um den weiten Blick in die Ferne und das Blau des Pazifiks zu genießen. Wenn man früh morgens kam, hing oft noch der Nebel an den Felsen, wie ein kühles Tuch.

Bei diesem alten Baum hatten sie sich irgendwann einmal geliebt, an einem Sommertag, verborgen im hohen Gras. Das von einem Goldrahmen umschlossene Bild in seinem persönlichen Fotoalbum der Erinnerungen behielt er für sich, denn Mark war ja auch da.

»Gut. Hol tief Luft, hör den Vögeln zu, blick dich um, erweck es zum Leben, Jason.«

Vögel zwitscherten, das Wasser des Bergbachs stürzte donnernd in die Tiefe, und trotzdem hörte er die Blätter rascheln. Kayla lag neben ihm, ihre weißen Zähne blitzten. Hier waren sie sicher, hier war er am liebsten, er wollte nirgendwo anders sein als an diesem Ort.

Plötzlich hörte er Marks Stimme.

»Wo stehst du jetzt?«

»Ich liege«, sagte er schläfrig.

»Steh mal auf.«

Er richtete sich auf zwischen den Halmen des hohen Grases.

»Ich möchte, dass du irgendwo anders hingehst. Irgendwohin, wo es brennt. Aber bevor du das tust, musst du mir gut zuhören: Du kannst jederzeit an diesen Ort zurückkehren, in die Santa Monica Mountains. Du brauchst nur mit den Fingern zu schnippen, dann bist du wieder dort. Hast du das verstanden?«

»Ja«, sagte er … oder dachte er. Jason wusste es selbst nicht. Marks Stimme erreichte ihn wie der Klang eines unsichtbaren Gottes.

»Dann mach dich jetzt auf den Weg, Jason. Unternimm eine

Reise. Mach es vorsichtig, ganz langsam. Du kannst jederzeit wieder zurück.«

Jason schaute sich um. Auf diesem Waldweg gab es kein Feuer.

»Wo bist du jetzt?«, fragte Mark.

»Noch immer an derselben Stelle. Ich weiß nicht, wohin ich gehen soll.«

Wieder war ihm nicht klar, ob er es dachte oder ob er es laut sagte.

»Lass dir Zeit, Jason. Lass dir Zeit. Dies ist dein Ort, hierhin kannst du immer zurückkehren. Geh einfach irgendwohin. Es spielt überhaupt keine Rolle, wohin.«

»Ich weiß nicht recht …«

Jason begann zu gehen. Vor ihm machte der Weg einen scharfen Knick nach rechts und verschwand aus seinem Blick. Direkt vor ihm waren hohe Sträucher, hinter denen sich graue Bergkämme erhoben.

Die Sträucher schienen ihm zuzuwinken. Je näher er kam, desto deutlicher erkannte er, dass die Pflanzen eine dichte Blätterwand bildeten. Darin befanden sich mehrere Öffnungen, groß genug, um hindurchzugehen.

Schwarze Löcher.

Ohne nachzudenken, ging er duch eine der Öffnungen. Die Sonne verschwand. Plötzlich war es Nacht. Das erstaunte ihn, trotzdem schlurfte er weiter.

In der Dunkelheit vor ihm schossen plötzlich Flammen hoch, wie sengend heiße Fäuste. Er blieb stehen, sein Herz schlug ihm bis zum Hals. Das Feuer schien ihn zu riechen, denn wie Schlangen krochen die Flammen auf ihn zu und umzingelten ihn. Es war ein Albtraum. *Der* Albtraum. Jason schrie.

Dann geschahen mehrere Dinge gleichzeitig.

Er spürte, dass er nicht allein war. Im Feuer verbarg sich etwas. Etwas, das die Flammen als Deckung nutzte. Er konnte es nicht sehen, noch nicht. Er erkannte aber, dass das Feuer selbst die Tarnfarbe dieses Etwas bildete.

Gleichzeitig rief der Gott seinen Namen.

»Jason!«

Und da war auch eine zweite Stimme, die er sehr gut kannte. Kayla.

»Komm zurück, *Jason!*«

Er hörte auf die Stimmen. Es war lebensnotwendig, dass er auf sie hörte und dass er diesen Ort, diese Hölle verließ. Er überlegte, ob er zurückgehen sollte, er *wollte* es …

Marks Praxis tauchte in seinem Blickfeld auf. Hier gab es kein Feuer, keine Hitze. Das Einzige, was er spürte, war die Hitze in ihm selbst. Er war schweißgebadet.

Kayla hockte vor ihm. Hinter ihr stand Mark.

»Was war dort?«, fragte sie. Sie war beinahe genauso erschrocken wie er. Er wollte sprechen, doch er brachte kein Wort über die Lippen.

»Lass ihn zu sich kommen, Kayla«, sagte Mark.

»Hast du ein Glas Wasser für mich?«, fragte Jason heiser.

»Kommt sofort«, sagte Mark.

Kurz darauf hielt Jason ein Glas in seinen zitternden Händen und leerte es in einem Zug.

»Das will ich nie wieder durchmachen«, sagte er.

»*Was* willst du nie wieder durchmachen?«, fragte Kayla.

Stoßweise brachte er hervor, was er erlebt hatte.

»Mark«, sagte er, nachdem er sich beruhigt hatte, »was hältst du davon?«

»Daraus kann ich noch keine Schlüsse ziehen. Wir werden …«

»Da war etwas *bei* mir«, unterbrach ihn Jason. Er klang immer noch heiser. »Ich war nicht allein. Da *kam* etwas ins Feuer.«

»Anscheinend«, sagte Mark. »Das heben wir uns für das nächste Mal auf. Beruhige dich erst mal und verarbeite das alles.«

Jason erschauerte. »Wenn es ein nächstes Mal gibt.«

»Was meinst du damit?«

»Genau das, was ich sage.« Er wandte sich ab. »Die Albträume sind schon schlimm genug. Das hier war, als stünde ich wirklich im Feuer. So etwas möchte ich nicht noch einmal mitmachen.«

In den Flammen *hatte* sich etwas verborgen. Was konnte im Feuer überdauern? Welches von Gott geschaffene Wesen überlebte ein Inferno?

15

Feuergeist

In den folgenden achtundvierzig Stunden hatte er vor allem einen Wunsch: nicht an die Sitzung in Marks Praxis denken zu müssen. Wenn er die Augen schloss, fürchtete er, einen Albtraum zu erleben, doch – es grenzte an ein Wunder – er blieb aus. Im Büro kämpfte er sich mehr schlecht als recht durch. Braune Briefumschläge kamen nicht mehr.

Am Donnerstagabend fuhr er nach der Arbeit bei seinem Vater vorbei. Der bastelte gerade in seinem Holzschuppen. Sämtliche Holzverkleidungen unterhalb der Dachrinne mussten vor dem Winter erneuert werden; das war eine Arbeit, mit der er noch monatelang beschäftigt sein würde. Jason musste eine Zeit lang das Kreischen der Kreissäge über sich ergehen lassen, als Edward ein Brett sorgfältig auf Maß schnitt. Verschwitzt legte er das Brett zur Seite und drehte sich um.

»Nochmals herzlichen Dank für den Werkzeugkasten, Jason«, sagte er. »Damit habt ihr mir wirklich eine große Freude gemacht.«

Er nahm Jason mit nach drinnen auf eine Flasche kaltes Corona. Jason starrte auf die jahrhundertealte Uhr an der Wand. Die hing dort, seit er denken konnte. Wie bei Mark stellte er sich vor, er wäre ein kleiner Junge und seine Mutter wäre noch da. Und er dachte an ihr stets strahlendes Lächeln.

Sein Leben war durch zwei besondere Frauen geprägt worden. Was Kayla anging, so konnte er nur hoffen, dass sie bis zum Ende seiner Tage bei ihm bleiben würde. Die andere besondere Frau war seine Mutter gewesen. Vor neun Jahren, am 27. Juni 2000, war sie gestorben. Viel zu jung, an Krebs. Im November davor war die Krankheit diagnostziert worden, und danach war es ihr noch eine ganze Zeit lang gut gegangen. Man hätte denken können, sie wäre eine kerngesunde Frau. Bis Anfang Juni waren die wöchentlichen Chemobehandlungen das Einzige, das darauf hinwies, dass etwas nicht in Ordnung war. Edward und er hatten die Hoffnung gehabt, sie würde wenigstens noch Weihnachten erleben.

Während der letzten zwei Wochen war es dann doch rapide bergab gegangen. Bis zum Ende blieb sie geistig vital, auch wenn sie unter großen Schmerzen litt. Sie magerte stark ab, und ihr Körper wurde schwächer und schwächer. Zusammen mit seinem Vater hatte Jason an ihrem Sterbebett gesessen, als ihre Lebensflamme erlosch, einfach so, als hätte Gott sie plötzlich ausgepustet.

Sie war sehr religiös gewesen, aber sie hatte den anderen ihre Überzeugung nie aufgezwungen. Es hatte eine Zeit gegeben, in der ihr Sohn ständig neue Freundinnen mit nach Hause geschleppt hatte, und sie hatte nie etwas gesagt. Donna hatte verstanden, dass Jason sich für andere Dinge interessierte als für die Kirche, auch wenn er den wöchentlichen Gottesdienst von Pfarrer Abraham nur selten ausließ, um ihr einen Gefallen zu tun. Donna war Vorsitzende des örtlichen Bibelkreises gewesen. Keine leichte Aufgabe im freisinnigen Kalifornien. Sie war jedoch bei ihrer Überzeugung geblieben und hatte immer wieder neue Mitglieder geworben.

Sein Vater hatte auch nicht viel übrig für die Kirche. Bis zu seiner Rente war er Produktionschef in einer Firma gewesen, die landwirtschaftliche Maschinen herstellte, und sein Interesse galt Maschinen, Werkzeugen und technischen Neuerungen, nicht Gott.

Donna hatte der Familie Liebe geschenkt, insbesondere ihrem Sohn Jason. Es war bitter, dass ausgerechnet sie als Erste gehen musste. Für ihre guten Taten wurde sie mit einem Tumor *belohnt*. Unbegreiflich.

Kayla hatte also recht. Der Tod *war* ein Monster.

Jason fühlte sich miserabel. Er trank mit seinem Vater die Flasche Corona aus, und sie unterhielten sich über die Geburtstagfeier, die Edward sehr gefallen hatte. Die Polaroidfotos erwähnte Jason nicht. Was hätte er dadurch auch erreicht? Edward würde keine neuen Erkenntnisse beisteuern können.Die einzige Folge wäre, dass sich sein Vater Sorgen machte.

Als er wieder nach Hause fuhr, durch das Grün von Malibu, fühlte er sich allein. Das hatte nicht nur mit seiner Stimmung zu tun, sondern auch damit, dass ihm nur ganz wenige Autos begegneten. Obwohl man dem Hexenkessel Los Angeles so nahe war, konnte man sich auf den von Olivenbäumen und Eichen gesäumten kleinen Straßen vorkommen wie der letzte Mensch auf Erden.

Nein, nicht der letzte Mensch auf Erden.

Nicht ganz allein.

Er hatte Gesellschaft gehabt, im Feuer.

Wieder wurde die Vision, wenn man sie denn so nennen wollte, aus der Hypnose in ihm lebendig. Die Flammen hatten ihn umzingelt, und er hatte Todesängste ausgestanden. Das kannte er schon. Doch im Feuer hatte sich etwas verborgen. Das war ihm bisher noch nie so richtig bewusst gewesen.

Ich weiß es einfach. Es hat gelebt. Das Feuer hat gelebt.

Marks Hypnose warf eine Frage auf: Hatte das Feuer vielleicht schon *immer* gelebt? Vom ersten Albtraum an, der ihm vor vielen Jahren den Schlaf geraubt hatte, bis zu seinem letzten bösen Traum?

Jason überlegte.

Wenn Mark und Kayla ihn nicht zurückgeholt hätten, hätte er möglicherweise noch mehr gesehen, was da bei ihm war und was die Flammen als Verkleidung nutzte.

Hat es vieleicht Ausschau gehalten nach mir? Hat es mich gerochen? Kennt es mich?

Fragen über Fragen, die er nicht beantworten konnte. Die einzige Möglichkeit, Antworten zu bekommen, war: denselben Weg noch einmal gehen. Denselben Weg zum Feuer. Allein schon der Gedanke dann war grauenhaft.

Er diskutierte mit Kayla darüber, doch das Ergebnis stand eigentlich schon vorher fest. Im Augenblick gab es nur einen Menschen, der ihm dabei behilflich sein konnte, sich Klarheit zu verschaffen. Ein Mensch, dem er so viel Vertrauen schenkte, dass er in seinem Innern herumwühlen durfte: Mark.

Jason hatte den ersten Schritt getan. Jetzt musste er auch den zweiten tun. Der Besuch beim Zahnarzt, um sich einen Zahn ziehen zu lassen, war nichts im Vergleich zu dem, was ihm bevorstand. Kayla hörte ihm mit gemischten Gefühlen zu und sagte, sie wünschte sich eine Zukunft ohne Angst.

Jason rief Mark an und machte einen Termin für den nächsten Tag aus. Freitag, wieder um fünf Uhr. Als er zu Bett ging, war er davon überzeugt, dass der Albtraum ihn wieder heimsuchen würde.

Ich habe keine Schwierigkeiten, redete er sich selbst ein, um sich zu beruhigen und um nicht die Beherrschung zu verlieren. Natürlich hatte er Angst. Wenn er das bestritt, belog er sich selbst. Jetzt ging es erst einmal darum, die Nacht zu überstehen. Er löschte das Licht und machte sich auf das Schlimmste gefasst.

Als er aufwachte, wunderte er sich, dass er die Nacht durchgeschlafen hatte, ohne zu träumen.

Alle drei waren aufgeregt. Was ihn selbst und Kayla betraf, so fand er das nicht ungewöhnlich. Bei Mark, dem Therapeuten, allerdings. Immer wieder räusperte er sich. Ein Zeichen von Stress. Jason erinnerte sich an eine Prüfung am Fairson College, als Mark seine Mitschüler mit seinem Husten und Räuspern derart auf die Nerven gegangen war, dass er seine Arbeit in einem anderen Klassenzimmer hatte beenden müssen. Ganz allein, mit einem eilig herbeibeorderten Lehrer als Aufseher. Jason war nicht dabei gewesen, doch er hatte es sofort geglaubt, als man es ihm erzählte. Normalerweise wirkte Mark kühl, aber sobald er sich nicht wohlfühlte, geriet seine unerschütterliche Ruhe ins Wanken.

Über den Grund für Marks Nervosität sprachen sie nicht. Ein Psychologe musste jederzeit Sicherheit ausstrahlen, fand Jason. Er hoffte, dass Marks Unruhe nur mit dessen Wunsch zu tun hatte, seinem alten Freund zu helfen.

Und wenn diese Sitzungen zu nichts führen sollten? Wenn Jason dadurch noch verwirrter würde? An Marks Stelle hätte er sich darüber Gedanken gemacht.

Er war fest entschlossen, diesmal auf keinen Fall die Beherrschung zu verlieren, was auch immer geschehen sollte. Mark forderte ihn auf, sich auf die Couch zu legen. Jason entspannte sich, wie beim letzten Mal. Wieder sagte Mark, er solle sich an einen Ort begeben, wo er sich sicher fühlte.

»Aber nicht in den Santa Monica Mountains. Ich möchte,

dass du einen anderen Ort wählst. Lass alles abfallen von dir. Wo fühlst du dich sonst noch wohl?«

Jason dachte an eine Salzwüste in Utah, wo er einmal mit Bill Hallerman gewesen war. Auch Bill gehörte zu seinen alten Freunden vom College. In jenem Sommer waren sie mit Bills verrostetem Buick unterwegs gewesen, hatten Mädchen aufgerissen, und natürlich waren sie mit dem Bleifuß über die schneeweiße Oberfläche des Salzsees gedonnert.

Jetzt hörte er wieder Mark – seine Stimme schien von weit entfernt zu kommen, wie durch einen Telefonhörer –, und er fragte ihn, ob er bereit sei, wieder zum Saddle Peak zu gehen.

Er war irgendwo in Utah, auf dem endlosen weißen Salz, in der Ferne entdeckte er gezackte Bergrücken. In seinem Kopf herrschte totale Ruhe, um ihn herum war alles still. Bill und er genossen die Einsamkeit.

Er wollte nicht weg, hier war es schön.

Und erst recht wollte er nicht zu dem Feuer in den Bergen von Santa Monica.

Dennoch glitt er in Gedanken zu jenem Ort zurück, allerdings nur widerwillig. Es war nur ein Katzensprung dorthin, und plötzlich stand er wieder auf dem steilen Bergpfad, an derselben Stelle wie beim letzten Mal.

Diesmal schaute er ängstlich auf die Sträucher, denn er wusste, was ihn dahinter erwartete. Dort war das Tor zum großen Schrecken, und er wagte nicht, weiterzugehen. Aber er hatte keine andere Wahl. Hinter dem Grün lag das Geheimnis seines Albtraums.

Mark fragte aus der Ferne, wo er sich befand.

»Ich stehe vor der Blätterwand«, antwortete er.

»Geh weiter«, sagte Mark.

»Ich weiß nicht …«, meinte er zögernd.

Mark sagte, es müsse nicht sein, er könne es auch ein anderes Mal tun, falls er noch nicht bereit sei; es sei nicht schlimm, überhaupt kein Problem.

»Ich habe keine Wahl«, sagte Jason. »Ich werde nie bereit sein, trotzdem muss es sein. Besser jetzt gleich, dann habe ich es hinter mir.«

»Bist du dir sicher?«, fragte Mark.

Jason dachte über die Alternativen nach.

»Ja«, sagte er dann, »ich bin mir sicher.«

»Na gut«, sagte Mark. »Dann geh jetzt weiter. Du kannst jederzeit zurück, aus eigener Kraft. Ganz einfach: Du brauchst nur mit den Fingern zu schnippen. Bist du bereit, Jason?«

Jason wiederholte, es müsse sein, und dann begann er auf die Sträucher zuzugehen. Sein Herz klopfte, als schlüge jemand mit dem Hammer darauf. Wie beim vorigen Mal ging er direkt in ein schwarzes Loch hinein und stand anschließend in der tiefen Finsternis einer mond- und sternenlosen Nacht.

Er blieb kurz stehen und sammelte den letzten Rest an Mut.

Mark?, sagte er. Oder dachte er.

Keine Antwort. In seinem Kopf herrschte Stille.

Mark!

Immer noch nichts.

Die Verbindung zur Außenwelt, zu Mark, schien abgebrochen zu sein. Er hatte keinen Kontakt mehr zur Wirklichkeit.

Er blickte auf seine rechte Hand.

Einfach nur mit den Fingern schnippen, dann bin ich zurück. Nichts leichter als das, das kann ich. Jedes kleine Kind kann das.

Er brauchte noch nicht zurückzukehren, denn bis jetzt war es nur dunkel, wie in einem Keller. Jason tastete sich weiter und fragte sich, wann der Scheiterhaufen auftauchen würde.

Genau in diesem Augenblick, als er es dachte, war das Feuer auf einmal da.

Er begriff plötzlich, dass er das Feuer seines Albtraums herbei*denken* konnte. War das seltsam? Nein, irgendwie verstand er, dass er sich auf dem Weg durch seinen eigenen Geist befand. Diese Nacht war eine Höhle in seinem Geist, so wie Noam Morain Grotten in seinem Geist hatte, in denen ein Schwarzer Reiter ritt.

Jason war nicht in den Santa Monica Mountains, er hatte sich nirgendwo hinbegeben. Das Einzige, was er unternommen hatte, war die Suche nach einem Weg zu sich selbst. Das war ihm sehr viel deutlicher bewusst als beim ersten Mal.

Gut. Wenn ich nicht weiter gereist bin als in meinen eigenen Geist und Dinge herbeidenken kann, einfach denken, dann kann ich auch den Rest auf mich zukommen lassen.

Die Flammen des Scheiterhaufens griffen nach ihm, als könnten sie ihn riechen und sogar sehen. Als ob das Feuer wirklich *lebte.* Erstaunlich und gleichzeitig schrecklich. Dennoch bemühte er sich, die Panik zu unterdrücken. Die Flammen krochen auf ihn zu, bildeten einen Kreis um ihn. Er schaute mit Grausen zu, während die Hitze ihn ansprang.

Er konnte fliehen, wenn er mit den Fingern schnippte. Jedenfalls nahm er an, dass das so war. Mark hatte es gesagt, und er vertraute ihm. Was aber, wenn nichts geschah, wenn er mit den Fingern schnippte? Wenn er dann immer noch hier wäre, gefangen in einem Feuermeer?

Aber dies ist doch gar nicht real. Es spielt sich nur in meinem Kopf ab. Ich brauche keine Angst zu haben, denn dies ist alles nur Illusion.

Es erstaunte ihn, wie klar er denken konnte.

Da war keine Panik. Noch nicht.

Plötzlich drang zu ihm durch, dass er nicht allein war. Irgendetwas war im Feuer. Er konnte es nicht wissen, nicht hören oder sehen, er konnte es *spüren.* Er würde es sehen, wenn er den Mut aufbrachte, auszuharren, nicht mit den Fingern zu schnippen und nicht zu glauben, dass er verbrennen müsste, wenn er *blieb.*

Dennoch merkte er, wie sich in seiner Kehle ein Schrei formte. Die Angst versuchte, von ihm Besitz zu ergreifen.

Die Flammen krochen immer dichter auf ihn zu und berührten schon fast seine Füße. Ein unwirklicher Hitzedolch schien ihm die Gesichtshaut in Streifen zu schneiden. Das hielt er nicht mehr lange aus, kein Mensch konnte das aushalten. Daumen und Zeigefinger der rechten Hand berührten sich. Ein einziges Mal schnippen, nur ein Mal, dann war es vorbei.

Zeig dich! Verdammt, zeig mir, wer du bist! Du bist hier, ich weiß es, zeig dich, ich will dich sehen!

Das Feuer änderte seine Form. Löste sich eine Gestalt aus dem Inferno? Oder war es nur eine Sinnestäuschung? Er verengte die Augen zu Schlitzen und starrte auf ein flammendes Etwas, das sich zu bewegen schien. Ihn grauste, als es auf ihn zukam. Ein Wesen mit Kopf, mit Armen und Beinen. Eine brennende Fackel. Feuer umhüllte das Wesen. Es hatte kein Gesicht, Flammen bedeckten es. Es konnte kein menschliches Wesen sein. Mit offenem Mund starrte er auf die Erscheinung. Ein Geist. Ein Feuergeist? Er tat nichts, er konnte nichts tun, als das Wesen einen brennenden Arm nach ihm ausstreckte. Feuerfinger griffen haarscharf an ihm vorbei.

Ein Schrei löste sich aus seiner Kehle. Er taumelte zurück. Sein Daumen suchte den Zeigefinger. Dann schnippte er.

16

Mawkee

Während er immer noch das Wesen in den Flammen sah, tauchten die Konturen von Marks Praxis vor seinen Augen auf. Er trudelte von einer Welt in die andere, und dabei spürte er Gott sei Dank nicht mehr den sengenden Schmerz des Feuers.

Kayla umklammerte sein rechtes Handgelenk; ihre Augen waren aufgerissen. Sie kniete neben ihm. Hinter ihr stand Mark. Sein Mund bewegte sich, und er sagte etwas, doch Jason hörte es nicht, als wäre er plötzlich taub geworden.

Langsam, ganz langsam kehrten die Geräusche zurück. Das Telefon klingelte, aber Mark ging nicht ran.

He, geh endlich ans Telefon!, wollte er rufen, doch zu seinem eigenen Erstaunen bekam er die Lippen nicht auseinander. Er konnte auch nicht aufstehen, denn es fühlte sich an, als läge ein Sack voller Steine auf seinem Körper. Dann endlich hörte er Marks Stimme.

»... dass es dir gut geht, Jason. Geht es?«

Jason versuchte zu nicken, und er spürte, wie sein Kopf sich bewegte. Das flammende Wesen verschwand.

»Ich bin wieder da«, sagte er mit zitternder Stimme.

Er berichtete, was geschehen war. Als er zu dem Punkt kam, wo das Feuer Form angenommen und zu einer Gestalt geworden war, zu einer wandelnden Fackel, stockte ihm mehrmals der Atem. Er erzählte, was er gesehen hatte. Klarzumachen, was er *gefühlt* hatte, war jedoch viel schwieriger. Seine Angst konnte er nur unzulänglich beschreiben, sodass die anderen sie sich nicht richtig vorstellen konnten. Angenommen, Kayla wäre irgendwo eingeschlossen und umgeben von lauter Taranteln, dann könnte sie ihre Angst wahrscheinlich auch nicht richtig beschreiben und sie könnten sich ihr Grauen genauso wenig vorstellen. Sie könnten sich vielleicht in ihre Situation hineindenken, mehr aber nicht. Die eigene Phobie *selbst* zu erleben war schrecklicher als alles andere.

Seine Worte klangen tonlos in seinen Ohren, und sie vermittelten längst nicht das, was er an Ängsten hatte durchmachen müssen.

»Da tauchte also wirklich etwas im Feuer auf«, schloss Jason zitternd. »Oder das Feuer wurde zu etwas, ich weiß es nicht.«

»Grauenhaft«, sagte Kayla leise.

»Mark, was hältst du davon?«

Mark sah seinen Freund an. Er rieb sich über die Wange.

»Wir stehen erst am Beginn der Analyse, Jason. Anscheinend haben wir es doch mit einem verdrängten Erlebnis zu tun oder mit einer Reihe von Erlebnissen. Deine Bilder sind ein Symbol für etwas, so viel steht fest. Wie auch immer, du hast es diesmal hervorragend gemacht. Für mich ist das ein Durchbruch. Du hast die Kontrolle über dich nicht verloren. Du wusstest, wo du bist, und du wusstest auch, wie du aus der Hypnose auftauchen kannst.«

»Danke. Aber wie geht es jetzt weiter?«

»Ich vergleiche es immer mit dem Schälen einer Zwiebel«, sagte Mark. »Die erste Haut ist weg, aber damit ist es noch nicht getan. Du wirst den Weg noch ein paarmal gehen müssen. Jedes Mal musst du eine neue Haut entfernen. Das wird kein Zuckerschlecken sein. Ich begleite dich dabei, wenn du möchtest.«

»Wenn ich weitermache, dann nur mit dir«, sagte Jason.

»Einverstanden«, sagte Kayla.

Jason grübelte nach. Noch immer war keine Frage beantwortet. Was für ein Feuer war ihm während der Hypnose begegnet? Und was war das für ein flammendes Wesen? Und was hatte das alles mit den drei Botschaften zu tun?

Mark hatte recht. Dieser Prozess war wie das Schälen einer Zwiebel. In einem Punkt lag Mark allerdings falsch, davon war Jason überzeugt. Mit jeder Haut, die verschwand, taten sich neue Rätsel auf.

Die Sitzung war sehr anstrengend gewesen, und Jason hätte gern ein paar Paracetamol geschluckt. Noch mehr allerdings wünschte er sich, dass er nicht von der Feuergestalt träumen musste.

»Können wir jetzt aufhören?«, fragte er.

»Gute Idee«, sagte Mark. »Ich würde übrigens vorschlagen, dass wir ein paar Tage warten, bevor wir weitermachen. Wenn man zu schnell vorankommen will, ist das manchmal kontraproduktiv. Was hältst du von einem Termin in der nächsten Woche, gleicher Tag, gleiche Uhrzeit?«

»In Ordnung«, sagte Jason. »Abgemacht.«

Kayla und er verabschiedeten sich von Mark. Sie fuhren nach Hause; Kayla saß am Steuer. Ab und zu warf sie ihm einen Blick zu.

»Mit mir kommt alles wieder in Ordnung«, sagte er.

»Ja. Alles wird wieder gut.«

Überzeugt klang sie nicht.

Zu Hause war Kayla auffallend still. Und Jason schaffte es nicht, das Wesen und das Feuer aus seinem Kopf zu verbannen. Er nahm eine Flasche Weißwein aus dem Kühlschrank, die er erst vor Kurzem im Supermarkt gekauft hatte. Das Etikett sagte nichts aus über die Qualität des Weins. Er erinnerte sich an den Preis: $ 4,99.

»Dürfte nichts Besonderes sein«, murmelte er, entkorkte die Flasche und füllte zwei Gläser.

»Komm, wir wollen uns noch ein bisschen nach draußen setzen«, sagte er zu Kayla und ging auf die Veranda.

Kayla setzte sich neben ihn auf die Bank, und er legte ihr den Arm um die Schulter. Gemeinsam genossen sie das Panorama, das sich vor ihnen ausbreitete.

»Jason«, sagte sie schließlich, »möchtest du reden?«

Er bemühte sich um ein Lächeln. »Ja. Dann lass mal hören. Wie denkst du über die ganze Geschichte?«

»Wie ich darüber denke …?«, begann sie und schüttelte den Kopf. »Ich weiß nicht. Ich fühle mich ganz wirr.«

»In mich auch.«

Es wurde still. Er zog sie näher an sich heran. Er brauchte sie. Mehr als je zuvor. Ihre Haut roch nach Blumen. Der süße Geruch weckte Erinnerungen.

Vor gut vier Jahren war er ihr zum ersten Mal begegnet, bei einem Essen. Als wäre es erst gestern gewesen, dieses Arbeitsessen mit Brian Anderson und zwei Fernsehproduzenten im *Duchess*, einem schicken Lokal am Sunset Boulevard. Den ganzen Abend lang interessierte er sich vor allem für die Bedienung an ihrem Tisch. Während sie die Bestellung aufnahm, machte er eine Bemerkung über ihr kunstvoll hochgestecktes Haar. Normalerweise tat er so etwas nicht. Besonders ihre sexy heisere Stimme hatte es ihm angetan, schon gleich zu Beginn, als sie die Gäste begrüßt und gefragt hatte, ob sie ihnen vorab einen Drink anbieten dürfe.

Während sie das Hauptgericht aßen, bekam er einen Anruf und verließ den Tisch. Als er mit seinem Handy am Ohr in einer Ecke des Restaurants stand, bemerkte er, dass sie ihn aus der Ferne beobachtete. Er unterdrückte das Verlangen, zu ihr hinzugehen und sie zu fragen: »Wo waren Sie mein ganzes Leben lang?«

Aber so draufgängerisch war er nicht. Es wäre auch nichts passiert, wenn er nicht seine Kreditkarte vergessen hätte. Während er mit Brian und den Produzenten zu den Autos ging, tastete er seine Brusttasche ab und bemerkte, dass er seine Visa-Karte im Restaurant hatte liegen lassen. Er verabschiedete sich schnell von den anderen und eilte ins Restaurant zurück. Zusammen mit der Kellnerin machte er sich auf die Suche nach der Kreditkarte. Es stellte sich heraus, dass sie vergessen hatte, sie ihm zurückzugeben. Sie entschuldigte sich vielmals. Eigentlich wollte er sagen, das sei doch kein Problem, stattdessen legte er – einem Impuls nachgebend – seine Hand auf ihre. Ihre Blick trafen sich. Dann legte sich ihre Hand auf seine. Ihre Augen glänzten, und ohne dass einer von ihnen etwas sagen musste, wurde ein Band zwischen ihnen geschmiedet.

Am nächsten Abend war er wieder ins *Duchess* gegangen. Allein. So hatte es angefangen.

Ihre Ausbildung zur Sekretärin hatte sie am *Traver's College* gemacht. Sie war ein halbes Jahr durch Europa gezogen, und jetzt bemühte sie sich um einen passenden Job. Doch der war nicht leicht zu finden, daher arbeitete sie in dem Restaurant.

Ach ja, und dann war da Ralph gewesen. Als sie das erste Mal zusammen etwas trinken waren, war von ihm noch nicht die Rede gewesen. Erst beim zweiten Mal rückte sie damit raus. Erst später erfuhr er mehr Details, aber nie die ganze Geschichte. Nach Ralphs Tod war sie nach Europa gereist und hatte mehrere Länder besucht. Teilweise mit dem Geld ihrer Eltern, teilweise indem sie in Restaurants und Kneipen selbst etwas verdiente.

Es dauerte nicht lange, und er schlief öfter bei ihr als in seinem eigenen Haus, das gerade umgebaut wurde. Schon zwanzig Monate nach dem Abendessen im *Duchess* hatten sie geheiratet, im Februar, an einem sonnigen, frühlingshaften Tag. Sie waren ineinander verliebt und wollten nicht länger warten. Es wurde ein unvergessliches Fest. Inzwischen hatte sie auch eine Stelle bei Demas Electrical bekommen, wo es ihr gut gefiel.

Jetzt waren sie fast zweieinhalb Jahre verheiratet. Der Wunsch nach Kindern war im Laufe der Zeit immer stärker geworden, und jetzt waren sie ja auch endlich zu einem Entschluss gekommen. Probleme hatte es nie gegeben. Außer dass im April 2008 zuerst ihre Großmutter und danach – im August desselben Jahres – ihr Großvater gestorben waren, die Eltern ihrer Mutter.

Sie hatte sehr darunter gelitten. Im November 2008 war dann eine Squash-Freundin, Rose Sallady, bei einem Verkehrsunfall ums Leben gekommen. Das führte zu einem noch größeren Drama. Kayla fiel in eine Depression, die Monate dauerte.

Danach, beim Tod von Onkel Chris, war es vor allem die Art und Weise gewesen, wie er gestorben war, die einen schweren Schock bei ihr ausgelöst hatte. Die ersten Tage hatte sie nur geweint. Dem Begräbnis hatte sie totenbleich beigewohnt, mit einer Sonnenbrille vor ihren rot geweinten Augen. Jason hatte schon befürchtet, der Schmerz würde sie nie mehr loslassen, doch zu seiner Überraschung gelang es ihr relativ schnell, wieder zu sich zu kommen. Aus Angst, alte Wunden aufzureißen, hatte er es bislang nicht gewagt, sie zu fragen, weshalb sie es diesmal so schnell geschafft hatte, den Schmerz zu überwinden. Vielleicht hing es damit zusammen, dass ein Todesfall im direkten Familien- oder Freundeskreis schlimmer für sie war als der Tod eines realtiv unbekannten Menschen.

Wie auch immer, der Tod brachte sie total aus dem Gleichschritt. Vorsichtig ausgedrückt.

Er hatte Angst vor dem Feuer, sie hatte *das*.

Er wurde durch ein höllisches Knistern geweckt. Sein Bett stand in Flammen. Wilde Feuerzungen schossen neben ihm und der noch schlafenden Kayla in die Höhe. Sengende Hitze schlug ihm ins Gesicht. Vor dem Bett entdeckte er eine lichterloh brennende Gestalt: den Feuergeist. Vor lauter Angst fiel ihm nur ein Mittel ein: mit den Fingern zu schnippen. Doch nichts geschah. Die Flammen loderten weiter, und das Wesen war immer noch da. Dies war kein Albtraum, keine Hypnose, dies war *echt*.

Ein wüstes Geräusch drang aus dem Feuerwesen, wie das Rasen und Tosen anschwellender Flammen. Oder war es ein heulendes Seufzen? Er glaubte etwas darin zu hören.

Mawkee …

Das Wesen wankte näher, erreichte das Bett, kroch auf Kayla und ihn zu. Die Hitze war unerträglich. Immer noch verhüllten brausende Flammen das Gesicht.

Jetzt war es ganz nah. Es hob eine brennende Hand und legte ihm die flammenden Finger aufs Gesicht, es …

Jason stieß einen hysterischen Schrei aus.

Und er wachte auf. Ein zweites Mal.

Da war kein Wesen mehr, kein Feuer, nichts.

Neben ihm saß Kayla, kerzengerade, und starrte ihn an.

»Wieder so ein Albtraum«, sagte er zitternd, bevor sie etwas fragen konnte. »Diesmal ein verdammt lebendiger.«

Mark hat meinen Geist nicht gut eingeschlossen, war sein erster Gedanke.

Der zweite war: *Mawkee.*

Phonetisch enthielt es das Wort *key*. Schlüssel.

Der Schlüssel von was oder wozu?

Sein schweißnasser Kopf sank zurück ins Kissen, und er ließ sein klopfendes Herz zur Ruhe kommen. Wieder hatte der Brand nur in seinem Kopf stattgefunden. Er hatte schon viele Albträume erlebt. Doch dies war der schlimmste gewesen seit langer, langer Zeit.

17

Saddle Peak

Am nächsten Morgen brauchte er mehrere Paracetamol, um seine Kopfschmerzen zu bekämpfen. Den Albtraum konnte er nicht einordnen. Er war ganz sicher gewesen, dass er wach gewesen war. Offensichtlich stimmte das aber nicht. Anscheinend gelang es ihm immer weniger, Wahn und Wirklichkeit voneinander zu unterscheiden. Wenn das wirklich so war, hatte er allen Grund, sich noch größere Sorgen zu machen. Wie auch immer, er musste vorankommen.

Er rief Lou Briggs an.

»Tut mir leid, Jason«, sagte Lou, »die Pyramide habe ich immer noch nicht gefunden. Allmählich fange ich an, mich zu fragen, ob nicht auch das Grabmal per Fotoshop in das Bild eingefügt worden ist.«

»Ist das denn möglich?«, fragte Jason.

»Es ist eher unwahrscheinlich, und ich bin auch noch nicht dahintergekommen, wie man es bewerkstelligen könnte. Nun ja, ich bin schließlich nicht allwissend. Tut mir ehrlich leid.«

»Bleib dran an der Sache«, sagte Jason und legte auf.

Während er unter der Dusche stand, wanderten seine Gedanken zu den hohen Sträuchern entlang des Bergpfades, der am Saddle Peak endete. Warum war gerade dort das Tor zum Feuer seines immer wiederkehrenden Albtraums? Verband er denn nicht nur angenehme Erinnerungen mit diesem Ort?

Es drängte ihn, sich dort einmal näher umzuschauen. Nicht

von Marks Couch aus, sondern mit eigenen Augen. Er wollte das Gebüsch einfach *sehen.*

Er erzählte es Kayla.

»Das halte ich für eine gute Idee«, sagte sie. »Ich komme mit.«

Jason überlegte kurz, ob er Mark anrufen sollte, ließ es dann aber sein. Es war auch für ihn ein freies Wochenende. Es war besser, auf eigene Faust loszuziehen.

Nach einem schnellen Frühstück verließen sie Canyonview. Fernhill badete schon zu dieser frühen Stunde in der Wärme der Julisonne. Obwohl Jason erst seit ein paar Jahren in dem kleinen Nest wohnte, fühlte er sich hier mehr als zu Hause. Der zwischen den Bergen wie eingeklemmt liegende Ort war eine Oase der Ruhe im Vergleich zu Los Angeles, auch wenn er nur lächerliche fünfundzwanzig Meilen von dort entfernt lag.

Sie fuhren durch Fernhills eigenes *Beverly Hills*, einen Ortsteil, der so genannt wurde, weil sich dort einige Künstler, Schauspieler und Schriftsteller niedergelassen hatten; die meisten stammten aus Los Angeles. Sie waren hergekommen, weil sie auf Inspiration hofften. Jason warf einen Blick auf die nebeneinanderliegenden Villen des Bildhauers David Mayne, der in Kunstkreisen für Furore gesorgt hatte, und des Krimiautors Richard Hawthorne. Hawthorne war der einzige Bewohner von Fernhill, der überregional bekannt war. Jason erinnerte sich plötzlich an etwas und musste kichern.

»Darf man mitlachen?«, fragte Kayla.

»Ich musste gerade an das Gartenfest bei Hawthorne im letzten Jahr denken.«

»Ach ja.« Sie lachte nicht mit. »Hast du das noch nicht vergessen? Ich schäme mich immer noch.«

Geschmeichelt von der Einladung, hatte Jason sich damals

extra für diesen Anlass einen Anzug von Armani gekauft. Dann war Kayla mit zwei Gläsern Weißwein auf ihn zugekommen. Eins war für ihn bestimmt gewesen. Sie war über ein Kabel gestolpert, und im nächsten Augenblick hatte sich der Inhalt der beiden Gläser über seinen teuren Anzug ergossen. Einen Moment lang war er böse gewesen, aber beim Anblick ihres tomatenroten Gesichtes war sein Ärger verschwunden wie Schnee in der Sonne. Sie war sofort aktiv geworden und hatte den Anzug mit Salz und heißem Wasser gerettet.

Er lenkte Kaylas Chrysler aus dem anheimelnden Dorf hinaus. Ganze sechstausend Seelen zählte Fernhill, doch das reiche Vereinsleben sorgte dennoch für einen überquellenden Veranstaltungskalender, angefangen bei Tai-Chi-Workshops bis hin zu Treffen der Anonymen Alkoholiker.

Die acht Meilen zum unbefestigten Parkplatz am Fuß des Saddle Peak waren schnell geschafft. Bis zu den Sträuchern war es eine Kletterpartie von ungefähr drei Meilen. Dahinter führte der Pfad noch ein paar Meilen weiter und verzweigte sich, sodass man zwischen verschiedenen Wanderrouten wählen konnte; jede hatte einen eigenen Namen. Der Ocean High Trail war Kaylas und Jasons Lieblingsweg.

Sie waren nicht die ersten Wanderer an diesem Morgen; auf dem Parkplatz standen schon mehrere Autos. Sie zogen ihre Bergstiefel an und machten sich auf den Weg.

Während des Aufstiegs waren beide in Gedanken versunken, und es herrschte Stille zwischen ihnen. Als sie sich dem bewussten Ort näherten, spürte er trotz der kalifornischen Sonne eine feuchte Kälte.

Da drüben war das hohe Gras, in dem er mit Kayla gelegen hatte, in der Nähe der jahrhundertealten riesigen Eiche.

Und *dort*, keine hundert Meter vor ihm, wo der Pfad einen scharfen Knick machte, standen die Sträucher. Er blieb stehen.

»Und?«, fragte Kayla.

Er ging ein paar Schritte weiter. Sein Unbehagen wuchs, als würde er sich einem Abgrund nähern. Als er schließlich angekommen war, standen dort ein paar Sträucher, mehr nicht. Blattwerk, darunter Äste und Stämme, die aus ganz gewöhnlichem Waldboden herauswuchsen. Er traute sich kaum, die Pflanzen zu berühren, bog aber schließlich doch mit größter Vorsicht den einen oder anderen Ast zur Seite und schnüffelte daran, fast wie eine Hauskatze, die zum ersten Mal die fremde Welt erkundet.

Zwischen den Sträuchern gab es kahle Stellen – das, was er als schwarze Löcher bezeichnet hatte. Obwohl die Anordnung der Sträucher genauso aussah wie während der Sitzung bei Mark, hätte er nicht sagen können, durch welche Öffnung er gegangen war, um in die seltsame Nacht und zum Höllenfeuer zu gelangen.

»Komisch«, murmelte er.

»Was?«, fragte Kayla.

»Dass ich ich nicht weiß, wo es ist.«

»Wo *was* ist?«

Er trat einen Schritt zurück, suchte ihre Hand und fand sie. »Das hier ist es. Hier war ich bei Mark.«

Er überlegte genau, was er als Nächstes sagen sollte, und presste ihre Finger zusammen. »Aber ich weiß nicht mehr, wie ich weitergegangen bin. Ich bin irgendwo dazwischen durchgegangen, durch eins dieser Löcher. Aber durch welches?«

Wie auch immer, keins der schwarzen Löcher war der Zugang zu einer Höhle in einer anderen Welt. Auf dem sandigen

Boden unter den Sträuchern lagen dürres Krüppelholz, Blätter und ein paar Kieselsteine, das war alles.

Kayla schwieg. Sie ließ ihm Zeit zum Nachdenken.

Er schaute hoch und horchte. Zwitschernde Vögel, leise raschelnde Blätter, das Streicheln des sanften Windes, der süße Duft des Waldes. Mehr nahm er nicht wahr. Absolut nichts.

Dennoch …

Dennoch prasselte irgendwo das Feuer. In seinem Innern. Dort wüteten die Flammen.

Er drehte sich zu Kayla um.

»Irgendetwas *ist* passiert mit mir.« Der Satz kam ihm über die Lippen, doch er hatte keine Bedeutung für ihn. »In mir … ist etwas gestorben.«

Ihre Miene erstarrte, die Augen traten plötzlich hervor, und ihr Blick war gleichzeitig eiskalt. Ein Blick, wie er ihn bei ihr nicht kannte. Plötzlich wurde ihm klar, was in ihr vorging. Zu spät. Er hatte gesagt, was er nicht hätte sagen *dürfen*. Was sie nicht hören wollte.

»Ich meine damit nicht, dass ich tot bin, ach, ich weiß auch nicht, was ich damit gemeint habe«, sagte er hastig. »Entschuldige, vergiss es.«

Er sah ihr tief in die Augen. Doch sie wandte sich ab und entzog ihm ihre Hand.

»Können wir dann gehen, wenn du fertig bist?«, kam es kühl.

»Ich bin fertig.«

»Schön.«

Sie wandte ihm den Rücken zu und machte sich auf den Weg. Er wartete noch einen Augenblick, dann folgte er ihr und dachte darüber nach, was er gesagt hatte. Nein, was aus seinem Mund gekommen war. *Er* hatte es nicht gesagt, es war …

Es kam aus mir heraus, aber ich war es nicht.

Wieder lief es ihm kalt über den Rücken.

Doch was ihn schmerzte, war Kaylas Reaktion.

Mit festen Schritten ging sie von ihm her.

In Canyonview herrschte immer noch dicke Luft. Kayla ging in das kleine Arbeitszimmer, und Jason hörte vom Wohnzimmer aus, dass sie telefonierte. Offenbar musste sie Dampf ablassen, indem sie mit einer Freundin redete. Er ließ sie in Ruhe, setzte sich in den Schaukelstuhl auf der Veranda und überlegte. Eine halbe Stunde später ging er ins Haus. Sie saß immer noch im Arbeitszimmer. Sie hatte aufgehört zu telefonieren und starrte niedergeschlagen vor sich hin.

»He«, sagte er munter, »ich bin auf Friedensmission.«

Unbeholfen wedelte er mit der Faust, um den Anschein zu erwecken, als hätte er eine weiße Flagge in der Hand.

»Können wir darüber reden?«

Ihr Blick veränderte sich nicht. »Jederzeit.«

»Schön. Wie können wir uns einigen?«

Plötzlich schmolz ihr Ärger dahin; stattdessen bildeten sich Sorgenfalten auf ihrer Stirn.

»Jason, ich möchte dir helfen, das weißt du«, sagte sie mit Nachdruck. »Es ist gut, dass du versuchst, hinter das Geheimnis deiner Albträume zu kommen, mögen sie auch noch so entsetzlich sein. Ich *finde* sie entsetzlich, glaub mir. Aber eins ist sicher: Du bist aus Fleisch und Blut, und du bist lebendig. Du stehst hier vor mir, und für mich bist du kein Geist.«

Er grinste. »Kein Geist? Ganz sicher?«

Sie war verwirrt. »Wie meinst du das?«

»Willst du nicht mal fühlen, ob ich auch wirklich überall aus Fleisch und Blut bin?«

Sie lachte. Endlich. Dieses Lachen hatte er schon lange nicht mehr gesehen. Ihr Blick wurde weich.

»Gut«, flüsterte sie und streckte die Hand aus. »Dann komm mal her.«

Später, als sie nebeneinander auf dem Bett lagen, fing sie doch wieder von den Ereignissen der letzten Tage an.

»Du scheinst etwas verdrängt zu haben«, sagte sie. »Ich frage mich ...«

»Was das ist?«, sagte er trocken.

»Und dieses Feuerdingbums ...« Sie erschauerte. »Dieses *Wesen*, wie du es nennst. Was ist das?«

»Keine Ahnung«, sagte er. »Heute Nacht habe ich im Traum gehört, wie es diesen komischen Ton rausgebracht hat. Mawkee. *Key*. Schlüssel. Welcher Schlüssel?«

Er wandte sich ihr zu und fuhr mit einem Finger um ihre Brustwarze. »Trotzdem bleibe ich dabei: Ich bin nie Opfer eines Feuer oder eines Brandes gewesen. Woher also kommt meine Phobie? Und woher kommen die Träume, die immer verrückter werden?«

»Es könnte auch anders sein«, sagte sie.

»Anders?«

»Wie sieht deine erste Erinnerung an ein Feuer aus?«

»Mein Gott, Kayla, woher soll ich das denn wissen?«

»Du musst ja nicht unbedingt *selbst* mit einem Brand zu tun gehabt haben«, fuhr sie fort. »Vielleicht warst du nur Zeuge und hast Opfer gesehen. Menschen, die umgekommen sind. Das wäre doch möglich, oder? Vielleicht haben das Feuer und dieses Wesen etwas damit zu tun.«

»Ich verstehe, worauf du hinauswillst.«

»*Ist* so etwas irgendwann mal passiert? Kann das sein?«

Jason durchforstete sein Gedächtnis. Dann schüttelte er den Kopf. »Nein, soweit ich mich erinnern kann, ganz sicher nicht.«

»Trotzdem *musst* du etwas Fürchterliches mit einem Brand oder einem Feuer erlebt haben«, beharrte sie. »Das ist doch wohl offensichtlich. Vielleicht sehr früh. So früh, dass du es vergessen hast.«

Er dachte noch mal nach. »Also gut, ich gebe dir recht. Um mir ein für alle Mal Klarheit zu verschaffen, werde ich noch mal die Person fragen, die es wissen müsste.«

Sie runzelte die Stirn, während er sich auf die Bettkante setzte, nach dem Telefon griff und eine Nummer wählte. Fast noch im selben Augenblick wurde abgehoben.

»Evans«, hörte er.

»Ich bin's, Pa«, sagte Jason.

Er beschloss, gleich zur Sache zu kommen. »Hör mal, ich möchte dich etwas fragen. Wir haben schon früher darüber geredet, aber ich möchte es noch einmal von dir hören. Es geht um meinen ... Nun ja, du weißt doch, dass ich große Angst vorm Feuer habe.«

»Ja?«, sagte Edward. Seine Stimme fiel um eine Oktave. Es handelte sich nicht gerade um sein liebstes Gesprächsthema.

»Ich habe es dich schon öfter gefragt, ich weiß. Trotzdem ...« Er holte tief Luft, »Habe ich früher, vor langer Zeit, irgendetwas erlebt, das als Erklärung dienen könnte? Habe ich einen Brand miterlebt? Habe ich etwas gesehen, das mich erschreckt haben könnte?«

»Junge«, sagte Edward, »wenn dem so wäre, hätte ich es dir erzählt. Deine Mutter und ich haben uns oft genug Sorgen gemacht wegen dieser ... eh... Du hast so ein schönes Wort dafür. Wie heißt das doch noch?«

»Pyrophobie«, sagte Jason.

»Ja, genau. Ist die wieder da?«

»Ach, sie beschäftigt mich immer wieder mal«, sagte Jason wie nebenbei. »Ich habe mich gefragt, wie dieses Elend angefangen haben kann.«

Edward seufzte laut. »Jason, glaub mir, *wenn* ich etwas darüber wissen würde, hättest du es schon längst von mir erfahren.«

»Gut, in Ordnung. Noch ein letzter Versuch. Hast du mal mitbekommen, dass Pete McGray darüber gesprochen hat?«

Edward antwortete nicht gleich. Aus dem Schweigen hörte Jason das Unbehagen seines Vaters heraus, dass Pete da mit hineingezogen wurde. Doch er konnte nicht anders. Er musste alle Möglichkeiten durchspielen.

»Nein, Junge, auch ihn habe ich nie darüber reden hören. Glaub mir endlich.«

Jason lehnte sich zurück und strich sich eine Locke aus der Stirn. »Ich verstehe, Pa. Klar. Ich musste es einfach noch mal von dir hören.«

Er legte auf und berichtete Kayla.

»Nein«, sagte er abschließend, »Pa bringt uns also auch nicht weiter. Aber ich hatte auch nichts anderes erwartet.«

»Wie hängt das alles zusammen?«, murmelte sie und schüttelte den Kopf. »Vielleicht ist es auch egal, und du musst es wieder verdrängen. Einfach nicht daran denken.«

Er bezweifelte sehr, dass er dazu in der Lage war.

Bis vor wenigen Tagen war er ein Sonntagskind gewesen. Es war ihm immer gut gegangen. Er war intelligent und sah nicht schlecht aus, er hatte eine glückliche Jugend erlebt und das Fairson College mit den besten Noten abgeschlossen. Er hatte einen tollen Job gefunden und dazu die Frau seiner Träume. Nichts war schiefgelaufen. Absolut nichts.

Meine Vergangenheit war wirklich schön, dachte er. *Verdammt schön!*

Doch möglicherweise stimmte das gar nicht. Danach sah es immer mehr aus.

Die Nacht war schwül und jung. Er ergötzte sich an ihrem weichen Mund. Seine Lippen wanderten weiter, vom schlanken Hals zu den vollen Brüsten und weiter zu dem strammen Bauch. Danach erkundete er mit der Zunge die intimsten Stellen ihres Körpers. Sie stöhnte leise, richtete sich halb auf und legte ihre Hände auf seine Schultern. Er kam wieder hoch und küsste sie auf den Mund. Sie lächelte verführerisch, dann legte sie den Kopf wieder aufs Kissen. Er drang in sie ein und stieß hart zu, schloss die Augen, öffnete sie wieder, schaute sie voller Liebe an ... und wunderte sich über das Grinsen auf ihrem Gesicht. Die typischen Grübchen neben den Mundwinkeln, wenn sie lachte, waren nicht verschwunden, aber das Funkeln in ihren Augen war erloschen. Plötzlich schimmerten sie dunkel, schwarz wie die Hölle.

Auf ihrer rechten Wange bildete sich ein grauer Aschefleck. Hautfetzen lösten sich, und stinkender Rauch stieg ihm in die Nase. Auf einmal stand ihre linke Wange in Flammen, dann die rechte. Gleißende Stichflammen schossen ihr aus dem Mund, Feuer ergriff ihr Haar, Flammen leckten an Armen, Rumpf und Beinen entlang.

Blinde Panik erfasste ihn, und entsetzt wich er zurück. Das Feuer verzehrte sie. Doch im nächsten Augenblick wusste er, dass es nicht wahr sein konnte. Kayla löste sich auf. Er starrte gebannt auf das Wesen, das nur noch aus wilden Flammen bestand. Flammen, die eigentlich das Schlafzimmer in Brand setzen müssten Aber sie taten es nicht. Nur Kayla schien zu brennen. Nur *war* es nicht mehr Kayla, sondern der Feuergeist. Hatte er mit diesem Wesen geschlafen?

Das Wesen richtete sich auf. Lodernde Arme streckten sich ihm entgegen. Aus dem Herzen der Flammen kam wieder dieses Seufzen, und darin hörte er dasselbe wie in seinem letzten Albtraum.

Mawkee … Mawkee.

Der Feuergeist kroch auf ihn zu, und er krabbelte unbeholfen weiter nach hinten, taumelte aus dem Bett …

Entsetzt wachte er auf.

Er schüttelte die Arme. Er lag noch im Bett, war nicht hinausgefallen. Neben ihm das friedliche Gesicht der schlafenden Kayla. Es war Nacht, nirgends war Feuer zu sehen. Er hatte geträumt, wieder hatte er nur geträumt!

Sein Herz schlug wild. Er spürte, wie Schweißtropfen ihm über die Stirn krochen. Er rang nach Luft. Der Gestank von verbranntem Fleisch hing ihm in der Nase.

Immer noch sah er das Feuer vor sich, und die Stimme hallte ihm immer noch in den Ohren wider.

Es dauerte lange, bis er wieder ruhig atmen konnte und sein Herz normal schlug. Und neben ihm schlief Kayla.

Er stand auf, ging auf Zehenspitzen nach draußen auf die Veranda, setzte sich in den vertrauten Schaukelstuhl, vergrub das Gesicht in den Händen und schloss die Augen.

Seit heute Nachmittag hatten sie nicht mehr über seine Ängste gesprochen. Abends hatten sie im *Malibu Palm* gegessen, und es war gemütlich gewesen.

Er war müde, aber zufrieden ins Bett gegangen, in der festen Überzeugung, die Nacht ohne Träume zu überstehen. Es war ihm wieder nicht geglückt.

Verzweiflung nagte an ihm. Das Auftauchen des ersten Polaroidfotos hatte eine Kette von Ereignissen in Gang gesetzt, die sich immer enger ineinander verzahnten. Alles spitzte sich zu auf seine Angst vor Feuer. Diese Angst war sehr alt; er hatte sie, seit er ein kleiner Junge gewesen war.

Plötzlich erinnerte er sich an noch etwas.

Wie ein Faustschlag traf es ihn mitten ins Gesicht.

18

Mapeetaa

Es war Nacht, aber Jason war noch hellwach. Er stand auf aus seinem Schaukelstuhl, ging in sein Arbeitszimmer, machte Licht und öffnete den Eichenschrank. Auf dem obersten Brett lag eine Schachtel, die er, ohne darüber nachzudenken, warum, bei jedem Umzug mitgenommen hatte. Darin blieb seine Vergangenheit lebendig.

Er stellte die Schachtel auf den Schreibtisch, betrachtete sie kurz und ließ die Stille auf sich wirken. Endlich fühlte er sich wieder einigermaßen ruhig, auch wenn es vielleicht nicht lange andauern würde.

Er nahm das hellblaue Fotoalbum mit den Jugendfotos, das ganz oben lag, und legte es zur Seite. Dann holte er eine ganze Reihe von Heften, vollgekritzelten Blättern und noch mehr Fotos heraus.

Als kleiner Junge hatte er immer gern gemalt. Ziemlich weit unten fand er die Zeichnungen von früher. Er betrachtete sie mit einer Mischung aus Melancholie und Nervosität. Seine innere Ruhe war schon wieder verschwunden.

Auf vielen Zeichnungen spielten Feuer und Brände eine große Rolle. Ein Haus, das in Flammen aufging. Ein Baum, der im Feuer verkohlte. Eine brennende Sonne.

Er musste zugeben, als er die *Kunstwerke* nach so langer Zeit wieder einmal betrachtete, dass er nicht gerade mit einem großen Talent gesegnet war, weder damals noch heute. Die Zeichnungen waren grob, abstrakt, *kindlich.*

Seine Obsession, was Feuer betraf, aber hatte schon immer bestanden, das konnte er jetzt nicht länger leugnen.

Die nächste Zeichnung. Darauf waren viele Gräber zu sehen. Grabsteine, die kreuz und quer auf einem Friedhof herumlagen. Er legte das Blatt Papier vor sich auf den Schreibtisch und strich es glatt. Wieder überall Flammen. Die Steine waren von einer roten Feuerwolke eingeschlossen, die einen gewaltigen Brand darstellen sollte. Auf dem Grabstein in der Mitte stand in kindlicher Schrift ein Wort.

Mapeetaa

Daran hatte er sich erinnert. An diese Zeichnung. Mit jenem Wort darauf. Er lehnte sich zurück, fuhr sich durch die Haare und massierte mit den Zeigefingern die Schläfen.

Mawkee. Mapeetaa.

Es waren unterschiedliche Wörter, doch irgendwie glichen sie sich. *Mapeetaa* war etwas, das er selbst geschrieben hatte, vor einem Vierteljahrhundert.

Verdammt, was hatte das zu bedeuten? Woher stammte es?

In seiner Fantasie tauchte plötzlich die Gestalt von Onkel Chris auf, von jenem Mann, der allen Sand in die Augen gestreut hatte. Er hatte es für sich behalten, dass er unheilbar an Krebs litt; auch seine Depressionen hatte er verschwiegen. Doch was am wichtigsten war: Er hatte niemandem erzählt, dass die Schmerzen unerträglich waren. Er hatte Hand an sich gelegt und sich erhängt, und das Einzige, das er hinterlassen hatte, war ein Abschiedsbrief gewesen. Jason hätte ihm geholfen, doch Chris hatte ihm keine Chance gegeben. Er hatte *niemandem* eine Chance gegeben.

Jetzt tauchte Chris plötzlich auf in Jasons Kopf, nicht nur

springlebendig, sondern ungefähr zwanzig Jahre jünger. Sein Bart war noch nicht so lang, die Haare waren noch nicht so grau, und er erinnerte noch nicht an einen Weihnachtsmann ohne Kostüm, wie in späteren Jahren.

Chris' Mund bewegte sich, er sagte etwas, doch Jason hörte ihn nicht. Dennoch glaubte er zu wissen, welches Wort Chris aussprach. Kraftvoll schoss es aus seinem Gedächtnis hervor.

Kayla wachte auf und bemerkte sofort, dass Jason nicht neben ihr lag. Sie runzelte die Stirn. Es war Sonntag, also nicht gerade der Tag, an dem er schon mit den Hühnern aufstand. Sie gähnte und reckte sich genüsslich. Ihr fiel es schwer, das warme Bett zu verlassen. Zuerst nur die Füße. Sie tastete mit den Zehen nach den Pantoffeln und schob ihre Füße hinein. Dann stand sie langsam auf, zog ihren Morgenmantel an und machte sich auf die Suche nach Jason.

Er saß im Arbeitszimmer an seinem PC. Demonstrativ sah sie auf die Donald-Duck-Uhr, die auf dem riesigen Eichenschreibtisch stand.

»Fünf vor acht, Sonntagmorgen. Du gehörst noch ins Bett. Und wenn du schon unbedingt aufstehen musstest, darf ich doch wohl um eine Tasse Tee bitten, oder?«

Das übliche liebevolle Geplänkel. Gestern war sie wirklich sauer gewesen auf ihn, doch das war ihr selbst gegen den Strich gegangen. Sie wollte nicht böse sein.

»Der Tee kommt sofort.«

Sie beugte sich über ihn, gab ihm einen Kuss auf seine stoppelige Wange und schaute auf den Bildschirm. »Was machst du gerade?«

»Ich recherchiere.«

»Was recherchierst du denn?«

»Du bist viel zu neugierig für diese frühe Morgenstunde.«
»Das liegt an dir. Du machst mich neugierig.«
»Ich erzähle es dir gleich beim Frühstück. Okay?«
»Okay.«

Er sagte, er sei nachts aufgewacht und habe danach nicht mehr einschlafen können. Er habe sich plötzlich an etwas erinnern können, an ein neues rätselhaftes Wort. Er sagte ihr nicht, dass sie selbst zu einer brennenden Fackel geworden war. Und er verschwieg ihr auch die Zeichnung und Chris, der in seiner Erinnerung dieses Wort auch benutzt hatte. Er wollte verhindern, dass sie wieder durch eine unbedachte Formulierung von ihm in eine Krise stürzte. Die ganze Geschichte wurde allmählich übersinnlich.

»Mapeetaa«, sagte er, und er sprach das Wort so aus, wie es vermutlich bei Chris geklungen haben musste, obwohl er es natürlich nicht genau wusste.

Sie wiederholte es.

»Es beginnt mit einem *M*«, sagte er. »Genau wie auf dem Foto. Und es erinnert auch ein klein wenig an Mawkee.«

»Das *M* steht für Mawkee oder Mapeetaa, meinst du? Was *ist* dieses Mapeetaa?«

»Ich habe keinen blassen Schimmer. Es klingt kryptisch.«

»Mir fallen dabei indianische Götter oder so was ein.«

»Laut Google nicht. *Mapeetaa* liefert nicht ein einziges Resultat. Doch es wäre schon sehr seltsam, wenn es keine Bedeutung hätte.«

»Natürlich bedeutet es etwas, aber was?«

Er zuckte mit den Achseln und stand auf. »Möchtest du noch ein Croissant?«

Er hielt ihr den Brotkorb hin.

»Was, Jason? Was bedeutet es?«, fragte sie wieder, während sie ein Croissant aus dem Korb fischte.

Er selbst nahm ein Brötchen, schnitt es auf und schmierte Marmelade darauf. »Ich weiß es auch nicht, Kayla. Deshalb habe ich ja gegoogelt. Schließlich muss man ja irgendwo ansetzen.«

Sie überlegte, das Croissant hielt sie noch in der Hand.

»Dieses Mapeetaa ist dir wirklich urplötzlich eingefallen?«

»Ja.«

Log er? Einerseits nicht, denn das Wort *war* spontan in ihm hochgekommen, wie ein verlorener Schatz, den das Meer zuweilen dem Land zurückgibt; andererseits hatte er es selbst schon früher benutzt, in ferner Vergangenheit.

»Irgendwie habe ich Zweifel wegen der Schreibweise. Ich frage mich, weshalb …«

Er starrte an ihr vorbei. »Natürlich kann es auch anders geschrieben werden.«

Kayla füllte ihr Glas mit frisch gepresstem Orangensaft. »Ehrlich gesagt, ich hatte eigentlich gehofft, dass wir heute Morgen mal nicht über diese Thema reden würden«, sagte sie.

Er spürte, dass sie es ernst meinte. Sie wollte nach vorn blicken. Kinder kriegen, genießen, *leben.*

Ein verbissener Zug legte sich auf sein Gesicht. »Ich muss es wissen, Kayla. Sonst komme ich nie zur Ruhe. Ich kann es nicht einfach wegschieben.«

Nein, er konnte nicht mehr zurück, ganz egal, wie sie darüber dachte.

Kayla räumte den Tisch ab. Jason war nach dem Frühstück wieder ins Arbeitszimmer gegangen, wahrscheinlich um weiterzugoogeln.

Sie öffnete die Glastür zur Veranda. Jason hatte wieder mal vergessen, die Tür abzuschließen. Sie hängte das Geschirrtuch zum Trocknen über einen Stuhl und genoss eine Weile das Panorama, das sich ihr im Licht der Morgensonne bot. Rechts von ihr wurde plötzlich eine aufgeregte Stimme laut. Stirnrunzelnd ging sie die paar Schritte zum Ende der Veranda und zur Auffahrt, in der ihr Auto stand. Die aufgeregte Stimme gehörte dem Nachbarn Allan. Er stand offenbar wieder auf Kriegsfuß mit dem Gartenschlauch, der sich nicht ausrollen ließ.

Schmunzelnd ging sie ins Haus zurück. Sofort spürte sie, wie sie in Trübsinn verfiel.

Ihr Blick blieb am Wandkalender hängen, und sie sah mit Schrecken, dass sie sich für heute Morgen mit Simone, einer ehemaligen Kollegin aus ihrer Zeit als Kellnerin im *Duchess* und inzwischen einer ihrer besten Freundinnen, zum Joggen verabredet hatte.

Total vergessen. Sie überlegte, ob sie ihr absagen sollte. Doch dann kam ihr ein anderer Gedanke.

Es ist besser, wenn ich gehe. Ein paar Stunden frische Luft tun gut.

Sie beschloss, die Verabredung einzuhalten. Hier würde sich die Mühle sowieso nur um dieselben Fragen und Sorgen drehen.

Es ging nicht nur um Jason. Es ging auch noch um Ralph, der auf seine Art genauso im Bann des Todes gestanden hatte wie Jason.

Ralph war ein Gesundheitsfanatiker gewesen. Er hatte immer nur die gesündesten biologischen Sachen gegessen und getrunken, und er hatte sich geweigert, zusammen mit Rauchern in einem Raum zu sitzen. Mit dem Sport hatte er es ganz einfach übertrieben. Schon ein einziger Abend, an dem er nicht an seiner Fitness arbeiten konnte, hatte ihn unglücklich gemacht. Manchmal war er niedergeschlagen gewesen, weil das Leben so kurz sei, viel zu kurz. Das hatte sie nie wirklich ernst genommen. *Ja, ja, wir leben höchstens achtzig oder neunzig Jahre. Na und?*

Er hatte nicht darüber lachen können.

So alt werde ich nicht, Kayla, hatte er traurig gesagt. *Dann gibt es mich längst nicht mehr, mein Leben wird nur kurz sein.*

Fang nicht wieder damit an, hatte sie geantwortet, erzähl nicht so grausige und dumme Geschichten. Nach Ralphs Herztod hatte sie oft über seine Prophezeiung nachgedacht, und sie hatte mit anderen Menschen geredet, die ähnliche Erfahrungen gemacht hatten. Dabei hatte sie seltsame Geschichten gehört. Der Bericht eines gewissen Matthew Henson, eines Teilnehmers in einer der Selbsthilfegruppen, war ihr am längsten in Erinnerung geblieben. Matthew hatte von seiner Freundin Claire Simpson erzählt. Es war Liebe auf den ersten Blick gewesen. Zwei Seelenverwandte, deren Bestimmung es war, sich eines Tages zu begegnen. Sie waren überglücklich, und nichts schien ihrem Glück im Wege zu stehen. Keine fünf Monate nach ihrem ersten Treffen – er war damals fünfundzwanzig gewesen, sie drei Jahre jünger – beschlossen sie zu heiraten.

Ende gut, alles gut, könnte man meinen. Doch es kam anders. Claire begann, sich seltsam zu verhalten. Ein ums andere Mal wollte sie von Matthew hören, wie sehr er sie liebe, auch in den unpassendsten Situationen. Wenn er mitten in einer Besprechung saß oder mit Freunden in einer Kneipe, rief sie ihn an, um von ihm eine neue Liebeserklärung zu fordern. Anfangs fand er das noch einigermaßen romantisch, bald aber ging sie ihm damit auf die Nerven. Matthew fragte Claire, weshalb sie sich so verhielt, aber er bekam keine zufriedenstellende Antwort. Sie sagte nur immer wieder, sie könne nicht anders.

Dann wurde sie krank. Es wurde nicht besser, und ein Arzt wurde hinzugezogen. Der konnte auch nichts finden und schlug eine genaue Untersuchung im Krankenhaus vor. Danach ging es schnell, viel zu schnell. Im Krankenhaus entdeckte man ein schnell wachsendes Krebsgeschwür im Körper der zweiundzwanzigjährigen jungen Frau. Die Ärzte waren machtlos und gaben ihr noch drei, höchstens sechs Wochen. Es wurden nur fünf Tage.

Matthew war niedergeschlagen, völlig am Ende. Während der letzten Tage und Stunden vor ihrem Tod redete er viel mit Claire, und alles, was gesagt werden musste, *wurde* gesagt. Sie unterhielten sich auch über das *eine.*

Kayla hatte Matthew die Frage gestellt.

Hatte Claire es gewusst? Hatte sie gespürt, dass sie sterben würde?

Matthew hatte genickt. Claire hatte wortwörtlich gesagt, sie liebe ihn, doch *er* sei stärker gewesen. Matthew hatte gefragt, wer *er* sei. Die Antwort, die er bekommen hatte, würde Kayla nie vergessen.

Ich muss zurück zu Gott. Er will, dass ich zu ihm zurückkehre.

Claire hatte also gewusst, dass sie nicht lange leben würde.

Genau wie Ralph, gestorben mit Mitte zwanzig, kaum älter als Matthew Hensons Claire, an der Missbildung der einen Herzklappe.

Doch was wäre gewesen, wenn dieser Defekt früh genug entdeckt worden wäre. Was dann?

Wäre dann nichts geschehen, oder wäre er an etwas anderem gestorben? Dasselbe galt für Claire. War es wirklich unvermeidlich, dass sie schnell *zu Gott zurückkehren* musste? Angenommen, ihre Krankheit hätte geheilt werden können, hätte dann ein anderer Tumor zu diesem fatalen Ende geführt?

Kaylas Schlussfolgerung war, dass jeder irgendwann einmal sterben musste. Das war eine Tatsache. Doch seit Ralphs Tod konnte sie sich nicht so einfach damit abfinden. Seither riss jeder Todesfall die alte Wunde wieder auf. Jedes Mal geriet sie aus dem Gleichgewicht.

Ihrer Meinung nach war aber auch klar, dass jemand, der dem Tod quasi eine Einladung schickte, sein eigenes Schicksal heraufbeschwor. Davon war sie in den ersten schrecklichen Monaten nach Ralphs Tod überzeugt gewesen, und so dachte sie auch jetzt noch.

Hatte Gott Claire Simpson in der Blüte ihres Lebens zu sich gerufen?

Hatte er das wirklich getan?

Würde Gott so etwas tun?

Sie wollte es nicht glauben.

Ralphs Tod hätte verhindert werden können, wenn sein Herzfehler frühzeitig diagnostiziert worden wäre. Claire hätte überlebt, wenn ihr Krebs früher festgestellt worden wäre. Das war ihre nüchterne Überlegung, und daran glaubte sie. Alle anderen Erklärungen waren Unsinn, Aberglaube, übersinnlicher Mumpitz.

Außerdem trug vielleicht auch sie selbst Schuld an Ralphs Tod. Sie hätte ihn drängen müssen, dass er sich öfter untersuchen ließ. Sie hätte ihn zu weiteren Ärzten schicken können, und die hätten ihn früher zu Spezialisten überweisen können, und dann …

Dann wäre Ralph *nichts* zugestoßen, und sie wäre jetzt mit ihm verheiratet.

Wie auch immer, sie hatte ihn nicht zu Ärzten geschickt, denn es hatte stets so ausgesehen, als wäre er ein kerngesunder Mann. Seine Sprüche hatte sie nie richtig ernst genommen.

Niemand konnte ihr einen Vorwurf machen, und das wusste sie auch. Trotzdem: Man konnte es drehen und wenden, wie man wollte, sie hätte mehr tun können. Aber sie hatte es unterlassen.

Und jetzt Jason. Die Fotos waren ihr ein Rätsel. Seine Albträume beunruhigten sie. Die brennende Gestalt jagte ihr Angst ein, und sie hasste diesen ganzen übersinnlichen Mist.

Seit dem Auftauchen der Polaroidfotos kam sie sich vor, als wäre sie selbst in einem Albtraum gefangen, und sie wünschte sich, am Beginn eines neuen Tages, eines strahlend blauen Tages, endlich wieder aufzuwachen ohne diese Düsternis, die ihre Tage beherrschte.

Ich will glücklich sein mit Jason, ich will mit ihm eine Familie gründen und zusammen mit ihm nach vorne blicken. Ist das zu viel verlangt?

Sie lehnte sich gegen die Anrichte und fühlte sich plötzlich furchtbar müde. Hoffentlich ging es ihr nach dem Joggen mit Simone besser. Im Augenblick glich Canyonview einer Grabkammer.

Kayla war bei Simone. Es würde ihr guttun, wenn sie sich mal mit etwas anderem beschäftigte, hatte sie gesagt, und da konnte Jason ihr nur zustimmen.

Nachdem sie gegangen war, hatte er sich wieder an das Enträtseln der mysteriösen Wörter *Mawkee* und *Mateepaa* gemacht.

Plötzlich fiel ihm der Tod von Rose Salladay wieder ein. Nach der Beerdigung hatte Kayla wochenlang kaum das Haus verlassen, und all seine Versuche, sie zu trösten, hatten nur das Gegenteil bewirkt. Irgendwann einmal, nachdem er wieder und wieder gesagt hatte, was da geschehen war, sei zwar schrecklich, aber sie dürfe sich dadurch nicht dermaßen aus der Bahn werfen lassen, hatte sie ihn angeschrien. *Das ist einzig und allein meine Sache, Jason Evans!* Ihre Wut hatte sie anschließend an zwei Teetassen ausgelassen, die sie mit voller Wucht an die Wand geschmissen hatte. Seither behandelte Jason das Thema *Sterben* mit äußerster Vorsicht, und so allmählich verstand er immer besser, wo bei Kayla das Problem lag. Rose war erst dreiunddreißig gewesen, und auch ihr Tod war wieder so *ungerecht* gewesen.

Jason trommelte mit den Fingern auf die schwere Schreibtischplatte. Er schaute durchs Fenster auf die Spitzen des Canyons, die sich heute in einem blaustichigen Grau zeigten. Sein Blick glitt weiter zu der riesigen Zimmerpflanze, dem einzigen *Lebewesen* in dem kleinen Zimmer. Die Pflanze hatte einen komplizierten lateinischen Namen, den er vergessen hatte, daher nannte er sie einfach ihre *Schilfrohrpflanze*. Danach schaute er wieder auf den Bildschirm. Seine Eingabe *Mapeetaa* hatte keine Ergebnisse erbracht.

»Dann versuche ich eben etwas anderes«, murmelte Jason.

Mawkee

Als er den Begriff bei Google eingab, wurden ihm Tausende Ergebnisse angeboten. Er blätterte durch die Seiten. Mawkee war ein Name in New York, ein arabischer Name, ein Fluss, der Name einer Band. Er klickte einige Links an, fand jedoch nichts, was er mit seiner Situation in Verbindung bringen konnte.

Mapitaa

Der Versuch mit dem ursprünglichen Wort und mit einer anderen Schreibweise brachte auch nichts. Google kannte das Wort nicht.

Mapita

Hier gab es plötzlich 4130 Ergebnisse; die meisten waren spanische Sites. Er klickte einige an. Anscheinend hieß eine Bergregion in Argentinien Mapita, und auch ein Gebiet in Spanien trug diesen Namen; darüber hinaus gab es ein Mapita in Guinea und ein Pharmaunternehmen dieses Namens.

Jason stützte den Kopf in beide Hände. Er kam kein Stück voran.

Mawkee. Mapeetaa. Mapitaa. Mapita. M.

Wie komme ich weiter?

Er nahm sich noch einmal die drei Fotos vor und betrachtete sie eingehend.

Er starrte auf das letzte der drei Bilder, auf das *M*, wie ein Zauberkünstler, der auf den schwarzen Zylinder blickt, bevor er das Kaninchen daraus hervorzieht.

Nebenbei probierte er, das Wort *Mapeetaa* auszusprechen. Er probierte immer neue Varianten. Plötzlich erstarrte sein Gesicht zu einer Maske. Aus den tiefsten Tiefen seiner Erinnerung arbeitete sich etwas hoch. Das Wort war *falsch*.

Jason stand auf. Unruhig ging er im Zimmer auf und ab. Dann setzte er sich wieder und gab zwei Wörter ein:

mount peytha

Dann drückte er auf ENTER. Es gab über 200.000 Ergebnisse für Mount Peytha City, eine Stadt in der Wüste von Arizona, an der Grenze zu Nevada. Das wusste er selbst, denn auf der Fahrt nach Las Vegas und zum Grand Canyon war er mehrmals in der Nähe gewesen. Zum letzten Mal im vergangenen Jahr, zusammen mit Kayla. Damals war er an dem Ort, der zwischen der Interstate 15 nach Las Vegas und der Interstate 40 nach Flagstaff lag, in einem Abstand von ungefähr zehn Meilen vorbeigefahren. Besucht hatte er das Städtchen allerdings noch nie.

Er klickte den ersten Link an, *mountpeythacity.com*, und die offizielle Website erschien. Informationen der Stadtverwaltung, über Tourismus und den Flugplatz, Bilder aus der Umgebung. Er kämpfte sich durch die Website und fragte sich: *Ist es das?*

Gleichzeitig spürte er, dass er in diese Stadt musste. Das Gefühl war ungeheuer stark. In seinem Kopf schien eine Stimme geweckt worden zu sein, die ihm zurief, dort ist es zu finden, und seine Füße wollten sich schon auf den Weg machen.

M. Mawkee. Mapeetaa. Mount Peytha. Die Wörter hatten nicht viel gemein, aber fonetisch *gab* es Übereinstimmungen, dachte er.

Er rieb sich die Mundwinkel.

Mount Peytha City. Was hat es damit auf sich? Was ist dort passiert?

Ein anderer Teil seines Gehirns schüttete einen Eimer kaltes Wasser über seine überhitzten Gedanken.

Warte mal, bleib ganz ruhig. Du bist doch noch nie in Mount Peytha City gewesen.

Nein, das nicht. Er hatte nur davon gehört, sonst nichts … damals vielleicht, als er achtzehn gewesen war und mit Bill Hallerman in Utah kräftig einen draufgemacht hatte. Und noch mehr: Die vollen, kirschroten Lippen von Sonja schwebten flüchtig an seinem geistigen Auge vorbei.

Wie hieß sie noch mit Nachnamen?

Während dieses Urlaubs in Utah mit Bill Hallerman war ihm der Name Mount Peytha City möglichweise zum ersten Mal auf einer Landkarte aufgefallen, doch in der Stadt selbst war er auch damals nicht gewesen.

Jetzt *musste* er, koste es, was es wolle, in diese Stadt. Er konnte sich kaum beherrschen. Am liebsten hätte er sofort nach dem Autoschlüssel gegriffen.

Er umklammerte die Seitenlehnen seines Stuhls.

Was hat es auf sich mit dem Ort? Was hat er mit mir zu tun?

Er schlug die Hände vors Gesicht und versuchte krampfhaft, seine durcheinanderwirbelnden Gedanken zu ordnen.

Ich muss nach Mount Peytha City.

Das Gefühl ließ sich nicht vertreiben. Aber warum?

Weil ich dort etwas finden kann.

Das schien eine logische Schlussfolgerung zu sein. Wieder nahm er sich seine Kinderzeichnungen vor. Die brennenden Gräber. *Mapeetaa* auf einem Grabstein.

Mein Gott, befindet sich dort der Friedhof?

Es war, als würde etwas explodieren in seinem Kopf. Bis zu diesem Moment hatte er gelaubt, der Friedhof könne überall in Amerika liegen. Überall und nirgends. Irgendetwas in ihm wusste es besser.

Wusste er es wirklich? Oder hoffte er es nur? War es ein Hirngespinst? Er konnte die Fragen nicht beantworten; er hatte nur das Gefühl, als würde er wie ein Ball in einem Strudel mitgerissen. Oder hatte er vielleicht eine wundersame Erkenntnis? Angenommen …

Angenommen, er würde in Mount Peytha City tatsächlich den Friedhof finden … und den Grabstein des dritten Polaroidfotos … Das eine war die logische Folge des anderen. Eine Wirklichkeit ohne Fotoshop und ein Stein ohne *M* darauf, doch mit einem Namen des Toten. Wie der Name wohl lautete?

Du bist tot. Du glaubst zu leben, doch dich gibt es nicht.

Was darauf deuten konnte, dass …

Dass auf dem Grabstein mein *Name steht.*

Das Gefühl, eine wundersame Erkenntnis zu erleben, war im Nu verschwunden. Er stand wieder am Anfang, denn dies alles ergab keinen Sinn. Er lebte. Wenn es nach ihm ging, würde er noch lange nicht sterben.

Doch dann fiel ihm eine Erklärung ein.

Jason ließ sie reifen, sie wuchs und wurde immer klarer.

Er holte tief Luft, stand wieder auf, verschränkte die Arme und presste sie gegen die Brust. In seinem Magen spürte er beißende Krämpfe. Er stürzte auf die Veranda und musste sich beinahe übergeben. Ganz langsam verschwand die Übelkeit.

Er starrte in den tiefblauen Himmel. Die Sonne glänzte in seinen Augen. Er starrte weiter nach oben und achtete nicht darauf, dass das gleißend weiße Rund am Himmel ihn beinahe blind machte.

Plötzlich begriff Jason, wie es möglich sein konnte, dass er schon gestorben war.

19

Pläne

Kayla kam gegen halb fünf nach Hause. Das Joggen mit Simone hatte Spaß gemacht, und danach war sie noch eine Weile bei ihren Eltern gewesen. Sie wirkte ruhiger als am Morgen, sie war wieder sie selbst.

Jason hatte die letzten Stunden in der Küche zugebracht. Dort konnte man gut nachdenken. Das hatte er auch getan, während er ein Hähnchen briet, Kartoffeln kochte und einen Salat als Vorspeise zubereitete. Als Kayla hereinkam, war er mit einer Schokoladenüberraschung als Nachtisch beschäftigt.

Ihre Augen leuchteten, als sie seine kulinarische Kreation sah. Und aus ihrem Lächeln wurde ein Lachen, als er vorschlug, sich zusammen ein üppiges Bad zu gönnen, bevor sie sich an den Tisch setzten.

Er ließ das Badewasser einlaufen und machte eine neue Flasche Weißwein auf. Diesmal keinen billigen Chardonnay, sondern einen echten französischen Chablis. Während sie in das dampfende Wasser glitten, gab er ihr ein Glas.

»Danke!, sagte sie. »Welchem Umstand habe ich es denn zu verdanken, dass ich so verwöhnt werde?«

»Weil ich dich liebe.«

»Ich liebe dich auch, Jason. Aber erzähl mir bitte den wahren Grund dieses …«

In einer Hand hielt sie ihr Weinglas, mit der anderen strich sie sich den nach Blumen duftenden Badeschaum über ihre birnenförmigen Brüste und über ihre Brustwarzen, dann über Schultern und Hals, und dabei seufzte sie erregt.

»Ein göttliches Fest.«

»Den wahren Grund?«, sagte er und legte einen Finger nachdenklich ans Kinn. »Du glaubst, ich hätte heimlich etwas geplant?«

Ihr Blick suchte den seinen. Der Ausdruck intimen Verlangens auf ihrem Gesicht verwandelte sich in einen Anflug von Argwohn.

»Ich weiß, dass du heimlich etwas geplant hast. Ich kenne dich lange genug.«

Das letzte Mal, dass er diesen Trick benutzt hatte, um seinen Willen durchzusetzen, lag noch gar nicht so lange zurück, als sie sich darüber auseinandergesetzt hatten, wo sie ihren Urlaub verbringen sollten. Sie wollte gern die Cascade Mountains in Kanada erkunden, er reiste lieber nach Utah. Das gemeinsame Bad mit anschließendem Abendessen hatte dazu geführt, dass sie dieses Jahr nach Utah und im nächsten Jahr nach Kanada fahren würden. *Du kannst dir so viel Mühe geben, wie du willst, dabei bleibt es*, hatte sie am Ende verkündet.

»Bin ich so leicht zu durchschauen?«

»Jason, lass hören.«

Er begann zu berichten. Mit ruhiger Stimme sagte er, er hätte an Mount Peytha City denken müssen. Möglicherweise hätte er sich mit diesem seltsamen *Mapeetaa* geirrt. Obwohl er nie in Mount Peytha City gewesen sei, würde er jetzt den starken Drang verspüren, dem Wüstenstädtchen einen Besuch abzustatten. Vielleicht könne man dort etwas finden.

»Was denn?«

Er räusperte sich. »Dieses Mapeetaa ist nicht einfach so in mir hochgekommen.«

Ruhig, als habe es nichts zu bedeuten, erzählte er von der Zeichnung und zeigte sie Kayla. Sie ließ ihn ausreden, sah ihn dabei aber an wie damals, als sie in eine unreife Zitrone gebissen hatte.

»Mit anderen Worten, es könnte sein, dass Mapeetaa auf Mount Peytha City verweist und dass in diesem Ort der Friedhof mit dem Grabstein des letzten Fotos liegt.«

Sie schlug mit der flachen Hand auf den Rand der Badewanne, und Schaumflocken flogen in die Luft.

»Diese Zeichnung ist schon *wieder* etwas Neues für mich. Du bist und bleibst ein Mann mit vielen Geheimnissen, Jason Evans.«

»Es gab keinen Grund, sie dir zu zeigen. Ich wusste, sie würden dich nicht fröhlich stimmen.«

»Ein Friedhof in Flammen? Nein, danke!«, schimpfte sie.

Jason seufzte und rieb sich Schaum von der Nase.

»Aber du hast natürlich recht. Ich muss mit offenen Karten spielen. Das tue ich jetzt auch.«

Kayla stöhnte. »Also gut. Angenommen, nur mal *angenommen*, du liegst richtig mit deiner Vermutung wegen Mount Peytha City, was glaubst du dort zu finden?«

»Hoffentlich das eine Grab, wie ich schon gesagt habe.«

Sie beugte sich vor zu ihm und stellte dabei vorsichtig ihr Weinglas auf den Bodenfliesen ab. Seit Tagen schon vermisste er bei ihr den lebhaften Glanz, der ihre Augen immer so schön funkeln ließ.

»Und was ist mit dem Grab, deiner Meinung nach?«

Er bewegte sich jetzt auf vermintem Gelände. Kayla wollte überhaupt nicht darüber reden. Und er brauchte ihre Unterstützung. Ohne sie wollte er seinen Plan nicht ausführen.

»Wenn man genau liest, was auf den Polaroidfotos steht«, begann er vorsichtig, als könne jeder falsche Schritt, jedes falsche Wort zu einer schmerzhaften Verletzung führen, »dann ergibt sich vielleicht eine Erklärung. Ich kann mich täuschen, aber es ist immerhin eine Möglichkeit. Wenn wir nichts unternehmen, kommen wir auch nicht weiter. Ich habe mir etwas überlegt. Hör mir mal zu. Sei bitte ganz offen und hör mir einfach mal zu.«

»Ich höre«, sagte sie kühl.

»Ich denke an ein früheres Leben«, sagte er.

Sie blickte ihn mit großen Augen an.

Als er weiter schwieg, sagte sie: »Weit hergeholt.«

»Kayla, versuch einfach, mir zu folgen«, begann er wieder. »Ich bin diesem Phänomen in mehreren Fällen von Pyrophobie begegnet. Glaub mir, in den letzten zwanzig Jahren habe ich alles zusammengesucht, was ich über Ängste herausgefunden habe. Heute Morgen noch habe ich im Internet ein paar neue Fälle gefunden. Einer handelte von einem achtjährigen Jungen, der Angst davor hatte, dass in seinem Haus ein Brand ausbricht. Ja, das ist, kurz zusammengefasst, meine Lebensgeschichte. Auch dieser Junge wurde allein schon bei brennenden Kerzen nervös. Daraufhin machte man mit ihm eine Regressionstherapie, und er wurde in ein früheres Leben versetzt. Er war zwölf und beschrieb ein Holzhaus. Irgendwann wachte er nachts auf. Da war Rauch. Das Haus stand in Flammen. Das Kind – ich meine das Kind, das er *damals* war – versuchte zu fliehen. Es gelang ihm nicht, und er kam in dem Feuer um. Nach dieser Sitzung verstand der Junge, woher seine Angst rührte, und dadurch *verschwand* seine Angst.«

Er wartete einen Moment.

»Eine andere Geschichte. Über die Mutter eines fünfjährigen Jungen. Der plapperte immer von *früher, als ich groß war.*

Der Junge, Tyler, sagte, er hätte *früher* Doyle geheißen. Irgendwann fragte ihn seine Mutter darüber aus. Da beschrieb Tyler ein Schlachtfeld. Es gab Männer, die Kameraden erschossen hatten.«

Jason sah Kayla ernst an.

»Tyler legte sich auf den Bauch und ahmte die Haltung von Soldaten nach, die in Schießposition gehen. Er streckte sein linkes Bein nach hinten, zog das rechte Bein ein bisschen an und sagte, er hätte seinen *Finger am Ring.* Damit meinte er den Abzug eines Gewehrs. Anschließend wurde er *angeschossen,* von einer Kugel getroffen. Er hatte große Schmerzen, sein Herz schlug wild, Angst schnürte ihm die Kehle zu. Dann kam der Soldat, der seinem früheren Leben ein Ende machte. *Ich hatte immer noch den Finger am Ring, als der Mann auf mich zukam. Ich wollte meinen Finger bewegen, aber der Schmerz war zu groß. Er schoss, und dann war ich tot,* sagte Tyler. Seine Mutter fragte, was passiert sei, nachdem der Junge seinen letzten Atemzug getan hatte, und da hat er gelacht. *Ich bin in deinem Bauch gewachsen, und mein kleines Herz hat wieder geschlagen.*

Jason trank einen Schluck Wein, denn seine Kehle war ganz trocken.

»Weil Tyler keine Jahreszahlen und Ortsnamen nannte, ging seine Mutter zu einem Regressionsexperten. Der meinte, Tyler sei als Soldat bei einem Konflikt an der mexikanischen Grenze gewesen, um 1880. Tyler, beziehungsweise Doyle, habe auf Regierungsseite gegen eine Rebellenarmee gekämpft, und die Übermacht der Rebellen sei unterschätzt worden. Die Erinnerungen daran hatten in Tyler Ängste hinterlassen. Seine Mutter sagte, er könne es nicht ertragen, wenn jemand heimlich auf jemand anderen zukrieche. Sie meinte, das habe sicher etwas mit der Art und Weise zu tun, wie er zu Tode gekommen sei, als er noch Doyle war. Denn er habe dort auf der Erde gelegen, in Todesangst, und habe nichts tun können. Außer auf das Unvermeidliche warten, den tödlichen Schuss.«

Er sah Kayla an und fuhr fort: »Wer weiß, vielleicht *ist* es wirklich so einfach. Wenn es Reinkarnation gibt, wenn das keine Erfindung ist, und auf der Erde gibt es übrigens Milliarden Menschen, die das nicht für Unsinn halten, dann ist es zumindest denkbar, dass ich ein früheres Leben geführt habe und möglicherweise bei einem Brand ums Leben gekommen bin.«

Kayla ließ ihren Kopf auf den Rand der Zinkbadewanne sinken und blies Schaum von ihren Lippen.

»Du glaubst doch wohl nicht wirklich an solche Geschichten, oder?«

»Das habe ich nicht gesagt. *Du* glaubst *nicht* daran.«

»Stimmt. Warum müssen ausgerechnet frühere Leben herangezogen werden? Da können doch auch ganz normale Dinge eine Rolle spielen. Was würde ein Psychologe dazu sagen?«

»Ich habe dich gebeten, offen zu sein für andere Möglichkeiten.«

»Tut mir leid, aber ich bin skeptisch.«

»Du urteilst voreilig, Kayla.«

»Genauso voreilig wie du.«

Er biss sich auf die Zunge. Nur keinen Krach aufkommen lassen. Lieber die sanfte Tour.

»Ich gebe zu, meine Theorie hat einen Haken.«

Sie runzelte die Stirn. »Erzähl.«

»Ohne die Polaroidfotos hätte es dieses Gespräch nie gegeben. Wie konnte der Fotograf wissen, dass ich ein früheres Leben gehabt habe? Und woher kennt er den exakten Todestag, den achtzehnten August? Das ist unmöglich. Das will mir nicht in den Kopf.«

»Also? Doch kein früheres Leben?«, fragte Kayla hoffnungsvoll.

»Halt, ich bin noch nicht fertig.«

»Oje!«

Ihre Enttäuschung war nicht gespielt.

»Es ist die einzige Theorie, die ich habe, und von der rücke ich auch nicht ab. Ich will um jeden Preis nach Mount Peytha City fahren. Ich muss mich dort umschauen.

»Ich wusste doch, dass du was von mir willst«, sagte sie.

Er schwieg betreten.

Sie setzte nach. »Du willst doch, dass ich mitfahre zu diesem Ort. Wenn du mich nicht darum bitten würdest oder mich lieber nicht dabeihaben wolltest, dann wäre das so, als wenn du mich verlässt.«

»Das ist ein bisschen sehr krass ausgedrückt, Kayla. Ich verlasse dich nicht. Auf den Gedanken käme ich nie. Aber ich möchte dich in der Tat darum bitten. Fahr mit mir hin, bitte!«

Sie verzog das Gesicht. »Habe ich denn eine Wahl? Du fährst ja doch. Und wenn ich nicht bei dir bin, fühle ich mich noch schlechter.«

Sie starrte einen Augenblick lang auf einen Punkt hinter Jasons Kopf.

»Ich stelle allerdings eine Bedingung.«

»Und die wäre?«

»Wenn wir aus Mount Peytha City zurück sind, gehst du wieder zu Mark, falls die Albträume dann immer noch nicht vorbei sind. Aber vielleicht verschwinden sie ja auch, wenn du die ganze Geschichte vergisst. Sie waren weg, weißt du noch? Dass sie jetzt zurückgekommen sind, liegt an den Fotos, an nichts anderem. Mir wäre es am liebsten, du würdest die Hände in den Schoß legen und *nichts* unternehmen. Dieser Fotograf macht doch auch nichts mehr. Vielleicht hast du recht, und es war wirklich eine Bedrohung. Aber er hält still, und darüber bin ich unglaublich glücklich. Wir können uns ruhig in eine Ecke zurückziehen.«

»Damit kommen wir keinen Schritt weiter. Und vielleicht geschieht am 18. August ja wirklich etwas.«

»Es hilft, wenn man wegschaut, wenn man schweigt, das hast du mir selbst oft genug gesagt.«

»Du benutzt meine Worte als Waffe gegen mich?«

»Was haben wir denn hier für ein Problem?«, fuhr sie ungerührt fort. »Jemand behauptet, du wärst gestorben. Wahnsinnig, irre. Wenn du trotzdem ganz bewusst auf die Suche nach dem Friedhof gehst …«

Sie starrte zur Decke, als gäbe es dort etwas Interessantes zu sehen. »Wie soll ich es erklären? Ich habe Angst, dass du deinen Kopf in ein Wespennest steckst und dass gerade *deswegen* schreckliche Dinge passieren. Du kannst dadurch etwas provozieren. Weißt du es denn? Ich möchte, dass unser Leben weitergeht. Normal *weitergeht.* Versprichst du mir, dass du das versuchen wirst?«

»Natürlich, ich …«

»*Versprichst* du es?«

»Ich …«

Er schaute ihr tief in die blauen Augen, die ihn anflehten, endlich *Ja* zu sagen.

»Ich verspreche es«, sagte er.

Sie ließ ihren Kopf wieder in den Schaum zurücksinken. »Du warst wirklich noch nie in dieser Stadt?«

»Nein.«

»Das finde ich komisch.«

»Ich auch«, sagte er ehrlich.

»Wann willst du fahren?«

»Bald. Morgen klappt es nicht mehr. Übermorgen.«

»Ach du Schreck!«, sagte sie. »Und wie regeln wir das mit der Arbeit?«

»Wir nehmen uns ein paar freie Tage.«

»Du gibst ganz schön Gas.«

»Kayla«, sagte er ruhiger, als er sich fühlte, »ich kann einfach nicht warten.«

Sie seufzte. »Wie lange willst du bleiben?«

»Drei Tage. Am ersten Tag fahren wir hin, am zweiten Tag schauen wir uns um, und am dritten Tag fahren wir wieder zurück.«

Kayla verengte die Augen zu Schlitzen. »Ist das jetzt die ganze Geschichte? Oder hast du heute Nachmittag noch etwas anderes getan, als für mich zu kochen?«

»Ich bekenne mich schuldig«, gab er zu. »Ich habe im Internet gestöbert, um mehr über Mount Peytha City in Erfahrung zu bringen. Es scheint eine schöne Kleinstadt zu sein. Viel Wassersport. Sie liegt am Colorado River und am Lake Mohave. Die Nachbarstadt in Nevada ist Laughlin. Die nennt man *Little Las Vegas.* Und ...«

Jason seufzte. »In Mount Peytha City gibt es einen großen Friedhof. Ich habe die Adresse. Wie er aussieht, kann ich dir nicht sagen. Es gibt keine Website davon, und der Bestattungsunternehmer konnte ihn mir nicht genauer beschreiben.«

Sie schoss wieder hoch, und ihre Stimme war so heiser, dass das folgende Wort wie ein Stöhnen klang.

»Bestattungsunternehmer?«

»Ja«, sagte er und schaute ziemlich belämmert drein. »Darüber wollte ich auch noch mit dir reden. Heute Nachmittag habe ich bei einem Beerdigungsinstitut angerufen. *Cleigh Ab-*

beville Mortuarium. Habe ich im Telefonverzeichnis gefunden. Ich habe gesagt, ich würde gerade an meinem Familienstammbaum arbeiten, und meine genealogischen Nachforschungen hätten mich nach Mount Peytha City geführt, wo ich ein Familienmitglied zu finden hoffe. Der Mann tat, als hätte er solche Leute öfter am Apparat.«

»Jason, komm zur Sache!«

»Gut«, sagte er, »ich habe einen Termin gemacht. Er erwartet mich – uns – Mittwochmorgen. Um elf.«

»Du warst wirklich aktiv«, sagte Kayla trocken. »Mittwoch? Dann müssen wir Dienstag losfahren. Was willst du den Mann fragen? Wie heißt er?«

»Cleigh. Chuck Cleigh. Es ist ein Familienunternehmen. Er hat von einem Sohn gesprochen, den er gerade ausbildet. Und was ich ihn fragen will? Zunächst einmal will ich auf den Friedhof. Vielleicht hätte ich ihn nicht anrufen sollen, bevor wir dort gewesen sind, aber ich habe es nun mal getan, und rückgängig machen kann ich es nicht.«

Er schwieg.

Sie fragte: »War's das? Oder hast du noch was auf dem Herzen?«

»In großen Zügen war es das wohl.«

Sie nickte. »Dann ist es Mittwoch vielleicht vorbei. Dann hast du deine Nachforschungen erledigt, und wir können zur Tagesordnung übergehen.«

Ihr Körper bewies ihm, was sie wirklich dachte.

Er legte beide Hände auf den Badewannenrand.

»Du glaubst mir kein Wort, oder?«, sagte er.

Ihre Miene wurde noch abweisender, und sie rutschte weiter nach hinten.

»Hör mir mal zu«, fuhr er fort. »Vielleicht bin ich noch lange nicht fertig. Vielleicht erst am achtzehnten August. Vielleicht ist Mount Peytha City erst der Anfang. Ich kann dir alles mögliche versprechen, aber mir bleiben nur noch ein paar Wochen, und ich habe keine Ahnung, was noch auf uns zukommt. Kayla, ich brauche deine Unterstützung, verdammt noch mal!«

Der letzte Satz entfuhr ihm viel zu schroff, und er bereute es sofort.

Sie schüttelte langsam und entschlossen den Kopf.

»Ich werde dich begleiten und unterstützen, und ich werde mich zurückhalten, aber danach ist es vorbei, dann gehst du wieder zu Mark. Oder du gehst zur Polizei, wenn neue Drohungen kommen. Wenn du mich wirklich liebst, hörst du auch mal auf mich.«

Sie klang unerbittlich, und das war sie auch; er kannte sie.

Ein Gedanke, oder vielleicht war es eine leise Stimme, meldete sich in seinem Ohr. Sie sagte, du läufst Gefahr, sie zu verlieren. Du wirst alles verlieren, was du hast.

Er versuchte, die leise Stimme zum Schweigen zu bringen.

Er schoss hoch und sah auf dem digitalen Wecker die Ziffern 2.12 leuchten. Sein Kopf war voll von wirren Gedanken, die wie Murmeln gegen seine Schädeldecke klackten. Neben ihm schlief Kayla.

Jason stand auf, ging auf die Veranda und setzte sich wieder in seinen Schaukelstuhl. Die soundsovielte Nacht innerhalb kurzer Zeit, in der er nicht ungestört schlafen konnte. Die Murmeln in seinem Kopf verschwanden schließlich. Er starrte in die Dunkelheit und lauschte den vertrauten Geräuschen der Insekten.

Alles hatte sich geändert. Für Jason war sein altes Leben zu Ende.

Er stand auf der Schwelle zu einem neuen.

20

Mount Peytha City

Es war eine Strecke von etwas weniger als dreihundert Meilen. Kayla hatte am Tag vorher die Sache mit den drei freien Tagen als Erste geregelt. Für Jason war es um einiges schwieriger gewesen, wegen der vermaledeiten Tommy-Jones-Werbekampagne. Er hatte bei Brian auf sein Recht auf drei freie Tage pochen müssen und dabei sogar dessen Zorn in Kauf genommen.

Über die Interstates 10 und 15 erreichten sie in Kaylas Chrysler die Interstate 40. Quer durch die kochend heiße Mojavewüste ging es bis nach Needles. Danach waren es nur noch knapp zwanzig Meilen über den Highway 59 nach Mount Peytha City. In der Nähe von Ludlow aßen sie in *The Desert Rest* zu Mittag. Außer einer verrosteten Tankstelle und einem baufälligen kleinen Supermarkt – IF YOU DON'T BUY HERE, WE BOTH LOSE MONEY! stand auf einem Schild am Eingang – gab es ein Wendy's Hamburger-Restaurant, ein Kentucky Fried Chicken und das Desert Rest Steakhouse. Kayla und Jason entschieden sich für Letzteres, um ihren Hunger zu stillen. Nach dem Essen stiegen sie wieder in ihren Wagen und fuhren durch das sonnengebleichte Land über glühend heißen Asphalt, links und rechts Wüstensand, trockene Sträucher und Kakteen, wehendes Helmgras, verformte Gummiklumpen von geplatzten Lkw-Reifen, Müllhalden und einen Wohnmobil-Park nach dem anderen.

»Was hast du im Internet über Mount Peytha City herausgefunden?«, fragte Kayla.

»Mount Peytha City«, sagte er und fegte eine imaginäre Fliege von der Windschutzscheibe, »entstand im neunzehnten Jahrhundert dank eines exzentrischen Pioniers. David Laurel war sein Name. Er richtete eine Poststation ein, kümmerte sich um alles und jeden und nannte den kleinen Ort Laurelville.«

»Klingt nicht gerade großartig«, bemerkte sie.

»Zu jener Zeit war Laurelville vor allem bei Goldsuchern beliebt«, fuhr Jason fort. »Es gibt immer noch eine ganze Reihe von verlassenen Minen in der Nähe von Mount Peytha City. Dann veränderte sich alles. Das wenige Gold ging zur Neige, und die Glücksritter zogen weiter in andere Gegenden. Laurelville verfiel. Ungefähr Anfang des zwanzigsten Jahrhunderts war es nur noch eine Geisterstadt. Zufällig ist ein alter Friedhof das einzige sichtbare Überbleibsel von Laurelville. Dieser Friedhof liegt ganz in der Nähe des neuen.«

»Gemütlich.«

»Doch Laurelville wurde neu gegründet und Mount Peytha City genannt. Das kam durch den Bau des Staudamms in Lake Mohave. Die Bauarbeiten begannen 1942, wurden aber wegen des Zweiten Weltkriegs abgebrochen. Erst 1953 war der Damm fertig. Ein halbes Jahrhundert …«

Eine eiskalte Hand schien aus dem Nichts zu kommen und sich um seinen Hals zu legen, und ihm stockte dcer Atem.

Ein halbes Jahrhundert lang war Laurelville tot gewesen, glaubte es nur noch zu existieren. Doch es bestand nicht mehr. Nach dem halben Jahrhundert wurde Laurelville wiedergeboren als Mount Peytha City.

»Nach einem halben Jahrhundert wurde eine neue Stadt gebaut, benannt nach, du wirst es schon erraten haben, dem höchsten Gipfel in den dortigen Bergen. Anfangs war es nur ein Dorf. 1980 lebten ungefähr zwanzigtausend Menschen in Mount Peytha City. Jetzt sind es etwa vierzigtausend, und die

Stadtverwaltung erhofft sich, dass es in fünfzehn Jahren hunderttausend Einwohner sind. Das Wachstum glauben sie in den Griff zu bekommen, indem sie viel für den Tourismus und das Freizeitangebot tun. Und, was noch viel wichtiger ist, indem sie vom Casino in Laughlin profitieren, das nur ein paar Meilen entfernt ist, in Nevada. Auch Laughlin wurde nach seinem Gründer benannt, einem gewissen Mr Laughlin, der vor etwa zwanzig Jahren über dieses Gebiet flog und es für einen geeigneten Ort hielt, um eine Zockeroase zu gründen. Gesagt, getan. Er begann mit einem kleinen Hotel, jetzt gibt es da elf Casinos. Laughlin wiederum profitiert vom Flugplatz in Mount Peytha City. In den meisten startenden und landenden Maschinen sitzen Casinobesucher.«

»Dann kamen also früher die Glücksritter, und heute kommen sie wieder«, sagte Kayla philosophisch. »Nur macht sich der moderne Mensch nicht mehr die Mühe, mit einer Pfanne den Grund des Flusses abzuschaben, sondern zieht lieber am Hebel dieser einarmigen Banditen.«

»So kann man es auch sehen«, sagte Jason. »Es ist auch einer der heißesten Orte Amerikas. Über vierzig Grad im Sommer und weit über zwanzig im Winter. Deshalb überwintern hier auch immer mehr Leute.«

»Du hast gesagt, die Stadt setzt auf Tourismus. Was kann man hier denn unternehmen?«

»Alles«, sagte Jason. »Wanderungen in den Bergen, alte Minen besichtigen. Außerdem Rodeo, Wassersport und so weiter. Die Natur scheint überraschend schön zu sein, und jeder kommt auf seine Kosten.«

»Da merkt man mal wieder, dass du in einer Werbeagentur arbeitest«, sagte sie.

Er warf ihr einen Blick zu und lächelte. Endlich mal wieder

ein Scherz. Seit Langem der erste. Nun ja, er selbst war in der letzten Zeit auch nicht gerade ein Ausbund an Fröhlichkeit gewesen.

»Ich habe noch vergessen zu sagen, dass man Ausflüge mit so einem altmodischen Dampfschiff mit einem riesigen Schaufelrad hintendran machen kann, außerdem ist Mount Peytha City hervorragend geeignet für Angler, und es gibt eine Unmenge an Festen. Kurzum, es ist ein kleines Paradies.«

Und ich fahre dorthin, um mir einen Friedhof anzusehen.

Das Lächeln verwand aus seinem Gesicht. Kayla bemerkte es, und es würde ihn nicht wundern, wenn sie an das Gleiche dachte wie er.

Sie verfielen wieder in Schweigen.

Um Viertel vor vier erreichten sie über den Highway 59 Mount Peytha City. Der silberblaue Colorado River, der sie linkerhand ein Stück begleitet hatte, war nicht mehr zu sehen. Auch die strauchartigen Bäume und Palmen entlang der Straße und die bizarren Felsformationen der Tafelberge am Horizont verschwanden.

Zu beiden Seiten sah man nun Häuser und Gärten, manche ausgedörrt, andere herausgeputzt und mit Sprinkleranlagen. Mount Peytha City war eine Stadt mit weißen Bungalows, weißen Luxuslandhäusern und weißen Reihenhäusern, wobei Letztere auf dem Wohnungsmarkt ganz unten rangierten.

»Und, erkennst du etwas wieder?«, fragte Kayla.

Er sah sich suchend um und schüttelte den Kopf. »Nein.«

»Du bist hier wirklich noch nicht gewesen?«

»Ich schwöre es unter Eid.«

»Gibt es keinen *anderen* Grund, weshalb du unbedingt hierher musstest, außer deinem inneren Drang? Vielleicht hast du mal über die Stadt gelesen? Oder weil dir irgendwer mit Mount Peytha City einen Floh ins Ohr gesetzt hat?«

Jason zuckte mit den Achseln. »Gut möglich, dass ich mal mit irgendjemandem über diese Stadt gesprochen habe. Aber soviel ich weiß, bin ich hier zum ersten Mal.«

»Und was empfindest du dabei?«

Mit der einen Hand hielt er das Steuer, mit der anderen rieb er sich übers Kinn. »Komischerweise wenig. Eigentlich gar nichts. Vielleicht kommt es ja noch.«

Als Erstes suchten sie ein Motel. Das war schnell erledigt. Es war das Mount Peytha Inn, in der Nähe des Highways. Wie durch eine Mauer aus Hitze gingen sie die paar Schritte zur Rezeption. Der gelangweilte Angestellte, ein magerer junger Mann mit spanischem Aussehen, blickte mit einem Auge auf einen kleinen Fernsehapparat in der Ecke über ihm. Durch den Schnee auf dem Bildschirm konnte man erkennen, dass eine Talkshow lief. Jason erkannte die kräftige Statur und den größtenteils kahlen Kopf von *Dr. Phil*. Der junge Mann verfolgte weiter die Show, während er aus den Augenwinkeln beobachtete, wie Jason das Meldeformular ausfüllte. Anschließend griff er nach einem der Schlüssel, die an einem Brett hinter ihm hingen, und gab den Gästen die Nummer 9.

Das Zimmer war groß und sauber. Kayla hatte sich nach dem ersten Eindruck, den der Angestellte erweckt hatte, schon ein wenig Sorgen gemacht.

»Was machen wir jetzt?«

»Uns erst mal erfrischen«, schlug er vor.

»Danach, meine ich. Es bleibt noch ein paar Stunden hell. Morgen früh haben wir die Verabredung. Vorher müssen wir auf dem Friedhof gewesen sein. Willst du gleich gehen oder morgen, bevor wir Cleigh treffen?«

Er kratzte sich hinterm Ohr. »Damit es nachher nicht heißt, ich hätte alles bestimmt und dich nicht gefragt … Was ist dir lieber?«

Kayla stemmte die Hände in die Hüften. Aufgebracht sagte sie: »Jason Evans! *Du* hast alles eingefädelt. Tu jetzt nicht so, als …«

Sie machte eine wegwerfende Geste mit den Händen. »Nein, lass nur, ich will nicht, dass wir uns in die Haare kriegen. Wenn du mich fragst, können wir sofort zum Friedhof. Dann haben wir es hinter uns.«

»So machen wir es«, sagte er. »Ich muss mich noch nach dem Weg erkundigen. Der Bursche an der Rezeption wird ihn wohl wissen.«

»Dann kannst du dich als Erstes erfrischen und nach dem Weg fragen, während ich mich in der Zwischenzeit schön mache.«

Er ging rasch unter die Dusche und erkundigte sich dann nach dem Weg zum Friedhof – dem Saint James Cemetery. Gleichzeitig fragte er nach dem Weg zu *Cleigh Abbeville Mortuarium*. Der magere junge Mann runzelte die Stirn, antwortete und fragte nicht weiter.

Wieder zurück in Apartment 9, wartete er darauf, dass Kayla aus dem Badezimmer kam. Auf einmal wurde er nervös. Der Grund dafür war, so glaubte er, weil ihm plötzlich bewusst wurde, dass sie wirklich in Mount Peytha City waren und den Friedhof besuchen würden.

Den Saint James Cemetery in Mount Peytha City.

Und was wäre, *wenn* sich der Saint James Cemetery als der Friedhof auf den Polaroidfotos erweisen sollte?

Er ließ die Frage auf sich wirken.

Dann war er der Wahrheit auf jeden Fall sehr nahe.

Will ich die Wahrheit denn überhaupt wissen?

Ein seltsamer Zweifel. In Gedanken hörte er Kayla sagen, dass es besser und vernünftiger wäre, die ganze Geschichte auf sich beruhen zu lassen.

Aber ich muss weitermachen. Gibt es überhaupt einen Weg zurück?

Jason nahm die drei Polaroidfotos aus der Mappe, in der er sie aufbewahrte, starrte zum x-ten Mal darauf und wurde kein bisschen klüger.

21

Saint James Cemetery

Kayla kam aus dem Badezimmer, das nasse Haar fiel ihr bis auf die Schultern. Sie trug ein weißes Top und einen kurzen braunen Rock. Mit ihrer Ray-Ban-Brille in der Hand folgte sie Jason durch die Tür.

Sie fuhren durch das Zentrum. Jason musste auf die Fußgänger aufpassen, die es eilig hatten, weil sie noch schnell ihre letzten Einkäufe erledigten. Er kam an einer langen Reihe kleiner Geschäfte vorbei, in denen Ansichtskarten, Landkarten, Bildbände und typischer Krimskrams aus der Gegend verkauft wurden: Kartenspiele, Mini-Spielautomaten für Kinder, aber auch echt aussehende Goldklumpen und sogar anthrazitfarbene Pfannen, mit denen die Glückstitter früherer Tage kleine Edelsteinbröckchen aus den Flüssen gefischt hatten.

Die größte Hitze war vorüber, trotzdem hatte die Klimaanlage im Chrysler immer noch Mühe, mit der heißen Luft fertigzuwerden. Er ließ das Zentrum hinter sich, danach musste er noch ein paarmal links und rechts abbiegen. Ein viereckiges schwarzes Schild mit Goldbuchstaben verkündete den Namen des Friedhofs. Vor dem Friedhof erstreckte sich ein Parkplatz, hinter dem eine Reihe Olivenbäume in die Höhe ragte. Durch das Grün hindurch führte ein schmaler asphaltierter Weg zum Friedhofsgelände.

Hinter den Olivenbäumen breitete sich das Gräberfeld aus. Jason spürte, dass ihm kalter Schweiß ausbrach, und das lag nicht an der Temperatur, obwohl die noch über dreißig Grad betrug. Nein, er sah auf Anhieb das pyramidenförmige Gebilde. Im Licht der langsam sinkenden Sonne hoben sich die Umrisse deutlich vom Hintergrund ab. Und als wäre das noch nicht genug: Jetzt erkannte er auch die Begrenzung mit niedrigen Bäumen und das hohe Gras, das auf den Polaroidfotos zu sehen war. Auch die Grabsteine kamen ihm bekannt vor.

Unwillkürlich begann er zu zittern.

Ich stehe hier, weil ich es wusste. *Ich habe es tief in mir drin gefunden.*

Entscheidend war, dass er keine Hilfe gebraucht hatte, um den Friedhof zu finden, da das Wissen schon in seinem Kopf gespeichert war. Was bedeutete das? Er war zu aufgeregt, um weiter darüber nachzudenken.

Er ging zur Pyramide, und Kayla folgte ihm. Als er davorstand, entdeckte er eine Inschrift auf dem dunklen Marmor: ALL JENEN ZU EHREN, DIE UNS VORANGEGANGEN SIND. Es schien also ein Denkmal zu sein, kein Grabmal. Daneben standen Sitzbänke. Die fehlten auf dem Polaroidfoto. Er ging langsam um die Pyramide herum, bis die Bänke hinter den Büschen nicht mehr zu sehen waren, und blieb stehen.

Kein Zweifel: Das Foto war von hier aus gemacht worden.

Aber wo ist das Tor vom ersten Foto?

Es war nirgends zu sehen. Der Eingang, den sie benutzt hatten, sah nicht im Entferntesten so aus wie der auf dem ersten Bild. Darum würde er sich später kümmern. Was ihn jetzt am meisten interessierte, war etwas anderes.

»Wo ist das Grab?«, fragte Jason. »Wo *ist* es?«

Mit zitternden Fingern zog er das dritte Foto aus der Mappe.

Das mithilfe von Fotoshop darübergelegte *M* auf einem flachen grauen Stein.

Verdammt! Hinter diesem Buchstaben befindet sich eine Botschaft, es ist ein geheimnisvoller Schlüssel, ein Code.

Irgendwo auf diesem Friedhof war jene letzte Ruhestätte, die er suchte. Kein Zweifel. Ganz in der Nähe.

Ganz in der Nähe.

Jason ging über den Friedhof. Zwischen Sträuchern, Reihen mit Grabsteinen und Kreuzen in allen möglichen Formen hindurch. Manche Steine waren mit Verzierungen versehen: Reliefs mit Engeln oder mit eingravierten Blumen. Ab und zu kam er an einem größeren Grabmal vorbei.

Kayla wirkte verkrampft, wie ein Kind, das zum Arzt muss, weil es geimpft werden soll. Friedhöfe konnte sie nun mal auf den Tod nicht ausstehen. Noch sagte sie nichts. Sie beklagte sich nicht, sondern presste nur die Lippen aufeinander.

Er fragte sich, wie er den abgebildeten Grabstein unter all den anderen herausfinden sollte. Sie waren alle aus Sandstein.

Unter dem großen *M* waren Unebenheiten zu erkennen, Moos und Risse. Doch solche Spuren von Verwitterung waren auch auf Hunderten, vielleicht sogar auf Tausenden von anderen Grabsteinen zu sehen. Es war frustierend, dass das Foto keinen Namen mitlieferte und nur einen Ausschnitt zeigte. Eigentlich hatte er nichts in der Hand. Ohne eine Abbildung des ganzen Steins war es ein Ding der Unmöglichkeit, ihn zu finden.

Kayla und er gingen langsam an fünf beinahe gleich aussehenden Grabsteinen entlang.

Jason ging in die Knie, und obwohl er wusste, dass er nichts finden würde, prüfte er, ob einer der fünf Steine ähnliche Verwitterungsmerkmale aufwies wie der auf dem Polaroidfoto.

Nein, er sah sofort, dass es sinnlos war, sein Foto mit dem Grab zu vergleichen, in dem ein gewisser Doug Weber ruhte. Also zum nächsten Stein. In dem Grab lagen die sterblichen

Überreste von Ellen und Sonni Bolch. Im Grab daneben hatte Lynell Hansen die ewige Ruhe gefunden.

Gewissenhaft betrachtete er Stein für Stein. Jason gab nie schnell auf, aber das hier war einfach zu viel für ihn. Trotzdem nahm er jedes Grab unter die Lupe, denn er musste unbedingt etwas tun. Es war die Suche nach der Nadel im Heuhaufen, aber er wollte nicht klein beigeben.

Der Friedhof auf den Fotos war kein mysteriöses Geheimnis mehr. Aber das Grab mit dem *M* blieb ein Rätsel, und wenn sie es nicht fanden, konnten sie das ganze Unternehmen aufgeben.

Kayla ging einfach hinter ihm her. Irgendwann gab sie sich einen Ruck und ging in eine andere Richtung, um selbst zu suchen. Jason wusste, dass sie sich fragte, welchen Nutzen das Ganze haben sollte, doch sie sagte nichts.

Gib die Hoffnung nicht auf, dachte er. *Mach weiter!*

Es begann zu dämmern. Bald schon würde ihn die Dunkelheit zwingen, die Suche aufzugeben und damit das zu tun, was sein gesunder Menschenverstand ihm ohnehin schon die ganze Zeit deutlich zu machen versuchte.

Wieder ging er in die Hocke, diesmal vor dem Grab eines gewissen James Weiss. Er massierte sich die Schläfen, spürte, dass er wieder Kopfschmerzen bekam, und seufzte tief.

Der Grabstein zerbarst. Stichflammen schossen aus der Erde, und mittendrin erhob sich ein Gerippe. In den leeren Augenhöhlen brannte Feuer. Jeder Knochen war umgeben von knisternder orangegelber Glut.

Komm her, sagte die Leiche mit krächzender Stimme. *Komm her zu mir, Jason, komm!*

Er starrte auf das brennende Ding, und – vielleicht irrte er sich – es schien, als würde dieses abscheuliche Monstrum ihn angrinsen. James Weiss, oder was das auch immer war, beugte sich zu ihm vor, als wollte er sich auf ihn stürzen.

Jason fiel auf den Rücken, schloss die Augen, schüttelte den Kopf und öffnete die Augen wieder. Das Herz klopfte ihm laut im Hals.

Der Grabstein stand da, als sei nichts geschehen. Nichts war zerbrochen, es schoss kein Feuer aus dem Grab, es gab kein Gerippe.

»Mein Gott!«, murmelte er. »Mein Gott, was war *das* denn, verdammt?«

»Was ist?«, rief Kayla von weiter her.

Er zitterte, als hätte er unter Strom gestanden.

»Nichts«, rief er zurück und stand schnell auf. Leise setzte er hinzu: »Hoffentlich nichts.«

Auch ich werde verrückt. Wie Noam Morain.

Aber wenn er all seine Sinne noch beisammenhatte … Was hatte er dann eben gesehen?

Nichts, überhaupt nichts, nur wieder eine Halluzination. Durch den Stress in der letzten Zeit. Dann sieht man schon mal Dinge, die gar nicht da sind. Das ist alles.

Konnte sein. Er hoffte, dass er nicht noch von anderen Gespenstern in seinem Kopf geplagt würde.

Sie blieben auf dem Saint James Cemetery, bis das letzte Abendrot hinter dem Horizont verschwunden war. Anderthalb oder zwei Stunden waren vergangen, seit er in einer Mischung aus Bestürzung und Aufregung erkannt hatte, dass sie *den* Friedhof gefunden hatten. Mittlerweile machte sich Enttäuschung breit.

Das Grab hatten sie nicht gefunden. Vielleicht waren sie daran vorbeigegangen. Doch das wussten sie nicht, das konnten sie unmöglich wissen. Er gab auf.

»Lass uns gehen, Kayla.«

Sie nickte.

Jason überlegte, was er noch sagen könnte. Ihm fiel nichts ein.

Sie fuhren zurück in die Stadt und gingen in ein Steakrestaurant. Kayla war die Erste, die wieder etwas sagte.

»Jason, wir haben viel erreicht. Lass den Kopf nicht hängen.«

Er sah sie überrascht an. Wenn es nach ihr gegangen wäre, wären sie überhaupt nicht nach Mount Peytha City gefahren, wegen ihrer Angst vor dem Tod und damit auch vor Friedhöfen. Jetzt suchten sie tatsächlich nach einem Grabstein, auf dem möglicherweise sogar sein Name stand. Falls seine Theorie über ein früheres Leben nicht völlig aus der Luft gegriffen war. Trotz allem war Kayla in der Lage, ihr eigenes Unbehagen zu überwinden und ihn aufzumuntern.

»Du bist lieb.«

Er versuchte, ihre Gedanken zu erraten. »Wie fühlst du dich?«

»Ich weiß nicht«, sagte sie matt. »Es ist unheimlich, und ich verstehe es immer weniger.«

Sie sah kurz zu einem älteren Mann hinüber, der an ihrem Nebentisch aufstand. Er ging an ihnen vorbei, sagte »Auf Wiedersehen, Sue« zur Kellnerin und verließ das Restaurant.

Die Steaks wurden gebracht. Höflich lächelnd wünschte sie ihnen guten Appetit. Jason nahm seine Gabel und stach gedankenverloren in das Fleisch.

Vielleicht war der Fotograf der Einzige, der ihm erzählen konnte, wo das Grab lag, das er finden musste. Er war so dicht dran. Diese verflixte Ruhestätte war zweifellos irgendwo auf diesem Saint James Cemetery. Ganz in der Nähe.

Und doch noch so weit weg.

22
Chuck

Ein schlaksiger junger Mann in buntem Hemd öffnete ihnen die Tür. Jason stellte Kayla und sich vor und sagte: »Wir sind mit Chuck Leigh verabredet.« Der junge Mann nickte und verschwand.

Kurze Zeit später tauchte ein etwa fünfzigjähriger Mann in Jeans und blütenweißem Hemd auf, der sich als Chuck Leigh vorstellte.

Jason streckte ihm die Hand hin. »Jason Evans. Das ist meine Frau Kayla. Herzlichen Dank, dass wir zu Ihnen kommen durften.«

Chuck trat eine Schritt zur Seite und forderte sie auf, einzutreten. Die Trauerhalle mit den dunkel getäfelten Wänden und den passenden Fußböden, den kitschigen Kerzenständern und den riesigen Kerzen war erfüllt von einer für Räume dieser Art charakteristischen erhabenen Stille. Chuck führte sie durch eine der Seitentüren in ein kleines Büro. Hinter dem Schreibtisch hing ein abstraktes Gemälde, auf dem lauter gelbe, rote, grüne und schwarze Striche wild durcheinandergekritzelt waren. Jason spürte, dass ihm das Bild in den Augen wehtat. Ihr Gastgeber bot ihnen einen Stuhl an und fragte, was er für sie tun könne.

Jason erklärte, er sei mit genealogischen Nachforschungen beschäftigt. Gestern Abend und heute Morgen hatte er sich den Kopf darüber zerbrochen, was er Chuck fragen könnte. Viel war ihm nicht eingefallen. Er konnte um eine Liste mit allen Verstorbenen bitten, deren Nachname mit einem *M* anfing. Doch das war sinnlos: Wahrscheinlich würden es endlos viele Namen sein, vermutlich sogar Hunderte. Außerdem konnte er gar nicht sicher sein, dass einer der Namen überhaupt etwas mit der mysteriösen Sache zu tun hatte.

Dann gab es da noch zwei Namen, die er Chuck vorlegen könnte: *Mapeetaa* und *Mawkee.* Doch wahrscheinlich war auch das sinnlos, da sie nur auf Mount Peytha City und den Saint James Cemetery verwiesen, nicht aber auf eine verstorbene Person. Aber er hatte ja nichts zu verlieren.

Ein bisschen verlegen fragte er, ob es Grabsteine gebe mit diesen Namen darauf. Chuck sah in seinen Computer und öffnete eine Datei. Minutenlang scrollte er durch die Aufzeichnungen, dann schüttelte er den Kopf.

»Nichts, absolut nichts.«

Jason verlor den Mut. Und jetzt? Er saß hier mit Kayla und wollte nicht einfach unverrichteter Dinge wieder gehen. Er fand, dass er wenigstens noch eine Frage stellen musste. Eine hatte er auch noch. Eigentlich sogar zwei, nur hatten die ziemlich wenig mit der Sache zu tun.

Er zeigte das zweite Foto, das mit der Marmorpyramide. Er legte es so hin und hielt es mit dem Finger fest, dass Cleigh es nicht nehmen und umdrehen konnte.

»Diese Pyramide … Was ist das?«

»Ah ja«, sagte Chuck, »das Denkmal. Es erinnert an einen Friedhof, der hier früher einmal gewesen ist, in der Zeit der Pioniere. Wir sind ziemlich stolz drauf.«

»Ich verstehe«, sagte Jason.

Danach zeigte er das erste Foto mit dem Tor.

»North Gate«, sagte Chuck prompt.

Jason blickte ihn verständnislos an.

»Der nördliche Eingang zum Friedhof«, sagte Chuck. »Besucher, die vom Chloride Pass kommen, benutzen ihn oft. Er liegt eine Viertelmeile hinter Pete's Ranch.«

Das Gespräch näherte sich dem Ende. Jason wollte es auch nicht unnötig in die Länge ziehen. Er blieb bei seiner Notlüge und betonte, dass er froh sei, den richtigen Friedhof gefunden zu haben.

»Er stimmt mit meinen Nachforschungen überein«, sagte er, »und das ist wichtig. Damit komme ich schon irgendwie weiter.«

Chuck fragte, ob es ein ganz bestimmtes Grab gebe, das er in Saint James zu finden hoffte. Er könne ihm behilflich sein, da er über eine Liste mit allen Gräbern verfüge. Wahrscheinlich sagte er dies aus Höflichkeit.

Jason dankte ihm für das Angebot. Er würde gern darauf zurückkommen, sagte er und stand auf. Sie verabschiedeten sich von Cleigh.

Zwei Minuten später standen Kayla und Jason wieder draußen. Wahrscheinlich fragte Chuck sich, *warum* die beiden den langen Weg von Los Angeles hierher auf sich genommen hatten.

Aber vielleicht interessierte es ihn ja gar nicht.

Um zum North Gate zu gelangen, musste er einen Umweg von drei Meilen machen. Jason hatte das Gefühl, als fuhren sie in einem großen Bogen um den Friedhof herum. Auf der Chloride Pass Road kamen sie an einem Holzschild vorbei, auf dem PETE'S RANCH stand, und gleich dahinter tauchte ein zweites Schild auf: SAINT JAMES CEMETERY. Kurz darauf erreichten sie den Eingang, den Cleigh genannt hatte.

Jason stellte Kaylas Chrysler ab und sah zum Eingang hinüber. Er entsprach tatsächlich dem, was auf dem ersten Foto abgebildet war.

Hinter dem Tor führte ein schmaler Pfad zu den Gräbern. Wieder betraten sie den Friedhof, und Jason verstand, weshalb sie das North Gate gestern nicht hatten entdecken können. Der zweite Eingang lag fast ganz verborgen in der grünen Hecke, die den gesamten Friedhof umgab.

Was jetzt? Er konnte auch hier jedes Grab untersuchen, eins nach dem andern, und dabei auf ein Wunder hoffen, dass er irgendetwas – und sei es nur ein kleines, eher bedeutungsloses Detail – vom letzten Polaroidfoto wiedererkennen würde. Doch das würde er wohl vergeblich hoffen, wie er gestern schon festgestellt hatte.

Das Knacken des *Codes* schien seine einzige Chance zu sein.

Kann das M eine ganz bestimmte Botschaft beinhalten?

Hätte er diesen Buchstaben doch nur schon enträtselt, dachte er wieder. Das *M* stand für Mount Peytha City, und die drei Polaroidfotos wiesen zu diesem Friedhof.

Oder habe ich etwas übersehen?

Noch einmal ließ er alles Revue passieren. Die letzten vier Jahre hatte er ein normales Leben geführt, ohne Albträume. Er war überzeugt gewesen, dass er das Elend hinter sich gelassen hatte und dass er keine Angst mehr zu haben brauchte. Doch das war nur eine Illusion, wie er seit den Polaroidfotos wusste. Danach hatte sich irgendwo in seinem Geist diese Luke geöffnet, und er hatte sich an *Mapeetaa* erinnert, und das hatte ihn nach Mount Peytha City getrieben. Und hier schien sich die Spur zu verlieren.

Es muss eine Abzweigung geben, die ich übersehen habe.

Ja, das lag eigentlich auf der Hand. Aber der Fotograf oder die Fotografin hätte ihn nicht zu diesem Friedhof reisen lassen, ohne dass die Chance bestand, dass er das gesuchte Grab auch fand. Aus den Botschaften musste mehr herauszulesen sein.

Die Bilder selbst waren Wegweiser, die Texte auf der Rückseite betrafen ihn persönlich. Wenn er es wörtlich nahm, dann war er tot und auf diesem Friedhof begraben, unter dem Grabstein auf dem letzten Polaroidfoto.

Und auf dem Grabstein steht das Datum 18. August.

Danach musste er suchen, nicht nach dem Namen.

»Worüber grübelst du denn jetzt schon wieder?«, fragte Kayla.

»Vielleicht hat unser Freund doch ein Foto von meinem Grab gemacht«, sagte er leichthin.

Das hätte er besser nicht getan, denn das war das Schlechteste, was er hätte sagen können; doch es war ihm herausgerutscht, bevor ihm klar wurde, was er da sagte.

Sie hatten das Denkmal erreicht.

Kayla setzte sich auf eine Bank. Er nahm neben ihr Platz und legte ihr einen Arm um die Schultern. Sie wich seinem Blick aus.

»Das ist es, was mir nicht gefällt«, sagte sie kalt. »Nein, es gibt *verschiedene* Sachen, die mir nicht gefallen. Erstens, dass du diesen Psychopathen deinen *Freund* nennst.«

»Das war doch nicht ernst gemeint.«

»Was ich noch viel schlimmer finde ...«, fuhr sie unbeirrt fort. »Hast du dich eben selbst reden gehört? Hast du dich wirklich gehört? Du redest wieder über dein eigenes Grab. Ich liebe dich, und ich möchte dir helfen, keine Frage, aber wenn du so weitermachst ...«

»So habe ich es doch gar nicht gemeint«, unterbrach er sie.

»Wie hast du es denn dann gemeint?«

»Ich …«

Er wollte ihr erklären, dass es nur ein Gedanke gewesen war, fand aber nicht die richtigen Worte, weil ihn ihre heftige Reaktion völlig aus der Fassung gebracht hatte.

»Vergiss es einfach, Kayla. Das hatte doch überhaupt nichts zu bedeuten. Tut mir leid, ich hätte es nicht sagen sollen.«

»Nein, das hättest du in der Tat nicht sagen sollen. Und ich will, dass du ab jetzt kein Wort mehr darüber verlierst«, schimpfte sie. »Sprich nie wieder über deinen eigenen Tod. Nie mehr! Ich will es nicht hören!«

»Kayla …«

Sie vergrub ihr Gesicht in den Händen. Er hörte sie schluchzen und dann ihre Stimme, ganz leise: »Plötzlich passiert irgendwas, und dann habe ich dich verloren.«

Er verstand, von wem sie eigentlich spach.

Natürlich. Wegen *ihm* ertrug sie nicht, was er jetzt tat.

Schatz, ich bin nicht Ralph. Ich frage mich zwar, wer ich bin, aber ich bin auf jeden Fall nicht *Ralph.*

Er hatte Angst vor dem Feuer, sie hatte Angst vor dem Tod. Bei ihr war das Fass zum Überlaufen voll gewesen, und jetzt war es tatsächlich übergelaufen. Der entscheidende Tropfen war seine unbedachte Bemerkung gewesen. Diesen Tropfen hätte er gern aufgehalten, aber jetzt war es zu spät.

Kayla war völlig durcheinander. Die Angst machte sie wütend. Sicher, sie liebte ihn. Doch er machte es ihr sehr schwer mit seiner Spurensuche. Hätte es einen leichteren Weg gegeben, dann hätte er ihn mit Sicherheit gewählt. Aber es gab keinen anderen Weg, und er spürte, dass seine Halsstarrigkeit, seine Beharrlichkeit dafür sorgen würde, dass er diesen Weg bis zum Ende ging.

»Sollen wir gehen?«, schlug er vor.

»Ja. Ich will hier weg.«

Im Motelzimmer legte sich Kayla aufs Bett. Jason wollte es ihr gleichtun, doch er fand keine Ruhe. Im Auto hatte sie kein Wort mehr gesprochen. Bestimmt war Kayla mit ihren Gedanken bei Ralph, wahrscheinlich spulte sich der Film über diesen Verlust zum tausendsten Mal in ihrer Fantasie ab.

»Kayla«, sagte er sanft. »Was kann ich für dich tun?«

»Nichts«, murmelte sie.

»Ich verstehe ja, dass das Erinnerungen wachruft.«

»Nein«, schimpfte sie, drehte ihm den Rücken zu und presste ihr Gesicht in das Kissen. »Geh weg! Lass mich in Ruhe!«

Es tat ihm weh, sie mit zuckenden Schultern daliegen zu sehen. Er strich ihr mit einem Finger über das wellige schwarze Haar, horchte auf ihr Schluchzen und schwieg. Er konnte ihren Schmerz nicht lindern. Schließlich ging er nach draußen und tauschte die Kühle des klimatisierten Zimmers gegen drückende Hitze. Während er sich auf die Bordsteinkante setzte, die Sonnenbrille aus der Brusttasche nahm und sie aufsetzte, beobachtete er, wie ein Landrover auf den Parkplatz fuhr. Ein dicker Mann stieg aus, sein Kopf versteckte sich unter einem schwarzen Hut mit breiter Krempe. Mit einer braunen Aktentasche unter dem Arm verschwand der Mann durch die Eingangstür zur Rezeption. Ganz leise hörte Jason die Autogeräusche vom Highway. Die braunen Palmblätter zu beiden Seiten des staubigen neonbeleuchteten Schildes, das die Gäste des Mount Peytha Inn willkomen hieß, hingen traurig nach unten.

Sollte er hier sitzen bleiben, bis ihre Tränen getrocknet waren? Er hatte sie schon öfter so erlebt, es war nicht ihre erste Krise. Frühere Erfahrungen hatten ihn gelehrt, dass alle Versuche, sie zu trösten, zwecklos waren. Kayla Evans, geborene

Sheehan, war eine lebensfrohe, muntere Frau. Aber wenn sie Probleme hatte, dann *hatte* sie wirklich Probleme.

Er hatte sich schon mal gefragt, ob sie Ralph mehr geliebt hatte als ihn jetzt. Das glaubte er nicht, er wollte es nicht glauben, dennoch war und blieb es eine Tatsache, dass er nie mit ihr verheiratet wäre, wenn Ralph Gainger noch am Leben wäre.

Die Ursache von Kaylas Angst lag auf der Hand. Der Keim seiner Pyrophobie war ein großes Rätsel. In seiner Psyche und in seiner Vergangenheit musste noch tiefer gegraben werden, mit welchen Mitteln auch immer. Jason war schon bald wieder mit Mark Hall verabredet, und dann sollte es eine weitere Hypnosesitzung geben. Oder zwei, vielleicht drei, oder noch viel mehr.

Doch jetzt war er hier, in Mount Peytha City. Zwischen ihm und der Couch von Mark erstreckten sich dreihundert Meilen Wüste.

Was hat der Fotograf bloß mit mir angerichtet? Ich laufe hier mit dem Gedanken herum, ich hätte ein früheres Leben gehabt, in dem ich möglicherweise durch einen Brand ums Leben gekommen bin, an einem achtzehnten August. Ich spüre, dass ich nach Mount Peytha City muss, und finde dort den Saint James Cemetery. Bin ich hier beerdigt worden?

In einem früheren Leben hatte er einen anderen Namen. Natürlich gab es hier keinen Grabstein, auf dem stand: JASON EVANS, ALTER KUMPEL, RUHE IN FRIEDEN. HIER LIEGST DU ALSO. HÄTTEST DU NICHT GEDACHT, ODER?

Vielleicht war der erste Buchstabe seines Namens in jenem früheren Leben ein *M* gewesen …

Es war reine Spekulation. Aber es gab eine Möglichkeit, das herauszufinden. Wer von denen, die auf dem Friedhof von Mount Peytha City lagen, war an einem 18. August gestorben?

Das hätte er Chuck fragen müssen. Wie konnte er nur so dämlich sein, das nicht als Erstes zu fragen? Dennoch gab es eine Erklärung dafür. Als springlebendiger Mensch nach seinem eigenen Grab zu suchen war nun wahrlich kein Routinejob, auch wenn ihn das jetzt schon seit zweieinhalb Wochen beschäftigte. Seither war er einige Male ganz schön ins Schlingern geraten.

Er überlegte noch kurz.

Doch, ich werde Chuck fragen. Und zwar jetzt.

Ungefähr zwanzig Minuten später öffnete ihm der schlanke junge Mann wieder die Tür. Jason hätte gern gewusst, wie er hieß und ob er der Sohn war, den Chuck ausbildete.

Der junge Mann brachte ihn zu Chuck, der überrascht von seinen Papieren hochschaute.

»Hoffentlich können Sie mir noch eine Frage beantworten«, sagte Jason schnell, bevor Chuck die Gelegengeit hatte, selbst eine Frage zu stellen.

»Und welche?«

»Meine Nachforschungen wegen dem Familienstammbaum. Ich habe noch mal nachgeschaut, und ich glaube ... dass die Person, um die es geht, an einem 18. August gestorben ist. Könnten Sie das mal überprüfen, Mr Cleigh?«

Chucks Augenbrauen senkten sich.

»Das geht nicht so schnell. Ich müsste jeden Namen einzeln durchgehen. Wissen Sie, wie viele Tausend Gräber es gibt auf dem Friedhof? Da bin ich Stunden beschäftigt.«

»Das verstehe ich«, sagte Jason hastig. »Ich würde auch gern selbst die Listen durchgehen, um Ihnen nicht lästig zu fallen.«

Chuck schüttelte den Kopf. »Ich darf Sie nicht an unser Archiv lassen. So etwas tun wir hier nicht.«

»Oh«, sagte Jason niedergeschlagen.

Unwillig fuhr Chuck fort: »Aber Tim, mein Sohn, hat ein bisschen Zeit. Ich werde ihn damit beauftragen. Wenn Sie uns Ihre Telefonnummer hinterlassen, rufen wir Sie an.«

»Vielen Dank«, sagte er.

Chuck faltete die Hände. »War's das?«

Ja, das war's. Es sei denn …

Der morbideste von allen Gedanken nagte weiterhin an ihm, wie ein stechender Kopfschmerz, der nicht verschwinden will, egal, wie viele Paracetamol man auch schluckt.

»Es ist vielleicht möglich …«, setzte er an, »dass der Verstorbene ein Namensvetter ist. Mr Cleigh, meine allerletzte Frage: Gibt es hier ein Grab von einem Jason Evans?«

Chuck seufzte und starrte minutenlang konzentriert in seinen Computer. Jason, der auf der anderen Seite des Schreibtisches saß, verspürte den Drang, aufzustehen und ihm über die Schulter zu schauen. Doch er beherrschte sich und blieb sitzen.

»Es gibt fünf«, sagte Cleigh.

»Fünf?«

Chuck schüttelte den Kopf. »Mit dem Namen Evans, aber keinen mit dem Vornamen Jason. Der Erste ist Zack, gestorben am 6. März 1988. Dann haben wir Greg, 12. Juni 1976. Dann Elizabeth, am 28. November 1997 gestorben. Schließlich Sam, Todestag 1. Juli 1970. Und als Letzten Jeff Evans, gestorben am 25. Dezember 2005. Sind Sie mit einem von denen verwandt?«

»Nein«, sagte Jason.

Natürlich lag hier kein Jason Evans unter der Erde. Wenn es doch der Fall gewesen wäre, wäre es reiner Zufall gewesen.

Er stand auf. »Ich warte dann auf Ihren Anruf. Nochmals, ich bin Ihnen zu großem Dank verpflichtet, dass Tim für mich auf die Suche geht.«

»Wir helfen den Menschen gern«, sagte Chuck mit süßsaurer Miene.

23

Ein Begräbnis

Kayla saß auf dem weißen Mäuerchen neben dem Schild des Motels im Schatten einer Palme. Er stellte den Wagen auf dem Parkplatz ab, ging mit steifen Schritten auf sie zu und gab ihr einen Kuss auf die Lippen. Sie erwiderte den Kuss. Ein Zeichen, dass ihr Ärger zumindest ein bisschen verraucht war.

»Wie geht es dir?«

»Es geht schon wieder«, sagte sie, aber sie klang immer noch ein bisschen niedergeschlagen.

»Ich hätte auf dem Friedhof meinen Mund halten sollen.«

Trotzdem bin ich bei Chuck Cleigh gewesen, um mich nach einem Grab mit meinem Namen zu erkundigen.

Das sagte er besser nicht. Wahrscheinlich war es sogar besser, das niemals zu sagen.

»Was hast du gemacht?«

Die Frage kam nicht von ungefähr.

»Ein bisschen spazieren gegangen.«

Es war nicht das erste Mal, dass er eine ausweichende Antwort gab.

Er machte sich Sorgen, dass Kayla und er sich immer mehr entfremdeten. Darüber redeten sie nicht, aber das war auch nicht nötig. Der Abstand zwischen ihnen wurde größer. Immer größer.

Das lag an ihm. Er schleppte sie mit auf eine Suche, mit der sie nichts zu tun haben wollte. Erst vor Kurzem hatte er vorgeschlagen, dass sie ein Kind bekommen sollten. Darauf hatte sie überglücklich reagiert. Seitdem aber spukten ihm nur noch der Tod und anderes Unheil im Kopf herum. Im Grunde hatte er sie mehr oder weniger gezwungen, ihn auf dieser Reise zu begleiten.

Eigentlich bist du ein Mistkerl, weißt du das? Sie verdient was Besseres.

Dennoch hätte er sich nicht anders entscheiden können. Das Rätsel, das mit ihm zu tun hatte, musste gelöst werden. Und immer noch war es wichtig für ihn, dass er es vor dem 18. August schaffte, vor jenem Tag, der mit Riesenschritten näherkam.

Um Viertel vor sieben saßen sie im *Wagon*. Ein Planwagen, eingerichtet als Bar für Whiskey und Wodka und andere Alkoholika, stand in der Mitte des Restaurants. Die Tische waren in einem weiten Kreis darum herum angeordnet.

Jasons Blick wanderte durch den Raum. Ein schwergewichtiger Mann mit Filzhut am Tisch vor ihnen aß mit sichtlichem Genuss ein saftiges Steak. Messer und Gabel tickten rhythmisch auf den Teller. Er hatte nur Augen für sein Stück Fleisch. Am Nebentisch servierte die Kellnerin zwei Männern, die Vater und Sohn sein konnten, Gläser mit eiskaltem Bier. Sie lachten. Der ältere Mann schlug dem jüngeren kräftig auf die Schulter. Die Hand war übersät von Schwielen jahrzehntelanger harter Arbeit auf dem Land.

Jeder dieser drei Männer hatte auf seine Weise seinen Lebensweg gefunden. Sie schienen glücklich zu sein. Bis vor nicht allzu langer Zeit war er das auch gewesen. Jetzt war alles unsicher und unbestimmt.

»Jason?«, sagte Kayla.

Er reagierte, indem er einfach sagte, worüber er gerade nachdachte. »Chuck hat sich noch nicht gemeldet. Anscheinend hatte Tim nicht genügend Zeit, die Sache sofort zu erledigen. Und vielleicht müssen wir morgen noch mal hingehen und selbst nach Grabsteinen suchen, auf denen das Todesdatum 18. August steht. Wer weiß, möglicherweise haben wir ja Glück. Was bleibt uns denn sonst noch übrig?«

Mehr hatte er nicht zu sagen. Aus seiner Stimme hatte nur wenig Hoffnung herausgeklungen. Die fühlte er auch nicht.

»Und wenn wir kein Glück haben?«

Kaylas Stimme klang merkwürdig kalt, und das erinnerte ihn mit Grausen an Carla und Trace. Trace war Alkoholikerin gewesen, und Carla hatte nur an sich gedacht. Jetzt war *er* nur mit sich selbst beschäftigt, mit irgendeiner mysteriösen Sache, der er geradezu sklavisch verfallen war.

Jason berührte mit der Hand ihre weiche Wange.

»Wenn wir nichts finden und wenn Chuck uns nicht helfen kann, fahren wir nach Hause. Und dann vergesse ich die ganze Sache«, sagte er.

Glaubte er das selbst?

Eine unruhige Nacht folgte. Sie konnten beide nicht schlafen. Noch existierte das Band, das sie zusammenhielt. Aber die Angst fraß an diesem Band. Seine Suche bereitete ihr immer mehr Schmerzen. Sie unterstützte ihn, weil sie ihn liebte, die Frage war nur, wie lange noch?

Viel stärker als bisher wurde ihm klar, dass er sie verlieren konnte.

Der Gedanke war unerträglich.

Am nächsten Morgen beschlossen sie, zunächst im *Starbucks* eine Tasse Kaffee zu trinken, bevor sie sich auf den Weg machten zum Saint James Cemetery. Während sie in Richtung Zentrum gingen, meldete sich Patrick Voight auf Kaylas Handy.

Er wollte wissen, ob sie am nächsten Tag wieder zur Arbeit kommen würde, da sie am Montag gesagt hatte, sie würde wahrscheinlich drei Tage wegbleiben, und seitdem hatte Patrick nichts mehr von ihr gehört. Kayla sah Jason fragend an. Am liebsten hätte sie von ihm gehört: *Es reicht, wir fahren nach Hause und überlassen die Sache der Polizei.*

»Nur noch ein bisschen«, flüsterte er.

»Patrick?«, sagte Kayla, während ihr Blick auf Jason gerichtet war. »Wir sind noch in Arizona. Wir können frühestens morgen abreisen. Ist das in Ordnung? Dann bin ich Montag wieder da.«

Voight grummelte irgendetwas, dass das ja wohl sehr lange wäre und auch nicht sehr kollegial, acht Tage vor dem Urlaub fast eine ganze Woche lang nicht da zu sein. Kayla entschuldigte sich vielmals. Sie sagte, sie hätte vollstes Verständnis, aber leider gehe es nicht anders.

Anschließend griff Jason zum Handy. Ihm fiel plötzlich ein, dass er am nächsten Tag seinen Termin bei Mark hatte. Den musste er absagen, und das wollte er gleich tun. Vorher aber hatte er noch ein weniger angenehmes Telefongespräch mit *seinem* Arbeitgeber zu erledigen. Brian war schon sauer gewesen, weil er Hals über Kopf weggefahren war, und er würde noch viel saurer sein, wenn er jetzt zu hören bekam, dass der Leiter des Tom-Jones-Teams auch morgen nicht im Büro erscheinen würde.

Er sprach mit Brian. Jason sagte, es hätte eine Verzögerung gegeben, wirklich sehr unangenehm, aber am Wochenende würde er nach Los Angeles zurückfahren und am Montag wieder bei Tanner & Preston auf der Matte stehen.

»*Montag?* Du machst mich todunglücklich«, sagte Brian gequält.

Er klang in der Tat unglücklich. Genauso betrübt wie damals, als er sich darüber beklagt hatte, dass seine liebe Louise ihn an der Reise nach Las Vegas hindern wollte.

Brian, wenn du wüsstest, in welcher Grabesstimmung ich gerade bin, dachte Jason nicht ohne Galgenhumor.

»Nächste Woche arbeite ich abends einfach länger. Wir schaffen den Auftrag, ich verspreche es dir. Hand aufs Herz!«

»Mensch, Jason, was machst du da, um Himmels willen?«

Ich bin auf der Suche nach mir selbst, dachte er und biss sich in die Hand, um nicht zu lachen.

»Das erzähle ich dir später.«

Brian antwortete nicht und legte auf.

»Was machen wir jetzt, Jason?«, fragte Kayla.

Sie hatten *Starbucks* errreicht.

»Was wir jetzt machen? Erst mal Kaffee trinken.«

Jason vergaß, den Termin bei Mark abzusagen.

Sie tranken ihren Kaffee, schauten auf die Straße und warfen ab und zu einen Blick auf die anderen Gäste, die ihre Getränke und einen Muffin oder Eier mit Speck zu sich nahmen. Es war halb zehn.

»Ob er wohl hier wohnt?«, dachte Jason laut.

»Wer?«, fragte Kayla.

»Der Fotograf. Wenn sich das ganze Geheimnis um diese Stadt dreht, könnte es durchaus jemand sein, der alles über Mount Peytha City weiß und der vielleicht sogar hier wohnt.«

Kayla strich eine Locke nach hinten und kicherte. »Na klar, vielleicht beobachtet er uns oder verfolgt uns sogar. He, wer weiß, möglicherweise ist es dieser tranige Kerl hinter der Rezeption in unserem Motel. Oder irgendeiner, dem wir schon auf der Straße begegnet sind.«

»Schon klar«, sagte er gelassen. »Es kann jeder sein. Oder keiner. Du hast es gerade deutlich gesagt. Sehr deutlich.«

»Wir wissen nicht, was wir suchen. Daher können wir es auch nicht finden.«

»Sehr philosophisch«, sagte er. »Leider hast du recht.«

Er betrachtete Grab um Grab, Reihe um Reihe, und das Einzige, was ihn interessierte, war der Tag, an dem die bestatteten Menschen gestorben waren. Schon anderthalb Stunden verbrachte er unter der glühenden Sonne, und er hatte immer noch kein Grab mit dem Todestag 18. August entdeckt.

Aber es *musste* sie geben. Hier waren, wie Chuck gesagt hatte, Tausende Gräber, und das Jahr hatte bekanntlich viel weniger Tage. Deshalb musste es Dutzende Gräber mit dem von ihm gesuchten Todestag geben.

Die Hitze schien immer schlimmer zu werden, und das Licht war furchtbar grell, manchmal blendete es sogar. Es war, als wollte sogar die Sonne ihn daran hindern, etwas zu sehen. Etwas Grausiges. Vielleicht jemanden, der sich hinter einem Grabstein verbarg. Vielleicht seinen Feind. Den Fotografen.

Kayla wurde als Erste fündig.

»Jason!«, rief sie plötzlich und winkte ihm aufgeregt zu. Er rannte zu ihr.

Er blickte auf den Stein, vor dem sie stand. Donald Luke lag hier begraben. Geboren am 12. März 1931; sein Todestag war der 18. August 2004. Es stand da, in Buchstaben und Ziffern, deutlich lesbar.

Jason ging in die Hocke. Er spürte keinerlei Aufregung. Donald Luke. Kein *M* im Namen. In seinem Innern reagierte nichts auf diesen Namen und auf diesen Grabstein, der außerdem viel zu gut erhalten war, zu wenig angegriffen war von der Zeit, als dass er auch nur im Entferntesten eine Ähnlichkeit mit dem Stein auf seinem Foto aufweisen konnte. Er richtete sich auf, wandte sich Kayla zu und sah gleichzeitig aus den Augenwinkeln, dass sich ungefähr fünfzig Meter entfernt eine Gruppe von Menschen versammelt hatte. Er hatte sie vorher gar nicht bemerkt.

»Der kann es nicht sein, Kayla. Schau mal, der …«

Er schwieg. Wieder sah er in Richtung der Menschen.

Doch da war niemand mehr.

»Der Stein ist viel zu neu und zu wenig angegriffen, im Vergleich zu dem Foto«, schloss er, ohne auf den Grabstein zu schauen. Sein Blick ruhte immer noch auf der verlassenen Stelle.

Kayla hatte die Menschen nicht gesehen, sonst hätte sie wohl etwas gesagt.

Er stand auf. »Lass uns weitersuchen.«

Sie murmelte irgendetwas, zuckte mit den Achseln und war schon auf dem Weg zum nächsten Grab.

Schnell, fast im Laufschritt, ging er die fünfzig Meter zu der Stelle, wo die Menschen gestanden hatten. Er fragte sich, wo genau es gewesen war. Um ihn herum ragten die unterschiedlichsten Grabsteine aus der Erde. Er schaute sich suchend um.

Dann sah er einen Stein, der etwas größer war als die anderen und der aussah, als hätte er Ohren. Er war rund und wies Einkerbungen an beiden Ecken auf. Er schaute auf den Namen und den Todestag.

Jemand beobachtete *ihn.* Plötzlich wurde ihm kalt.

Mit einem Ruck drehte sich um. Doch da war niemand.

Mit einem Mal wurde ihm klar, was bei den Menschen nicht gestimmt hatte, außer dass sie genauso schnell verschwunden waren, wie sie aufgetaucht waren.

Sie hatten anders ausgesehen: Es war ihre Kleidung! Er kannte sich nicht aus mit Mode, aber er wusste, dass Hüte mit breiter Krempe und Hosen mit weitem Schlag schon längst aus der Mode waren; auch die ins Auge springenden Krawatten bei den Männern und die kurzen Kleider bei den Frauen. *Altmodisch* kam ihm die Kleidung vor.

Das Herz schlug ihm bis zum Hals. Er drehte sich zum Grabstein um und las die Namen unter den zierlich eingravierten und mit Moos bedeckten Blumenornamenten auf den beiden Ohren.

CHAWKINS

Robert J.
4. Juni 1941 – 18. August 1977

Amanda Z.
12. Februar 1947 – 18. August 1977

Mike W.
29. Juli 1977 – 18. August 1977

24

Trennung

Das Datum 18. August verschlug ihm den Atem. Der Name Mike war wie ein würgender Griff an seine Kehle.

Der Schweiß brach ihm aus allen Poren, und der eigene Körpergeruch stieg ihm in die Nase. Kayla kam auf ihn zu. Ihr misstrauischer Blick war schon von Weitem zu erkennen.

»Was ist los?«

Als er nicht antwortete, sagte sie: »Du siehst blass aus.«

Was geht hier vor mit mir?, wollte er fragen, doch die Worte blieben ihm in der Kehle stecken.

Er bückte sich und verglich den Grabstein mit dem Polaroidfoto. Die Übereinstimmungen waren eindeutig. Das Moos, die Risse, die Unebenheiten. Dies war der gesuchte Grabstein.

»Mike ist Mawkee. *Mikey*«, sagte er heiser. »Das Baby ist nur ein paar Wochen alt geworden, gestorben am 18. August. Genauso wie die anderen beiden, Robert und Amanda. Das werden seine Eltern sein, denke ich. Alle am selben Tag gestorben.«

Kayla hockte sich neben ihn. Sie sagte nichts.

»Ich habe Menschen gesehen«, flüsterte er. »Die Trauergemeinde. Ich spüre sie jetzt noch. Ich spüre *irgendetwas.*«

Sie warf ihm einen schiefen Blick zu. »Was soll das jetzt schon wieder heißen?«

Sein Mund öffnete und schloss sich. Er schüttelte den Kopf. »Du glaubst mir ja doch nicht. An dieser Stelle standen Menschen. Vielleicht zwanzig, vielleicht noch mehr. Das, was sie anhatten, war längst aus der Mode. Ich habe sie nur kurz gesehen, ganz kurz. Dann waren sie weg. Ich glaube nur nicht, dass sie *ganz* weg sind, denn hier gibt es immer noch etwas, das nicht stimmt. Ist dir nicht kalt?«

Er schlang die Arme um die Brust und zitterte. Trotz der Wüstenhitze bibberte er vor Kälte. Kayla starrte ihn entsetzt an.

»Es ist entsetzlich heiß, Jason.«

»Nein«, widersprach er heftig, »das ist es nicht.«

Er biss die Zähne aufeinander.

»Komm mit, wir gehen von hier weg«, sagte sie.

»Wie können wir jetzt weggehen?«, brummte er. »Wir haben gefunden, was wir gesucht haben. Das hier ist es. Es geht um Mike W. Chawkins. Er ist tot, es gibt ihn nicht mehr. Es geht um *ihn*.«

»Du machst mir Angst«, sagte sie. »Komm endlich!«

Sie legte ihm eine Hand auf die Schulter, doch er schüttelte sie ab, blieb in der Hocke sitzen und rieb sich über die Arme.

»Sieh doch hin!«, sagte er wütend. »Sieh dir das Foto und den Grabstein an. Sie sind identisch. Das kann man doch sehen. Selbst du.«

Sie stand auf und trat einen Schritt zurück.

»Was ist los mit dir?«

»*Ich* bin *Mawkee*! Dies ist mein Grab. Ich habe es gefunden! Die Menschen, die ich eben gesehen habe, das waren die Menschen, die zu meiner Beerdigung gekommen sind. Mein eigener Trauerzug.«

Er gab ein Geräusch von sich, das vielleicht ein Lachen war, vielleicht aber auch ein Schluchzen. Er wusste es selbst nicht.

Kayla wich noch einen Schritt zurück.

»Ich will hier weg! Jetzt!«

Er schüttelte wieder den Kopf und begann zu schluchzen. Es wurde immer heftiger. Er konnte es nicht aufhalten, er konnte *nichts* mehr aufhalten. Er verlor den Bezug zur Wirklichkeit, als wäre er plötzlich betrunken.

»Jason, hast du die Polaroidfotos gemacht?«

Er erstarrte. Mit einem Schlag hörte er auf zu schluchzen, und er zitterte auch nicht mehr. Langsam drehte er sich zu ihr um.

»Was?«

Sie stand da wie eine Salzsäule. Ihre Arme hingen schlaff herunter. So stand sie da, zwischen den Grabsteinen. Ihr Blick war tödlich.

»Du hast zu Hause zwei Polaroidkameras. Du bist gut in diesen Dingen.«

»Bist du noch ganz bei Trost?«, flüsterte er heiser.

»Ich frage mich gerade, ob *du* noch ganz bei Trost bist.«

Wut sammelte sich in ihm und stieg hoch wie ein grummelnder Vulkan.

»Ich denke, du musst zurück zu Mark. Du hast recht. Irgendwas stimmt nicht mit dir. Ich habe dich unterstützt, von Anfang an. Aber dann kommst du plötzlich mit einem Wesen aus Feuer an. Du hast Visionen oder so was Ähnliches. Du siehst Dinge, die es nicht gibt. Du glaubst sogar, du wärst tot. Du glaubst, dass dies dein Grab ist. Erzähl mir mal, was ich davon halten soll.«

»Und deshalb gehst du davon aus, dass ich alles inszeniert habe.«

Er fühlte sich nicht mehr betrunken. Er war wieder stocknüchtern, und er traute seinen Ohren nicht.

»Ralph hat gesagt, er würde jung sterben«, fuhr sie unbeirrt fort. »Woher wusste er das? Wie kam er auf den Gedanken?

Ich werde es nie erfahren, und das wird mich ewig beschäftigen. Vielleicht hat er sich etwas vorgemacht. Vielleicht wusste er von dem Herzfehler. Vielleicht hat ihm irgendwer erzählt, dass er nicht alt werden würde, egal ob Gott, ein bekloppter Weissager oder irgendeiner, der ihn nicht ausstehen konnte. Das spielt keine Rolle. Er hat es geglaubt. Und du glaubst jetzt, dass du tot bist oder sterben wirst. Es ist das Gleiche, nur dass jetzt Fotos mit im Spiel sind. Ja, vielleicht hast du dich dermaßen in die Sache verrannt, dass du alles selbst arrangiert hast. Was weiß ich? Auf jeden Fall will ich nichts mehr damit zu tun haben.«

Sie machte eine Geste, als wollte sie etwas zerteilen. Tränen stiegen ihr in die Augen, und sie schlug die Hände vors Gesicht. Dann drehte sie sich abrupt um und stolperte los. Kurz darauf begann sie zu rennen. Er sah hinter ihr her. Fassungslos. Sein Blick wanderte über das grüne Gras zurück zu seinem eigenen Grab.

Es schien, als schaute Mike W. Chawkins ihm dabei über die Schulter.

Am nächsten Morgen hatten sie immer noch kaum ein Wort miteinander gewechselt.

Sie war ganz allein vom Saint James Cemetery zum Mount Peytha Inn zurückgelaufen. Im Zimmer hatte sie die Klimaanlage angestellt und sich hingelegt. Er war erst abends gekommen, als die feuerrote Sonne hinter den Bergen verschwand. Er hatte sich wieder beruhigt und war wieder zu sich gekommen. Sie auch. Es tat ihr leid, dass sie ihn beschuldigt hatte, die Fotos selbst gemacht zu haben; das passte vorne und hinten nicht.

Doch sie hatten nicht mehr darüber gesprochen. Sie waren

nicht essen gegangen und in ihrem Motelzimmer geblieben. Es folgte eine lange Nacht. Am nächsten Morgen hatte sich noch nichts geändert. Während sie unter der Dusche stand und er darauf wartete, dass sie fertig war, beschloss sie, auf jeden Fall nach Los Angeles zurückzufahren. Das sagte sie ihm auch resolut, nachdem sie zu Ende geduscht und sich nackt vor ihm aufgebaut hatte.

»Ich fahre nach Hause. Fährst du mit?«

Er schüttelte langsam den Kopf.

Wassertropfen perlten über ihren Körper. Sie flehte: »Bitte! Wir gehen zu Mark. Der wird wissen, was wir tun sollen.«

»Das kann ich nicht. Ich habe mein Grab gefunden. Jetzt muss ich weitermachen.«

Kayla ballte die Fäuste. Sie konnte nur noch schreien, und sie schrie.

»Jetzt reicht es!«, brüllte sie heiser. »Es ist genug!«

Tränen schwammen in ihren Augen, und sie hörte sich sagen: »Ich gehe wirklich.«

Er wollte etwas sagen, schüttelte jedoch nur den Kopf.

Sie kniff die Augen zusammen. Die Fingernägel schnitten in die Handflächen.

Unsere Ehe ist kaputt.

Sie glaubte es wirklich. Mit einem Schlag war alles aus, alle Liebe für Jason war tot, gestorben in einem Seufzer, genau wie bei Ralph. Die Wut walzte immer heftiger durch ihre Gedanken.

Ich habe Ralph loslassen müssen, und jetzt musst du loslassen!

Wieder sah sie Ralphs starren Körper vor sich, neben ihr im Zelt. Weit weg vom nächsten Krankenhaus, viel zu weit weg, um ihn noch retten zu können. Sie hatte seine kalte, leblose Hand festgehalten, und sie hatte geweint.

Wäre er nicht gestorben, wäre ihr Leben anders verlaufen – ganz anders.

Ralph öffnete seine Augen. Um seine wachsbleichen, toten Mundwinkel zog sich ein hartes Grinsen. *Ich lebe, Schatz. Er nicht, aber ich. Warum hast du mich im Stich gelassen? Warum?*

Sie erschauerte. Vergebens bemühte sie sich, einen klaren Gedanken zu fassen. Nirgends fand sie mehr Halt. Sie war eingeklemmt zwischen zwei toten Männern, Ralph und Jason. Der Sensenmann hatte seine Klauen nach beiden ausgestreckt.

Sie wusste nicht ein noch aus, sie wusste gar nichts mehr.

In ihrem Kopf herrschte Nebel, während sie sich anzog und ihre Reisetasche packte. Sie brauchte nicht lange.

»Ich nehme den Chrysler. Schließlich ist es mein Auto. Du hast ja deine Kreditkarte. Fliegst du zurück?«

»Ich komme schon irgendwie nach Hause«, sagte er matt. »Aber du meinst das doch nicht ernst, oder? Du lässt mich hier doch nicht allein?«

»Ich tue es für dich und für uns«, sagte sie mit erstickter Stimme.

Es war Viertel vor zehn, und der Tag war noch jung. Draußen war ein Wüstensturm aufgezogen. Staubwolken tanzten Pirouetten. Die Blätter der Palmen bogen sich im Wind, und Steppenläufer rollten über den sandigen Asphalt des Parkplatzes. Ab und zu wurde die Sonne verdeckt von dem aufwirbelnden Staub.

Sie könnten noch stundenlang über ihren Entschluss diskutieren, doch sie hatte ihre Entscheidung getroffen, und daran gab es nichts zu rütteln. Jason wusste, wie halsstarrig sie sein konnte. Umgekehrt wusste sie, dass er genauso war.

Also lief alles darauf hinaus, wer sich am Ende als standfester erwies.

Sie nahm den Autoschlüssel und ihre Tasche. »Ich gehe jetzt.«

Er nickte. »Es tut mir leid, dass ich gestern auf dem Friedhof so ausgerastet bin. Ich war nicht mehr ich selbst.«

»Fährst du mit?«

Es war das dritte Mal, dass sie ihm diese Frage stellte. Das letzte Mal.

»Ich muss mich mit den Chawkins beschäftigen. Wer waren sie? Wie sind sie gestorben?«

»Du bleibst also hier«, seufzte sie.

»Nachdem es jetzt eine Spur gibt, habe ich keine andere Wahl«, sagte er. »Außerdem möchte ich wissen, was los ist mit mir. Woher kommen meine Halluzinationen?«

»Das kannst du auch Mark fragen.«

Er schaute zu Boden. »Später. Hier bin ich an der Quelle. Und ich sage dir noch einmal, es gibt einen Fotografen. Ich muss ihn finden, und zwar vor dem 18. August. Ich muss sicher sein, dass an diesem Tag nichts Schlimmes passieren kann.«

Sie nickte. »Nur zu. Ich fahre.«

Sie ging zur Tür.

»Kayla!«

Sie drehte sich noch einmal um.

»Bitte, sei vorsichtig. Mir wäre es lieber, wenn du nicht allein zu Hause bleibst. Man kann nie wissen. Bitte, übernachte bei Simone.«

»Ich schau mal«, sagte sie. »Und du sei bitte auch vorsichtig. Du sollst wissen, dass mir nicht wohl ist bei dem Gedanken, dich hier allein zurückzulassen.«

Er lächelte. »Ich bin ein großer Junge. Ich kann schon auf mich aufpassen.«

Kayla überlegte, ob sie ihm einen Abschiedskuss geben

sollte, unterließ es aber schließlich. Sie öffnete die Tür und stand mit einem Mal in dem beißenden grauen Sandsturm. Sie senkte den Kopf, lief schnell zum Chrysler, öffnete die Tür und setzte sich hinters Steuer. Sie startete den Motor, fuhr rückwärts und sah dabei zu ihm hinüber. Er hatte das Zimmer verlassen und stand an der niedrigen Mauer vor dem Motel.

Kayla bog auf die Straße ein und blickte so lange in den Rückspiegel, bis sie ihn nicht mehr sehen konnte.

Dann wischte sie ihre Tränen weg.

25

Die Chawkins-Tragödie

Nachdem der Chrysler in den Staubwolken verschwunden war, musste sich Jason mit beiden Händen an der Mauer vor dem Motel festhalten. Es war, als könnte sich jeden Moment eine Falltür unter ihm öffnen, sodass er in die Tiefe stürzte.

Kayla hatte ihn verlassen. Sie hatte es wirklich getan.

Du hast sie verloren, für immer, grummelte die Stimme in seinem Innern, die er auch während der Badeszene gehört hatte, kurz bevor sie nach Arizona abgereist waren.

Tote Eisfinger streichelten jedes einzelne Nackenhaar.

Doch was er ihr gesagt hatte, war wahr. Er war jetzt so weit gekommen, dass er weitermachen musste. Er wusste, wem er als Erstes einen Besuch abstatten würde.

»Können Sie mir mehr sagen über die Familie Chawkins?«, fragte er Chuck Cleigh, als er eine gute Stunde später an diesem Freitagvormittag, 31. Juli, wieder in dessen makellosem Büro saß.

Er hatte gesagt, das Grab der Chawkins habe ihn im Zuge seiner genealogischen Nachforschungen neugierig gemacht.

Chuck seufzte tief. »Hören Sie, Jason, es tut mir wirklich leid, dass wir Sie noch nicht angerufen haben. Ich habe heute leider keine Zeit. Wenn alle drei Personen am selben Tag gestorben sind, wie Sie sagen, wird wohl etwas Besonderes vorgefallen sein. Aber verlangen Sie nicht von mir, dass ich das jetzt für sie ausgrabe.«

Der Eigentümer von *Cleigh Abbeville Mortuarium*, der heute ausgebleichte Jeans trug, trommelte mit den Fingern auf die Schreibtischplatte. Jason verstand, dass der Mann ihn jeden Moment bitten würde, zu gehen. Er konnte oder wollte nichts sagen.

»Wo könnte ich mich denn erkundigen?«, fragte er. Es klang beinahe verzweifelt in seinen Ohren.

Chuck schob seinen Sessel zurück.

»Es ist wichtig für mich, Mr Cleigh«, fügte er hinzu. »Sie können sich nicht vorstellen, wie wichtig es ist.«

Chuck sagte eine Weile nichts. Forschend betrachtete er Jason, und die Runzeln in seinem Gesicht verrieten überdeutlich, dass er sich fragte, ob er seinen Besucher noch länger ernst nehmen sollte.

»Versuchen Sie es bei der Zeitung«, sagte er schließlich. »*Mohave Herald*. Oder nein, gehen Sie zu Freddy Padilla, das ist noch besser. Freddy hat früher beim *Herald* gearbeitet und leitet jetzt das Stadtarchiv. Ich kenne ihn gut. Wenn Sie jemanden suchen, der Ihnen weiterhelfen kann, dann ist er es. Er weiß alles über Mount Peytha City, ganz egal, worum es sich handelt. Der Mann ist eine wandelnde Enzyklopädie.«

»Können Sie mir die Adresse des Stadtarchivs geben?«, fragte Jason.

»Kann ich«, sagte Chuck.

In einer Ecke des Stadtarchivs, an einem ziemlich kleinen Schreibtisch aus Holz mit einer alten Schirmlampe darauf, saß Freddy Padilla. Zumindest nahm Jason an, dass er es war. Er schätzte ihn auf Mitte sechzig. Unter einem weißen Hut lugte ein ebenfalls weißer Bart hervor, und lange graue Locken rollten sich in seinem Nacken (für manche würde das schon ausreichen, um ihn als einen *unappetitlichen alten Mann* zu bezeichnen). Er hatte einen dicken Bauch, über dem sich ein kariertes Hemd spannte.

Er ging auf den Mann zu.

»Guten Tag! Mein Names ist Jason Evans. Sind Sie Mr Padilla?«

Hellblaue Augen blickten ihn unter der Krempe des Hutes kurz an. »Ja?«

»Darf ich Sie etwas fragen?«

»Aber sicher«, sagte Padilla jovial. »Schießen Sie los.«

Jason strich sich durch sein Haar. »Ich bin damit beschäftigt, etwas zu untersuchen. Jemand gab mir den Rat, ich solle mich an Sie wenden. Chuck Cleigh von *Cleigh Abbeville Mortuarium.*«

»Ach, Chuck«, sagte Padilla. »Worum geht es?«

»Ich brauche ein paar Informationen. Ich bin auch gerne bereit, dafür zu zahlen«, beeilte er sich zu sagen.

»Geld? Geld interessiert mich nicht«, sagte Padilla. »Ich bin eine Ausnahme in diesem Land der Halsabschneider. Deshalb bin ich auch ein armer Schlucker geblieben.«

Eine Lachsalve folgte, die Jason beinahe taub machte.

»Ein Jammer, dass dieser Casinorummel in Laughlin immer größer wird. Die Wucherei wird von Tag zu Tag schlimmer. Ein Schandfleck für unser wunderschönes Mount Peytha City. Aber ich kann die Welt leider nicht verändern.«

»Das verstehe ich«, sagte Jason. Seine Stimme war sehr viel leiser als die von Padilla.

»Manche Leute haben Dollarzeichen in ihren Augen, ich nicht«, ereiferte sich Freddy. »Was wollen Sie wissen?«

»Mr Padilla, ich hoffe, dass es nicht zu kompliziert ist …«

»Nenn mich einfach Freddy, den *Mr* kannst du dir sparen.«

»Also gut, Freddy.« Jason nahm das Angebot, zum Du überzugehen, gern an. »Auf dem Saint James Cemetery gibt es ein Grab, das mich interessiert. Es gehört einer Familie Chawkins. Robert, Amanda und Mike Chawkins liegen dort begraben. Ich wüsste gern mehr über diese Menschen.«

»Warum?«, fragte Freddy.

»Es hat mit Ahnenforschung zu tun.«

Freddy zuckte mit den Achseln.

»Ich kümmere mich drum. Gib mir eine Stunde Zeit.«

Jason wartete draußen, bis die Stunde vorüber war. Er dachte an Kayla und beschloss, sie anzurufen. Es wurde kein sonderlich erfreuliches Gespräch. Wieder betonte er, dass er den Kopf nicht in den Sand stecken dürfe. Es gebe da einen Verrückten, der die Fotos geschickt habe und möglicherweise hinter dem so genannten Unfall stecke. Was stand ihnen bevor am 18. August? Er sagte auch noch einmal, sie solle zu Simone gehen. Kayla warf ihm Hirngespinste vor und blieb bei ihrer Meinung, er solle bei Mark Hilfe suchen.

Nach einer Stunde ging er wieder ins Stadtarchiv zu Freddy.

»Ich erinnere mich noch recht gut, Junge«, begann der Exreporter. »Ich habe selbst in der Zeitung darüber geschrieben und eben noch mal im Archiv meine eigenen Artikel gelesen. Der Groschen fiel ein bisschen spät bei mir, weil es schon so lange her ist.«

»Ich bin gespannt«, sagte Jason.

Freddy sah an ihm vorbei.

»Es war ein schrecklicher Unfall. Ein Lkw hat sie über den Haufen gefahren. Der Fahrer war betrunken oder total zugedröhnt oder auch beides. Mit seiner Riesenkiste ist er von hinten auf den Wagen der Chawkins draufgedonnert. Das Auto hat sich überschlagen und Feuer gefangen. Es gab ein gewaltiges Flammenmeer. Die armen Leute sind einen furchtbaren Tod gestorben. Und der Lkw-Fahrer? Der ist einfach weitergefahren. Man hat ihn erst später geschnappt. Er hieß Silverstein. Steve Silverstein.«

Jasons Mund war wie ausgetrocknet. Wieder sah er Scheinwerfer, die ihn blendeten. Und wieder spürte sein Körper den gewaltigen Stoß.

»Erzähl weiter«, sagte er heiser.

»Robert, Amanda und Mike sind auf schreckliche Weise ums Leben gekommen. Es war auf dem State Highway 98, ganz in der Nähe von Sacramento Wash, fünf Meilen außerhalb von Mount Peytha City. Robert war ein angesehener Mann. Er engagierte sich aktiv in der Gemeinde, Amanda übrigens auch. Sie lebten auf der Mount Peytha Ranch, die er selbst aufgebaut hatte. Er hatte einen hervorragenden Ruf als Reiter und Pferdezüchter. Der Lkw-Fahrer, das habe ich eben noch mal nachgeschaut, hat behauptet, er hätte nicht gesehen, dass sich das Auto überschlug und anfing zu brennen. Das hätte er erst später erfahren. Als er wieder nüchtern war und ihm klar wurde, was er angerichtet hatte, war er total durcheinander, und es tat ihm wahnsinnig leid.«

Freddys Telefon klingelte. Er nahm den Hörer ab.

»Beth! Kann ich dich gleich zurückrufen? Ich habe Besuch. Ja, danke.«

Er legte wieder auf.

»Ich habe noch ein paar Details im Archiv gefunden. Wie die Aussage von Tom Daunt, dem Feuerwehrmann, der als Erster zur Unfallstelle kam und die Leichen aus dem Wrack holte. Er hat gesagt, die Rettungsmannschaften hätten nichts mehr ausrichten können. Und der Leichenbeschauer James Felch hat gesagt, die Identifizierung der Opfer sei die schwerste

Aufgabe in seinem ganzen Berufslebens gewesen. In dem Wagen sei auch ein kleines Kind gewesen, und das sei emotional selbst für ihn fast zu viel gewesen.«

Freddy seutzte tief. »Silverstein wurde zu dreißig Jahren verurteilt, und die Ranch wurde verkauft. An einen Freund von Robert, Joe Bresnahan. Joe wohnt dort immer noch.«

Jason erinnerte sich plötzlich an eine Geschichte, die er am Sonntag vor dem gemeinsamen Bad mit Kayla im Internet gefunden hatte. Dabei handelte es sich um eine sechzigjährige Frau in Russland namens Anya, die jahrelang unter Albträumen gelitten hatte. In ihren Träumen rannte sie an Häusern vorbei und über Dächer, ständig auf der Flucht vor Feinden in Uniform. Manchmal drang auch ein seltsames Kreischen an ihr Ohr. Es war nicht auszuhalten, sagte die Frau. Wenn sie es hörte, hielt sie sich verzweifelt die Ohren zu. Während einer Yoga-Sitzung an einem ganz normalen Tag hatte sie eine furchtbare Vision. Sie sah ein Massengrab und hörte Menschen schreien. Sie hatte das Gefühl, Teil eines Dokumentarfilms mit Originalaufnahmen zu sein.

Als die überraschenden und Angst einflößenden Bilder von ihrer Netzhaut verschwanden, begann sie an Reinkarnation zu glauben. Es fühlte sich eigenartig an, sagte sie. *Als würde aus meinem Innersten eine Leidensfontäne aufsteigen. Die Vision hatte mit meiner eigenen Vergangenheit zu tun*, sagte sie in ihrer Geschichte.

Mithilfe einer Regression versetzte sie sich in ihre verschiedenen früheren Leben. Das letzte endete in einem Gefangenenlager zur Stalin-Zeit, in dem sie eine gut zwanzigjährige Frau war, verdreckt und ausgemergelt. Anya erinnerte sich an Folter, an sexuelle Misshandlungen und an ihren Tod. Während der Regression sah sie, wie sie in einem kleinen, dunklen Raum, in den kein einziger Lichtstrahl drang, durch Hunger und Krankheit ihr Leben verlor. Nachdem sie dies alles noch einmal erlebt hatte, verstand sie plötzlich, weshalb sie in ihrem jetzigen Leben bei Dunkelheit manchmal vollkommen in Panik geraten konnte.

Der Tod im Stalin-Lager hatte ihr Leiden beendet. Danach war alles hell und weiß geworden. Ihr Gefühl sagte ihr, sie habe *ganz kurz geschlafen*, und ungefähr drei Wochen später sei sie als Anya wiedergeboren worden.

Nach der Regressionstherapie wurde sie sich ihrer früheren Leben bewusst, und sie erkannte plötzlich auch Menschen, die damals ihre Freunde und Verwandten gewesen waren. Sie hat sie besucht. Aber natürlich haben die Bekannten und Familienmitglieder von *damals* sie nicht wiedererkannt. *Ich wollte ihnen entgegenschreien, dass ich es bin. Ich wäre eine Weile tot gewesen, aber jetzt wäre ich wieder da*, berichtete Anya in ihrer Geschichte. Letztlich hat sie jedoch begriffen, dass sie dieses *Damals* loslassen und ihren Weg in ihrem neuen Leben finden musste.

Machte Jason dies jetzt auch durch?

Spielte ihm sein früheres Leben einen Streich?

Er war am 2. September 1977 auf die Welt gekommen. Als Jason Evans. Aber war er davor Mikey Chawkins gewesen?

Sofort dachte er an eine andere wahre Begebenheit. Die Geschichte handelte von einem libanesischen Jungen, der sich an seine frühere Inkarnation erinnerte. Eines Tages war dieser Junge auf einer Straße in seinem Geburtsort und begegnete dort einem unbekannten Mann. Er ging auf den Mann zu und bezeichnete ihn als seinen Nachbarn.

Außerdem redete er immer wieder von einem Unfall, bei dem ein Lastwagen einen Mann überfahren hatte, und dieser hatte dadurch beide Beine verloren. Ständig lag der Junge seinen Eltern in den Ohren, er wolle in ein bestimmtes Dorf, das in der Nähe lag. Weshalb er das wollte, konnte er nicht sagen.

Die Eltern des Jungen machten sich auf die Suche und fanden heraus, dass der Mann, den ihr Sohn als *Nachbarn* bezeichnet hatte, aus diesem nahe gelegen Dorf stammte. Sie erfuhren auch, dass in diesem Ort ein Mann bei einem Unfall mit einem Lastwagen beide Beine verloren hatte und danach gestorben war. Der Mann, den der Junge spontan seinen Nachbarn genannt hatte, hatte tatsächlich neben dem Unfallopfer gewohnt.

Und noch weitere Angaben des Jungen stimmten. So wusste er beispielsweise genau, was das Opfer kurz vor seinem Tod auf dem Sterbebett gesagt hatte. Auffällig waren auch die vielen übereinstimmenden Charakterzüge bei dem Kind und bei dem Verstorbenen: So war der Tote früher ein begeisterter Jäger gewesen, und der Junge interessierte sich für alles, was mit der Jagd zu tun hatte. Der Tote hatte fließend Französisch gesprochen, und das Französisch des Jungen war für dessen Alter ungewöhnlich gut.

Wissenschaftler konnten den Fall nicht anders erklären, als dass hier eine Reinkarnation vorlag. Sie gingen davon aus, der Tod des Mannes habe nicht zu dessen völliger *Vernichtung* geführt. Sein Bewusstsein und seine Persönlichkeit hätten seinen physischen Tod überlebt. Interessen und Charakter hätten sich erhalten, als unsichtbare Wellen oder Strahlen, und diese seien dann nach einer *Irrfahrt* mit einer befruchteten Eizelle in Kontakt gekommen und mit dem Körper des Kindes verschmolzen.

Demnach war der Junge ein neuer Mensch mit neuen Entwicklungsmöglichkeiten, doch in seinem Geist blieb er immer mit dem Unfallopfer verbunden.

Schleppte Jason die Ängste und Erinnerungen des kleinen Mike W. Chawkins mit sich herum?

Diese Interpretation würden die Milliarden von Menschen auf der Erde, die an Reinkarnation glaubten, für plausibel halten. Ihm, der sich immer für einen nüchtern denkenden Menschen gehalten hatte – *bevor* er von Halluzinationen und Visionen heimgesucht wurde –, leuchtete das mittlerweile auch ein.

Sein drängendstes Problem aber blieb die Rolle des Fotografen. Dass dieser offenbar Informationen über sein mögliches früheres Leben hatte, war die Achillesferse seiner ganzen Theorie. Der Fotograf musste auch von dem tödlichen Unfall der Chawkins wissen, denn Kayla und Jason hätten um ein Haar das gleiche Schicksal erlitten, und das war sicher kein Zufall. Der Unfall auf der Monte Ave zwischen Cornell und Fernhill war ein Anschlag gewesen. Jason bezweifelte allerdings, dass die Polizei das auch so sehen würde. Nein, dort würde man den Zusammenhang mit einem früheren Leben nicht ernst nehmen. Das wiederum hatte zur Folge, dass er allein damit fertigwerden, dass er allein weitermachen musste. *Ohne Kayla*, hallte es in seinem Kopf wider. Seine Starrköpfigkeit verdrängte diese Stimme.

Über seinen nächsten Schritt musste er nicht lange nachdenken.

Er bedankte sich bei Freddy Padilla und verließ das Stadtarchiv. Dann sorgte er erst einmal dafür, dass er mobil wurde. Sich per Taxi oder zu Fuß zu bewegen war auf Dauer unbequem. Die Mount Peytha Ranch lag außerhalb der Stadt, hatte Freddy gesagt, also brauchte er ein Auto. Nicht weit von Starbucks entfernt war das Büro von Caldwell Rental Services. Dort mietete er einen GMC Yukon Hybrid.

Der imposante Bauernhof mit zwei angrenzenden großen Stallungen lag an der Bullhead Road. Ein kurzer Sandweg, nur ungefähr hundert Meter lang, führte dorthin. Vorn an der Straße verkündete ein Schild: MOUNT PEYTHA RANCH. Neben dem Schild befand sich ein Briefkasten, und wiederum daneben stand ein altes Gatter mit einem geschlossenen Tor. Jason stellte den Yukon Hybrid ab.

Die Gitterstäbe in der Mitte des Tores ließen ein kleines Oval frei. In die Öffnung war ein Buchstabe hineingeschweißt.

M.

Es war dasselbe zierlich verschnörkelte *M* wie auf dem letzten Polaroidfoto.

26

M

Joe Bresnahan hatte einen Hängebauch und schneeweißes Haar. Er war gastfreundlich und gesprächig, und er tat so, als wäre der Fremde ein alter Bekannter. Er fragte nicht einmal, woher das Interesse für Robert, Amanda und Mikey Chawkins rührte. Jason war das recht. Er ließ Joe ausgiebig erzählen und hörte zu.

Nachdem er das *M* im Tor entdeckt hatte, hatte er sich ein Herz gefasst. Er war nach Mount Peytha City gekommen, um das Geheimnis des Grabes zu lüften, und dazu gehörte auch das Geheimnis des *M*. Die Bresnahans würden sicher alles darüber wissen.

Das Tor war nicht verschlossen gewesen, und so war er auf dem unbefestigten Weg zum Bauernhof gegangen. Neben einer der Stallungen, unter einer Reihe von Joshua-Bäumen, war ein Gemüsegarten angelegt, wo Tomaten, Rosenkohl, Pfeffer, Radieschen und Zwiebeln angebaut wurden.

Er hatte geklingelt, und Joe Bresnahan hatte die Tür geöffnet. Er war allein zu Hause; sein Sohn arbeitete irgendwo draußen auf dem Feld, und seine Frau besuchte gerade eine Freundin. Joe war schon seit Jahren in Rente, und solange ihn sein Sohn nicht in ein Altenheim schickte, würde er hierbleiben, zusammen mit seiner Frau. Munter schwatzte er weiter und erzählte, er hätte die Chawkins gut gekannt; er sei in diesem Nest zusammen mit Robert aufgewachsen, als Mount Peytha City noch keine Stadt war. Er hatte es sich lange und genau überlegt, ob er diesen Bauernhof übernehmen sollte. Aber Roberts Familie hatte darauf bestanden, und schließlich hatte er zugestimmt.

Robert war ein prima Bursche gewesen. Er hatte mit Pferden gehandelt, und jeder wusste, dass man nirgends bessere bekam als bei ihm. Der Mann hätte einfach ein Händchen für die Tiere gehabt, meinte Joe.

Roberts Frau Amanda war eine Schönheit gewesen, wobei ihre inneren Werte allerdings wichtiger waren als alle Äußerlichkeiten. Eine stets freundliche Frau, immer mit einem Lächeln auf den Lippen. Die beiden waren angesehene Bürger von Mount Peytha City gewesen, vor allem weil sie so viel für das Gemeinwesen getan hatten. Wenn es um freiwillige Arbeit ging, waren Robert und Amanda immer als Erste zur Stelle gewesen.

Jason ließ Joe eine ganze Weile reden, dann stellte er die Frage, die ihm auf den Nägeln brannte: »Mr Bresnahan, da draußen am Tor ist ein Buchstabe angebracht. Handelt es sich um das *M* von Mikey?«

Joe ruderte mit seinen baumstammdicken Armen. »Aber ja! Als er Vater wurde, war Robert im siebten Himmel. Jeder sollte es wissen. Mit eigenen Händen hat er diesen Buchstaben angefertigt und in das Tor hineingeschweißt, das muss ziemlich genau am Tag der Geburt gewesen sein.«

»Und kurz darauf dann der Unfall … Sie waren sicher auch bei dem Begräbnis«, sagte Jason.

Joe Bresnahan nickte heftig. »Es wimmelte nur so von Menschen. Es war traurig, sehr traurig, aber auch beeindruckend, weil alle in Mount Peytha City so betroffen waren. Selbst Leute, die Robert und seine Familie kaum gekannt hatten, waren dort und weinten. Wirklich, jeder hatte Tränen in den Augen.«

Jason dachte an seine Vision mit der Trauergemeinde auf dem Friedhof. Er fand keine andere Bezeichnung dafür. Oder war es doch eine Halluzination gewesen, ein Zeichen, dass er langsam den Verstand verlor? Dieses Gefühl hatte er jetzt nicht mehr.

»Mr Bresnahan …«

Er überlegte. Da war noch etwas, das er wissen wollte.

Doch der alte Joe ließ ihn nicht ausreden. »Irgendwo habe ich noch Fotos von der Beerdigung, falls Sie die sehen wollen.«

»Von der Beerdigung der Chawkins?«

Joe nickte.

»Davon haben Sie Fotos?«

Wieder nickte Joe.

»Die würde ich sehr gern sehen«, sagte Jason.

Joe Bresnahan wuchtete sich aus seinem bequemen Sessel, schlurfte aus dem Zimmer und ging eine Treppe hoch.

Jason wartete gespannt. Würde er Bilder seiner Vision zu sehen bekommen? Würden dort dieselben Menschen stehen, angezogen mit denselben altmodischen Sachen? Er brauchte nicht lange zu warten. Joe kam die Treppe heruntergepoltert, in der Hand ein paar vergilbte Schwarz-Weiß-Fotos.

»Hier sind sie. Von einem Fotografen der Zeitung gemacht. Habe ich Ihnen gar nicht gesagt, dass Roberts Tod die Schlagzeilen beherrscht hat, hier am Ort?«

Jason nahm die Fotos. Schade. Die Bilder waren nicht auf dem Saint Jemes Cemetery aufgenommen worden, sondern vor der Kirche, in der der Trauergottesdienst stattgefunden hatte. Ein wahrer Menschenstrom verließ gerade das Gotteshaus. Die fünf Fotos waren offensichtlich kurz hintereinander gemacht worden. Der Fotograf hatte ein paarmal auf den Auslöser gedrückt, den Film in die Redaktion geschickt, und der Redakteur hatte dann wahrscheinlich ein Bild ausgesucht. Joe war irgendwie an die ganze Serie gekommen.

Die Kleidung der Trauernden erkannte Jason wieder. Genau solche Jacken, Krawatten, Hüte und Kleider hatte er gesehen.

Plötzlich fiel ihm etwas auf. Er hielt das Foto so, dass er es noch genauer betrachten konnte.

Auch wenn es eigentlich nicht sein konnte … Einen Mann auf diesem Foto kannte er.

Jason legte das Foto zur Seite. Mit einem Mal schlug sein Herz wie wild. Er sah die anderen Bilder genauer an und verglich sie miteinander. Auch darauf war der Mann zu sehen, auf jedem einzelnen. Natürlich, alle waren schließlich innerhalb kürzester Zeit geschossen worden, da musste es ja so sein.

»Eins vermisse ich«, hörte er Joe Bresnahan murmeln. »Wo kann es nur geblieben sein?«

Jason schaute hoch. »Lassen Sie nur, ich habe genug gesehen. Sie wissen ja gar nicht, wie dankbar ich Ihnen bin, Mr Bresnahan.«

Ja, er war dankbar.

Und geschockt.

27

Der Mann in Schwarz

Gegen sieben Uhr an diesem Freitagabend kam Kayla zu Hause an. Plötzlich bestand ihr Leben aus Kummer. Jason hatte ein einziges Mal angerufen. Sie war wütend auf ihn gewesen, doch die Wut war inzwischen verraucht. Wann würde sie wieder von ihm hören?

Ruhelos ging sie hin und her, dann stellte sie den Wasserkocher an und machte sich eine Tasse Tee. Damit zog sie sich in sein Arbeitszimmer zurück. Sie stützte sich mit einer Hand auf die Fensterbank, während sie mit der anderen im Fotoalbum mit Jasons Jugendbildern blätterte. Es hatte in der Schachtel mit seinen Kinderzeichnungen gelegen. Die Schachtel hatte er wieder in den Schrank geschoben, das Album nicht. Es hatte immer noch auf dem Schreibtisch gelegen.

Der kleine Jason auf dem Baseballplatz. Der etwas ältere Jason auf dem College. Jason zusammen mit Freunden, an die sie sich vage erinnerte, deren Namen sie aber vergessen hatte. Jason wieder als kleines Kind zwischen Donna und Edward.

Kayla hatte die ältesten Aufnahmen schon öfter gesehen. Fotos vom ersten Lebensjahr. Ganz vorne, auf dem Deckblatt, das Bild, auf dem er zum ersten Mal verewigt worden war, zusammen mit seinen Eltern, daneben aufgeklebt die Geburtsurkunde. Danach Aufnahmen von Jason, wie er die Flasche bekommt. Sie sah ihren Mann als lachenden Säugling, als kriechendes Baby, als strahlenden Mittelpunkt bei irgendwelchen Treffen mit anderen Vätern und Müttern, und so ging es weiter.

Sie blätterte wieder zurück zum allerersten Foto des Albums. Donna lag im Bett, Jasons Vater saß neben ihr, hielt seinen Sohn im Arm und zeigte ihn stolz der ganzen Welt. Beide Eltern sahen glückselig in die Kamera. Donnas handgeschriebener Text unter dem Foto lautete: HERZLICH WILLKOMMEN, MEIN LIEBER JASON!

Anschließend schaute sich Kayla die Geburtsurkunde an. STATE OF CALIFORNIA stand darüber, und CERTIFICATION OF VITAL RECORD. Darunter folgte eine ganze Reihe von Zahlen, der Name des neuen Erdenbürgers, JASON, und dessen Geburtsdatum: 2. SEPTEMBER 1977. Die Namen seiner Eltern waren von ihnen selbst handschriftlich eingetragen worden.

Kayla klappte das Album zu.

Was mochte derzeit in Jason vorgehen?

Glaubte er vielleicht, seine frühere Inkarnation sei auf der Suche nach ihm?

Sie wollte nicht allein sein und rief Simone an. Sie fragte, ob sie bei ihr übernachten dürfe. Das war natürlich kein Problem.

Bei Simone und deren Mann Cliff wartete sie auf einen Anruf von Jason, doch der kam nicht. Sie erzählte, dass Jason weg war, verschwieg aber ihren Krach, und sie sagte erst recht nicht, was er gerade tat. Simone glaubte ihr offenbar nicht und stellte diverse Fragen. Kayla ließ sich irgendwas einfallen. Sie konnte sich einfach nicht konzentrieren. Ihr Blick schweifte ständig zu ihrem Handy.

Um halb elf zog sie sich ins Gästezimmer zurück, wo sie die schlimmste Nacht ihres Lebens durchmachte. Na ja, nicht die allerschlimmste, das war die Nacht gewesen, in der Ralph gestorben war, aber diese hier stand ihr nicht viel nach.

Am nächsten Morgen machte sie einen Spaziergang. Ihr fiel nichts Besseres ein. Sie selbst rief Jason nicht an; das verbot ihr der Stolz. Mehr als ein Mal verfluchte sie ihren Stolz. Den ganzen Tag über fraßen die Nerven an ihr. Sie hatte das Gefühl, als würde sie auf einem dünnen Seil über einen Abgrund gehen und als würden die Zweifel immer wieder versuchen, sie in die Tiefe zu stoßen.

Hatte sie richtig gehandelt?

War es nicht doch so, dass *sie* ihn im Stich gelassen hatte?

Sie sorgte dafür, dass sie ihr Handy jederzeit hören konnte, rief aber immer noch nicht selbst an. Natürlich *könnte* sie ihn anrufen. Hundertmal erwog sie diese Möglichkeit, und jedes Mal bezwang sie den Drang. Mein Gott, wie hasste sie ihren Stolz!

Wie war sie nur auf die Idee gekommen, ihn allein zu lassen? Aber dann dachte sie wieder an *seinen* Starrsinn. Er hatte sie genauso fallen lassen.

Ist doch egal. Jedenfalls wäre es nicht nötig gewesen. Wir hätten uns nicht trennen müssen. Wir hätten es verhindern können. Gemeinsam hätten wir es verhindern können.

Gegen acht Uhr abends rief er an. Er war nicht mehr in Mount Peytha City. Morgens war er nach Las Vegas gefahren und am Spätnachmittag nach San Francisco geflogen. Er würde ihr später alles erzählen.

Sie war zu benommen, um Fragen zu stellen. Er wollte wissen, wie es ihr ging. Sie sagte, sie fühle sich beschissen, und er antwortete, es täte ihm leid. Schnell beendete sie das Gespräch. Es war ihre Art, ihm zu vermitteln: *Komm nach Hause!* Doch nachdem sie aufgelegt hatte, fiel ihr noch so viel ein, was sie eigentlich hatte sagen wollen.

Spätabends lag sie wieder in ihrem eigenen Bett. Jason hatte gesagt, das Haus sei vielleicht nicht mehr sicher. Aber selbst wenn dieser geheimnisvolle Fotograf Canyonview um diese Zeit beobachten sollte, war ihr das egal. Konnte er noch mehr zerstören als das, was er schon längst kaputt gemacht hatte?

In ihrem Kopf rasten die Gedanken, doch schließlich schlief sie ein.

Als sie aufwachte, war es noch Nacht. Eine baumlange Gestalt in einem schwarzen Gewand stand an ihrem Bett. Sein Gesicht lag unter einer schwarzen Kappe verborgen, und in seiner Skeletthand hielt er eine messerscharfe Sense.

Sie schrie sich die Seele aus dem Leib, knipste das Licht an, und genau in diesem Augenblick, als die Lampe aufleuchtete, schien das Monster, der Tod, ihr Feind verschwunden zu sein.

Zitternd vor Angst schlug sie die Arme um ihre Beine. Sie machte kein Auge mehr zu.

Ein neuer Tag brach an, es war Sonntag. Das Telefon klingelte schon in aller Frühe, ungefähr um halb neun. Eine besorgte Simone meldete sich, sie hatte Freitagabend deutlich gespürt, dass mit Kayla irgendwas nicht stimmte. Kayla sagte, sie hätte mit Jason gesprochen. Simone schlug vor, mittags zusammen essen zu gehen. Sie war wirklich eine tolle Freundin, voller Mitgefühl. Kayla nahm das Angebot dankend an.

»Prima!«, sagte Simone begeistert. »Wohin sollen wir gehen?«

»Was hältst du vom *Milano* am Mulligan Square?«

Kayla wusste natürlich, dass der kleine Italiener zu Simones Lieblingsrestaurants zählte. Die Speisen waren immer frisch zubereitet, und es lag auch schön, an einem gemütlichen Platz zwischen Hollywood Boulevard und dem Renaissance Hotel. Für Kayla war es eine ziemlich lange Fahrt, doch auch für Simone war es ein ziemlicher Weg dorthin.

»Ja, sehr gut!«, sagte Simone.

Nach dem Telefonat fasste sie einen Entschluss.

Es hatte lange genug gedauert. Sie würde Jason heute anrufen und sich mit ihm aussprechen. Sie hielt es nicht mehr aus. Dann würde sie auch erfahren, was passiert war. Hauptsache, alles war gut gegangen und er war nicht in Schwierigkeiten, und …

Hauptsache, er kommt zurück.

Das war das Allerwichtigste.

Gegen ein Uhr parkte Kayla ihren Chrysler und ging über den Walk of Fame zum Mulligan Square. Die Sonne brannte ihr im Nacken. Sie rückte die Sonnenbrille zurecht und warf einen Seitenblick hinüber zum unvermeidlichen Straßentheater vor dem Chinese Theatre. Heute gab sich Spiderman die Ehre. Neben ihm stand Darth Vader, begleitet von Star-Wars-Soldaten in weißen Uniformen. Mehrere Touristen machten Fotos.

Vom Fotografieren hatte sie vorläufig die Nase voll. Es würde wohl noch eine ganze Weile dauern, bis sie wieder mal ein Urlaubsfoto machte. Und weshalb überhaupt noch Fotos machen? Heutzutage gab es immer bessere Camcorder. Die Technik entwickelte sich immer rasanter.

Sie kam am Bild von Charles Chaplin vorbei. Er erwiderte ihren Blick mit einem Grinsen unter seiner Melone, und sie dachte: *Zu deiner Zeit war das Leben noch einfach. Hatte man damals schon die Polaroidkamera erfunden?*

Kayla ging die Treppen zum Mulligan Square hoch. Aus versteckten Lautsprechern ertönte Musik. Sie musste kurz überlegen, dann wusste sie, wer da sang: Sheryl Crow. Sie ging an einem Eisverkäufer und an einem Stand mit Hotdogs vorbei, dann unter einer Arkade hindurch und wieder Treppen hinauf.

Schließlich hatte sie das *Milano* erreicht. Simone schien noch nicht da zu sein. Sie setzte sich an einen Tisch und bestellte ein Glas Weißwein.

Simone kam eine Viertelstunde später die Treppe herauf; sie strahlte. Kayla stand auf, sie begrüßen sich mit Küsschen, und schon bald wurde geschwätzt. Es munterte sie auf. Endlich konnte sie ihren Kummer für kurze Zeit abschütteln und die Zeit vergessen.

Doch wie sollte es danach weitergehen? Was machte Jason in San Francisco? Und was noch wichtiger war: Welchen Schaden hatte ihre Beziehung genommen, und konnte dieser Schaden wieder behoben werden?

Nachher, nicht jetzt. Im Moment sitze ich hier mit Simone.

Simones Pasta und ihre Spaghetti wurden gebracht. Sie stießen miteinander an.

»Wie steht es mit Cliff?«, fragte sie. »Ich habe kaum mit ihm geredet, als ich bei dir war. Mit dir übrigens auch nicht.«

»Oh, Cliff geht es gut«, sagte Simone. »Neuste Neuigkeit: Er ist wieder befördert worden. Jetzt ist er Verkaufsleiter.«

»Herzlichen Glückwunsch!«

»Das führt nur dazu, dass er noch öfter von zu Hause weg ist.«

Cliff arbeitete bei AT&T. Er machte oft Überstunden, das war Kayla bekannt. Sie wusste auch, dass Cliff sich ruhig einen nicht so aufreibenden Job hätte suchen können, wenn es nach Simone gegangen wäre, einen Job, bei dem er öfter zu Hause wäre. Doch Cliff liebte seine Arbeit, und er war ehrgeizig. Ehrgeiziger übrigens als Jason, obwohl der auch schon mal laut darüber nachgedacht hatte, wie es wäre, wenn er sein eigener Boss würde. Kayla hatte ihm abgeraten, aus Angst vor endloser Plackerei und Armut. Wenig Geld zu haben, damit könnte sie sich arrangieren. Geld interessierte sie weniger als ihre Ehe, und falls es doch mal so weit kommen sollte …

Darüber musste sie jetzt nicht nachdenken.

Simone hatte nach ihrer Arbeit als Kellnerin im *Duchess* keinen neuen Job mehr gesucht; sie arbeitete allerdings dreimal morgens und zweimal abends pro Woche bei einem telefonischen Hilfsdienst für Kinder und Jugendliche, die missbraucht oder misshandelt wurden.

Kinder. Ihr fiel ein, dass Simone noch nichts über Jasons und ihren Wunsch nach einem Kind wusste. Sollte sie es erzählen? Nein, beschloss sie. Zum einen, weil Simone und Cliff sich schon seit Langem um Nachwuchs bemühten, bisher jedoch erfolglos. Woran das lag, wussten sie auch nach einer Vielzahl von Arztbesuchen nicht. Die letzten Untersuchungen hatten ergeben, dass es wahrscheinlich an Cliff lag. Irgendetwas stimmte angeblich nicht mit seinem Sperma. Simone hatte es ihr erst vor Kurzem anvertraut.

Zum anderen, und das war der wichtigere Grund, weshalb Kayla lieber nichts sagte, war ihre Ehe in eine Krise geraten. Über ihr schien eine düstere Wolke zu schweben. Simone hatte es schon längst bemerkt.

»Irgendwas belastet dich immer noch, stimmt's?«

Kayla lächelte gezwungen. »Ach, nur ein paar kleine Probleme. Die kriege ich schon geregelt.«

»Was ist denn los zwischen Jason und dir?«

Sie hatte nichts gesagt, doch Simone hatte es schon am Freitag erraten. Jetzt stellte sie die Frage ganz direkt, die ihr wahrscheinlich schon seit Freitag auf den Nägeln brannte.

»Ein anderes Mal, Simone. Bitte!«

»Du kannst mir vertrauen.«

»Das weiß ich. Sehr gut sogar. Aber ich muss erst mal damit

fertigwerden. Ich muss erst mal selbst wissen, was da läuft und wie ich damit ins Reine komme. Falls du mit meinem wirren Gerede irgendwas anfangen kannst.«

»Das ist kein wirres Zeug. Ich verstehe das, und ich halte ab jetzt den Mund.«

Simone sprach es nicht mehr an, und das war typisch für sie. Sie konnte geduldig sein, auch wenn sie ganz bestimmt neugierig war.

Ungefähr um fünf war Kayla zu Hause. Sie fühlte sich müde. Das konnte nicht an den zwei Gläsern Wein liegen, die sie getrunken hatte, eher an der Anspannung in den letzten Wochen. Sie war erschöpft. Sie sehnte sich nach Ruhe, lechzte nach Ausgeglichenheit. Wann würde sich die Ruhe endlich wieder einstellen?

Ihr Handy war den ganzen Tag über still geblieben, doch sie hatte sich kaum aufs Sofa gesetzt, als es plötzlich klingelte. Es war Jason. Er fragte, wie es ihr ging. Sie sagte, sie würde ihn vermissen, und fragte, wann er nach Hause käme.

»Wir müssen uns aussprechen. Ich *will*, dass wir das klären zwischen uns. Und du?«

»Ich auch«, sagte er mit einem tiefen Seufzer. »Ich will das auch, Kayla.«

»Was machst du da in San Francisco?«

»Ich suche etwas«, sagte er. »Aber es gelingt mir nicht. Ich komme nicht voran.«

»Was suchst du denn?«

»Das erzähle ich dir bald. Ich denke, dass ich hier so gut wie fertig bin. Danach weiß ich auch nicht, wie es weitergehen soll.«

Er klang nicht nur verzweifelt, er *war* es auch. Sie fragte nicht, was ihm nicht gelingen wollte. Es interessierte sie nicht. Für sie war nur eins wichtig.

»Komm schnell zurück! Versprichst du mir das?«

»Ich verspreche es«, sagte er trübsinnig oder verdrossen, vielleicht auch auch beides zugleich.

Die Stunden verstrichen. Sie stellte den Fernseher an, zappte vor und zurück, war mit den Gedanken aber ganz woanders.

Kurz vor zehn rief er wieder an. Er klang ganz anders als vorhin: freudig erregt, beschwingt. Er wirkte, als wäre er besessen von etwas. Er redete schnell, wie ein Maschinengewehr, und was er sagte, blieb kaum in ihrem Kopf hängen. Das Einzige, was sie verstand, war, dass sie unbedingt wieder zu Simone fahren sollte. Sie sollte auf keinen Fall allein zu Hause übernachten. Er hatte etwas entdeckt. Er war jemandem auf der Spur, und morgen früh um sechs würde er mit der ersten Maschine von San Francisco nach Los Angeles zurückfliegen.

Dann war das Gespräch zu Ende, und sie schaute verdattert auf ihr Handy. Es war viel zu spät, um jetzt noch bei Simone anzurufen. Dazu hatte sie auch gar keine Lust, und so beschloss sie, in Canyonview zu bleiben.

In dieser Nacht tauchte der Sensenmann nicht auf, aber sie träumte, sie läge mit Ralph im Zelt. Doch schon nach wenigen Augenblicken war es nicht mehr Ralph, sondern Jason. Er schrie, denn er brannte. Die Flammen zuckten wie wilde höllische Schlangen über sein Gesicht, über seine Arme … Sein ganzer Körper war überall versengt und blutete. Er kreischte in Todesangst.

Er drehte sich um und warf sich in seiner Panik auf sie. Er brüllte wie am Spieß. Sie fühlte ihn, sie fühlte ihn wirklich.

Dann wachte sie voller Schrecken auf, und jemand presste ihr eine Hand auf den Mund.

Eine schwarze Gestalt ragte über ihr auf. Ein Mann aus Fleisch und Blut, groß, breitschultrig. Er nahm die Hand weg und schlug sie.

Es war wie ein beißender Peitschenhieb auf ihrer Wange. Sie schrie.

Noch ein Schlag. Und noch einer. Und noch einer. Er hörte nicht auf. Das Blut spritzte in alle Richtungen. Sie schrie immer lauter.

Auf dem Nachtschränkchen, ganz nah bei ihr, klingelte ihr Handy. Doch sie hatte keine Chance, ihre Hand danach auszustrecken. Plötzlich hatte der Mann in Schwarz ein Messer in der Hand. Die Klinge glänzte im Mondlicht, das durchs Fenster hereinfiel. Ihre Schreie verstummten.

Der Mann in Schwarz stach zu. Das Messer bohrte sich tief in ihren Bauch.

Der Schmerz war wie eine Explosion. Er wollte sie ermorden. Das konnte nicht sein, das musste ein Traum sein.

Der Mann drehte sie grob auf den Bauch.

Die eine Hand zwängte sich unter ihren Slip. Die andere trieb ihr das Messer noch einmal tief ins Fleisch, diesmal in den Rücken. Höllische, furchtbare Schmerzen.

Mein Gott, sie wurde wirklich ermordet!

28

San Francisco

Nachdem er sich von Joe Bresnahan verabschiedet hatte, begann Jason mit der Vorbereitung für seine nächste Reise. In einem Café am Palm Square, in dem es auch Internet gab, buchte er einen Flug nach San Francisco. Er rief den Autoverleiher an und fragte, ob er den Yukon Hybrid am McCarran Airport in Las Vegas abgeben könne. Kein Problem, es kostete nur ein bisschen mehr. Danach erledigte er noch ein paar Telefongespräche. Nach einer letzten Nacht im Mount Peytha Inn verließ er die Stadt in der Wüste am frühen Morgen.

Ungefähr zwei Stunden später war er hundert Meilen weiter, in Las Vegas. Auf den Glanz und den Glitter der Zockerstadt in der Wüste von Nevada achtete er nicht, denn er wollte nicht das Risiko eingehen, seinen Flug um 14.40 Uhr mit United Airlines nach San Francisco zu verpassen.

Nach einem Flug von anderthalb Stunden mietete er auf dem San Francisco International Airport wieder ein Auto, diesmal einen Ford Sedan. Er ließ den Flughafen hinter sich, und um Viertel vor sechs, einen Tag nach seinem Besuch bei Joe Bresnahan, fuhr er durch einen Außenbezirk von San Francisco. Jason lenkte den Sedan zu einem Grundstück mit einem Bungalow darauf und parkte in der Einfahrt.

Er hatte das Gefühl, als hätte man auf ihn gewartet, denn sofort wie auf Kommando öffnete sich die Haustür des Bungalows auf dem Nachbargrundstück. Ein kahlköpfiger Mann in den Fünfziger kam heraus. Er trug ein weites Hawaiihemd, das seinen ausladenden Bauch eher betonte als kaschierte, und eine Kakihose. Er stellte sich als Phil Wallace vor. Während der Begräbnisfeierlichkeiten für Chris hatte Jason mit dem Mann geredet, der ungefähr dreißig Jahre lang neben seinem Onkel gewohnt hatte, allerdings hatte das Gespräch nicht viel länger gedauert als das Telefonat gestern vom Mount Peytha Inn aus.

»Guten Abend, Jason«, sagte Phil. »Ich habe dich kommen sehen.«

Jason gab ihm die Hand. Sie tauschten ein paar Höflichkeiten aus, und Phil forderte ihn auf, ins Haus zu kommen.

»Danke«, sagte Jason. »Aber geht es auch morgen? Ich möchte zuerst zu dem Motel fahren, das du mir empfohlen hast, und heute Abend bin ich noch mit Hugo Shaver verabredet. Der hat morgen keine Zeit und übermorgen wahrscheinlich auch nicht.«

»Aha, dann hast du ihn also erreicht. Habe ich dir also doch die richtige Telefonnummer gegeben.«

»Die Nummer von Felipe stimmte auch. Den treffe ich morgen. Ich hatte wirklich nur vor, kurz bei dir zu klingeln, um dir zu sagen, dass ich da bin, aber du warst schneller.«

Phil wedelte mit einer Hand, als wollte er eine lästige Fliege vertreiben. »Lass dir Zeit. Morgen bin ich für dich da, nach der Arbeit, so ab fünf.«

»Prima, Phil.«

Jason legte einen Finger auf die Lippen. »Vielleicht vorab schon eine Frage. Hat Chris mit dir mal über Geschäfte in Mount Peytha City gesprochen?«

Phil runzelte die Stirn. »Mount Peytha City? Liegt das nicht in Utah?«

Jason schüttelte den Kopf. »Arizona.«

»Ja, Arizona, du hast recht. Was meinst du mit *Geschäfte*?«

Jason seufzte. »Ich hatte gehofft, das würde ich von dir erfahren. Hat Chris mal darüber gesprochen?«

Phil schüttelte den Kopf. »Nein, das sagt mir gar nichts. Worum dreht es sich denn?«

»Das verrate ich dir morgen«, sagte Jason, der keine Lust hatte, jetzt die ganze Geschichte zu erzählen. Er war gekommen, um Näheres über seinen Onkel in Erfahrung zu bringen, der offenbar Geheimnisse gehabt hatte. Dessen ehemaliger Nachbar Phil würde ihm wohl kaum etwas Wichtiges dazu sagen können.

»Noch eine Sache. Sagt dir der Name Chawkins etwas?«

Phils Augen wurden immer größer. Nein, dieser Name sagte ihm nichts.

Kayla hatte ihn verlassen, trotzdem war er aus der Wüste in den Norden Kaliforniens gereist, und gleich am Anfang erlebte er die erste Enttäuschung. Von der Begegnung mit Phil hatte er sich so viel versprochen. Jetzt konnte er nur hoffen, dass er bei Hugo und Felipe Garcia, den beiden besten Freunden seines Onkels, mehr Glück hatte. Wenn nicht, wäre seine Reise umsonst gewesen.

Jason verabschiedete sich von Phil und fuhr zu dem von ihm empfohlenen Surf Hill Motel. Von seinem Zimmer aus rief er Kayla an. Es wurde ein kurzes Gespräch. Aber immerhin redete sie mit ihm.

Am frühen Abend des nächsten Tages war das Gefühl wachsender Enttäuschung umgeschlagen in Verzweiflung. Die Gespäche hatten nichts erbracht. Hugo wusste auch nichts über Mount Peytha City und die Familie Chawkins, bei Felipe war das Resultat genauso. Die beiden sechzigjährigen Männer, der eine schlank und grauhaarig, der andere mit kastanienbrauner Hautfarbe und mit überraschend dichtem und dunklem Haar, hatten endlos alte Geschichten aufgewärmt. Unter anderen Umständen hätte Jason ihnen vergnügt zugehört.

Es ging vor allem um Chris' Sammelwut, was Auszeichnungen betraf. Jede Medaille, jede Urkunde, jeder Gutschein oder Geldpreis – wenn auch noch so klein – hatte ihn begeistert. Eins der letzten Male, wo Jason seinen Onkel, der irgendwie einem Weihnachtsmann ohne Kostüm geglichen hatte, richtig euphorisch erlebt hatte, war anlässlich der Geburtstagsfeier seines Vaters im letzten Jahr gewesen. Damals hatte er bei irgendeinem Wettangeln eine Trophäe gewonnen. Jason hatte Chris versprochen, ihn bald zu besuchen. Dazu war es nie gekommen. San Francisco lag nicht gerade in der Nähe, und es hatte immer irgendwelche Sachen gegeben, die dringend erledigt werden mussten. Natürlich waren seine Erklärungen, weshalb er seine Reise nach Nordkalifornien mal wieder verschieben musste, immer nur Ausreden gewesen. Hätte er allerdings gewusst, wie krank Chris war, hätte er ihn auf jeden Fall besucht. Über seine reiche Ernte an Preisen hatte Chris sich bei jeder Gelegenheit ausführlich ausgelassen, über das mörderische Geschwür in seinem Körper jedoch hatte er immer geschwiegen.

Was hatte den Mann bewogen, sich aufzuhängen? Hugo und Felipe wussten es nicht. Ja, ihnen war zwar aufgefallen, dass Chris zuletzt öfter Fieber gehabt hatte und magerer geworden war, doch der Gedanke an Krebs war ihnen nicht gekommen. Eigentlich sollte man meinen, dass man so etwas auf Dauer nicht verheimlichen kann. Seinem exzentrischen, unnachahmlichen Onkel jedoch war es gelungen.

Jason saß wieder in seinem Auto in der Einfahrt zu Chris' Bungalow und betrachtete sich selbst im Rückspiegel. Er sah trübe, matte Augen.

Auf seinem Handy ertönte Musik. Es war *The Car Song* von irgendeiner Band, deren Namen er schon wieder vergessen hatte. Das Lied tat ihm in den Ohren weh. Er hatte es heruntergeladen, als er beim Tommy-Jones-Projekt auf einem kreativen Tiefpunkt gewesen war, und sich noch nicht die Mühe gemacht, nach anderen Klingeltönen zu suchen.

Er meldete sich: »Jason Evans.«

»Hier ist Brian.«

Es klang, als würde der ihm ins Ohr spucken.

Jason fasste sich an den Kopf. Verdammt, er hatte total vergessen, Brian anzurufen. Morgen war Montag, und er hatte versprochen, dann wieder im Büro zu sein.

Er beschloss, Brian Anderson zuvorzukommen.

»Es tut mir leid, aber morgen kann ich noch nicht kommen«, sagte er und schloss die Augen in Erwartung einer wüsten Tirade. Die kam auch, so sicher wie das Amen in der Kirche. Brian fragte, ob er noch alle Tassen im Schrank hätte. So was könne er nicht machen mit seinen Kollegen, das sei ja wohl unmöglich, zumal von dieser Werbekampagne für Tommy Jones so viel abhänge. Zum Schluss, nach einer kurzen Pause, fragte er, wann er wieder mit Jason rechnen könne.

Jason hatte sich diese Frage noch nicht gestellt, und er fühlte sich plötzlich todmüde.

Brian, ich glaube, ich brauche dringend Urlaub. Mal nichts um die Ohren haben, das wäre jetzt das Richtige für mich. Und steck dir deine Werbekampagne dahin, wo nie die Sonne scheint.

»Ich rufe dich morgen an«, sagte er tonlos. »Dann kann ich besser überschauen, wie es hier läuft.«

»Scheiße, was treibst du denn da? Bist du noch in der Wüste?«

»Bis morgen, Brian«, sagte er und unterbrach die Verbindung.

Er zwang sich, nicht auf irgendetwas einzuprügeln, und dann fiel ihm ein, dass er seit gestern Abend nicht mehr bei Kayla angerufen hatte. Schweren Herzens wählte er ihre Nummer. Er redete leise, unsicher. Sie wollte wieder reden, etwas wiedergutmachen und ihm Mut zusprechen. Wenn sie ihm doch noch eine Chance gab, dann musste er mit beiden Händen zugreifen. Vielleicht war das viel wichtiger als seine Spurensuche.

Vielleicht hätte er das aber auch viel früher begreifen müssen.

In seinem geschmackvoll eingerichteten Wohnzimmer mit alten Möbeln aus hellem Holz stellte Phil eine eiskalte Flasche Budweiser vor Jason auf den Tisch. Seine Frau Joyce begrüßte ihn und ging wieder in die Küche zurück, wo sie das Abendessen zubereitete. Die Anrichte stand voll mit Töpfen und Pfannen. Phil folgte seinem Blick und lächelte.

»Joyce kocht nicht besonders gern. Aber von mir wirst du keine Klagen hören, denn zu Hause esse ich besser als in jedem Restaurant. Wir gehen übrigens davon aus, dass du heute unser Gast bist.«

Jason hatte noch nichts vor und nahm die Einladung dankend an.

»Wie war es bei Hugo?«, fragte Phil, während er sich im Sessel zurücklehnte.

»Wir haben uns nett unterhalten«, sagte Jason. Dass es anders verlaufen war, als er sich erhofft hatte, änderte nichts daran, dass das Gespräch wirklich angenehm gewesen war.

»Hast du noch mehr von seinen Kumpeln getroffen? Warst du bei Felipe?«

»Ja, aber bei sonst keinem.«

»Wie lange bleibst du in San Francisco?«

Jason zuckte mit den Achseln. »Das muss ich mir noch überlegen.«

Phil beugte sich vor, legte eine Hand auf die Sessellehne und ließ die andere locker in seinen Schoß fallen. »So, jetzt sei mal ganz ehrlich. *Warum* bist du hergekommen?«

Jason lächelte müde und trank einen Schluck Bier. »Ich habe dir doch gestern schon gesagt, dass das eine lange Geschichte ist.«

Phil musterte ihn und schlug dabei mit einem Fingernagel mehrmals gegen seine Zähne. Es war einen Moment still, nur aus der Küche drangen Geräusche zu ihnen.

»Ich vermute mal, dass du es auch nicht glaubst«, sagte der Exnachbar seines Onkels.

Jason runzelte die Stirn. »Dass ich *was* nicht glaube?«

»Dass er Selbstmord begangen hat«, sagte Phil.

Jason blinzelte mit den Augen. »Ich verstehe dich nicht.«

Phil seufzte. »Ich jedenfalls bin davon überzeugt, dass es nicht so war. Joyce auch. Und auch der Rest der Welt.«

Auch Jason beugte sich vor. »Würdest du mir bitte mal etwas deutlicher sagen, was du meinst?«

Phil hob die Hände. »Eigentlich gibt es da nicht sonderlich viel zu erzählen. Außer dass Chris auf mich nie den Eindruck gemacht hat, als hätte er vor, seinem Leben ein Ende zu setzen. Natürlich, man kann sagen, dass das für viele Menschen gilt, die sich schließlich dann doch umbringen. Es ist so, wie meine Mutter schon immer gesagt hat: *Man kann einem Menschen in die Augen schauen, aber nicht dahinter.* Ich bin Chris noch am Abend vor seinem Tod begegnet. Ich habe mit ihm gesprochen. Vielleicht war ich der Letzte, denn ein paar Stunden später baumelte er ja schon an einem Strick auf seinem Dachboden.«

»Davon hast du mir bei der Beerdigung gar nichts erzählt«, sagte Jason. »Was hat er denn gesagt?«

Phils Gesicht verzog sich zu einer Grimasse aus Schmerz. »Das ist es ja gerade. Wir wollten zum Bowling gehen. Zwei Tage später. Er hatte Lust, und ich auch. Er lachte und meinte, er würde ja doch gewinnen. Chris wollte immer gewinnen. Allerdings kam es dann nicht mehr zum Bowling. Er muss schon vorgehabt haben, Selbstmord zu machen, während wir uns verabredet haben, und das würde bedeuten, dass er ein hervorragender Schauspieler gewesen sein muss. Aber das war er nicht, und an jenem Abend hat er bestimmt nicht Theater gespielt. Ich schwöre, Chris war eine ehrliche Haut.«

Phil schwieg, und Jason starrte zu Boden.

Nach einer Weile hob er den Kopf wieder. »Was willst du damit sagen?«

Phil antwortete wie aus der Pistole geschossen: »Dass er nicht Selbstmord gemacht hat.«

Ein Gefühl von Unwirklichkeit, wie in einer Halluzination, erfasste Jason. »Und was ist deiner Meinung nach passiert?«

Phil schaute ihn mit ernstem Gesicht an. »Wenn es kein Selbstmord war, gibt es doch nur noch eine Möglichkeit, oder?«

Jason nickte, und mit erstickter Stimme sagte er: »Dass er nicht freiwillig aus dem Leben geschieden ist.«

Phil schwieg, und das war Bestätigung genug.

»Hast du Beweise?«, fragte Jason.

Phil griff nach dem Bier und trank einen kräftigen Schluck.

»Natürlich habe ich mit den anderen Nachbarn darüber gesprochen. Nein, ich habe keine Beweise, und auch die anderen haben keine. Aber Burt Carlsen, der von gegenüber, der kann dir erzählen, dass er an dem Abend, als Chris gestorben ist, einen Mann gesehen hat, der das Haus beobachtet hat. Er stand auf dem Bürgersteig und blickte die ganze Zeit zum Haus von Chris hinüber.«

Joyce streckte ihren Kopf durch die Tür. »Ich decke jetzt den Tisch. Kommt ihr?«

Phil sah über die Schulter zu ihr. »Wir kommen gleich, Schatz.«

»Und dann?«, fragte Jason.

Phil starrte an ihm vorbei. »Burt hat es zufällig gesehen, durchs Fenster, aber er hat sich nicht weiter darum gekümmert. Später war der Mann weg.«

»Also kein Beweis«, sagte Jason.

»Objektiv gesehen, nicht«, sagte Phil. »Kein Beweis. Ich habe die Polizei auch nicht überzeugen können. Du weißt ja, was sie gesagt hat.«

Das wusste Jason in der Tat. Die wenigen Ermittlungen hatten ergeben, dass sein Onkel wahrscheinlich den Verstand verloren hatte. Er sei hingefallen, denn sein Gesicht wies starke Verletzungen auf, doch die könne er sich auch selbst zugefügt haben. Er habe den Abschiedsbrief geschrieben und sei dann nach oben gegangen, um allem ein Ende zu bereiten.

»Der Mann auf dem Bürgersteig, wie sah der aus?«

Phil zuckte mit den Achseln. »Es war dunkel. Laut Burt sah er riesig aus, wie ein Kleiderschrank. Wie einer, mit dem man lieber keinen Ärger hat. Er hatte schwarze Sachen an.«

Jason dachte nach. Wahrscheinlich hatte das alles nichts zu bedeuten, und Phil hatte sich in irgendeine geheimnisvolle

Theorie verbissen. Vielleicht eine Zwangsvorstellung. Mit so was kannte er sich aus.

Auf der anderen Steite würde er sich gerne im Haus seines Onkels umschauen. Nun war er einmal hier, und während der Beerdigung war er mehr mit Kayla beschäftigt gewesen. Er hatte sich ganz darauf konzentriert, sie möglichst unbeschadet durch diesen Tag zu lotsen, was ihm auch überraschend gut gelungen war.

»Phil, hast du noch einen Schlüssel von Chris' Haus?«

»Ja. Solange es nicht zum Verkauf angeboten wird, kümmere ich mich darum. Joyce geht manchmal rüber, um den dicksten Staub zu beseitigen. Das bräuchte sie nicht zu tun, meint die Familie, und sie bekommt auch nichts dafür, aber sie tut es trotzdem.«

»Darf ich mich dort mal umschauen?«

»Warum nicht?«, sagte Phil. »Suchst du was Besonderes?«

»Ich weiß nicht. Vielleicht hilft es mir, endlich richtig Abschied zu nehmen von Onkel Chris.«

Phil stand auf. »Ich habe nichts dagegen. Dann gehen wir gleich mal nach drüben. Aber zuerst wird gegessen, sonst ist Joyce sauer.«

Jason folgte Phil in die Küche zum gedeckten Tisch. Joyce hatte sich mächtig ins Zeug gelegt. Es gab eine hausgemachte Suppe und danach ein herrlich zartes Steak mit frischen Bohnen und Kartoffeln.

Trotzdem konnte Jason das alles nicht richtig genießen. Er fühlte sich elend. Und er schaute immer wieder ängstlich auf die brennende Kerze, die Joyce auf den Tisch gestellt hatte. Er hielt es für unhöflich, sie zu bitten, die Kerze wegzunehmen.

Chris' Haus hatte eine große Bedeutung für Jason. Das war ihm vor drei Monaten, während der Trauerfeier, einmal mehr deutlich geworden, und jetzt war es wieder so. Jetzt war es überall totenstill. Beim letzten Mal war das Haus voller Menschen gewesen. Fast die ganze Verwandtschaft war gekommen. Tante Ethel war in Tränen aufgelöst gewesen. Onkel Hank hatte mal nicht wie üblich gefragt, ob Tanner & Preston noch einen wichtigen Kunden brauchte. Tante Hilary hatte ihren medizinischen Beschwerdenkatalog zu Hause gelassen. Die Stimmung war gedrückt gewesen. Jason hatte die ganze Zeit den Arm um Kayla gelegt und gehofft, dass sie nicht zusammenbrach.

Auch Chris' Freunde waren gekommen. Hugo, Felipe, Phil und noch ein paar andere: ein gewisser Reggie Griffin und noch zwei Männer, deren Namen er nicht behalten hatte. Mit Hugo, Felipe und Phil hatte er kurz gesprochen. Onkel Chris hatte im Grunde nur wenige Freunde gehabt und ziemlich zurückgezogen gelebt. Aber wenn wieder irgendwo ein neues Spiel anstand, geriet er außer Rand und Band. Darüber kursierten jede Menge Geschichten. Wenn er beim Kartenspiel verlor, rastete er grundsätzlich aus. Er war tatsächlich mal mit dem Kopf gegen die Wand gerannt. Ein anderes Mal war er bei einem Wettkampf, an dem er selbst nicht mal teilnahm, nicht einverstanden mit einer Schiedsrichterentscheidung. Er wurde ausfallend und drohte sogar mit einem Prozess.

Diese Geschichten wurden nur dann aufgewärmt, wenn es darum ging, eine Erklärung für seine Tat zu finden. Jason war zu dem Schluss gekommen, dass sein wunderlicher Onkel mit Niederlagen einfach nicht umgehen konnte. Den Krebs in seinem Körper konnte er nicht besiegen. Dieses Spiel würde er unweigerlich verlieren, und vermutlich hatte er es deswegen nicht bis zum bitteren Ende spielen wollen.

An jenem Abend hat er bestimmt nicht Theater gespielt.

Jason drehte sich um zu Phil, der mit ihm mitten in Chris' Wohnzimmer stand. Am Mobiliar hatte sich nichts geändert. Die drei Regale mit Trophäen, Urkunden und Alben, in denen er Zeitungsberichte und Fotos von seinen Wettkämpfen gesammelt hatte, sprangen sofort ins Auge. Niemand hatte es gewagt, sie mitzunehmen. Die Bilder hingen noch an den Wänden. Nur seine persönlichen Papiere waren abgeholt worden. Alles wirkte so, als könnte Chris jeden Moment nach Hause kommen.

»Wann wird es verkauft?«, fragte Phil.

»Die Familie überlegt noch, was mit dem Bungalow passieren soll«, sagte Jason. »Man ist sich noch nicht einig.«

Phil nickte. »Wird nicht leicht sein, es an den Mann zu bringen. Es sei denn, jemand verliebt sich auf den ersten Blick in das Haus. Aber da habe ich so meine Zweifel. Die Menschen kommen doch irgendwann dahinter, was hier passiert ist.«

Jason ging nicht darauf ein. »Lass uns mal auf den Dachboden gehen.«

Phil räusperte sich und ging die Treppe hoch. Der Dachboden mit den beiden Schrägen war Chris' Hobbyraum gewesen. Durch ein Dachfenster fiel Tageslicht in den Raum. Der massive Balken, den er gewählt hatte, um sich zu erhängen, verlief unterhalb der Spitze über die gesamte Länge des Dachbodens. Phil schaute hoch, und Jason folgte seinem Blick. Keiner sagte etwas.

Phil senkte den Blick und seufzte.

Sie ist bei Ralph, weißt du.

Jason schaute Phil an. »Wie bitte?«

Chris' Nachbar runzelte die Stirn. »Ich habe nichts gesagt.«

Jason spitzte die Ohren. Sein Blick wanderte wieder zu dem massiven Balken.

Hatte er wieder seine eigene Stimme gehört? Oder war es die Stimme von Chris?

Plötzlich hatte er das Gefühl, als würde irgendwo eine Klimaanlage laufen. Auf seinen Armen bildete sich eine Gänsehaut.

Jason wollte hier nicht länger bleiben. Mit einem Ruck drehte er sich um und ging zurück zur Treppe. Erst im Wohnzimmer blieb er stehen. Phil kam hinter ihm hergestolpert.

»Was ist los?«, fragte er besorgt.

Jason atmete heftig.

Ich werde verrückt. Es sieht ganz danach aus, Phil. Das hat Kayla gesagt. Los, sag du es mir auch.

»Ich glaube, ich muss mich hinsetzen.«

Er ließ sich auf das braune Sofa fallen, auf dem seit Wochen niemand mehr gesessen hatte.

Hier war er nun, in jenem Bungalow, in dem er zur Welt gekommen war und in dem Chris Campbell gestorben war. Chris war im August 1977 in Mount Peytha City gewesen. Jason hatte ihn auf den alten Schwarz-Weiß-Fotos von Joe Bresnahan erkannt. Er war im Trauerzug mitgegangen, der die sterblichen Überreste von Robert, Amanda und Mikey Chawkins zu ihrer letzten Ruhestätte begleitet hatte. Auch darüber hatte Chris nie gesprochen.

Jason hatte zwar die Zeichnung mit dem Wort *Mapeetaa* gefunden, und er war sich ziemlich sicher, dass er das Wort, offenbar eine Verballhornung von Mount Peytha City, irgendwann einmal von Chris gehört haben musste, aber mehr konnte er nicht aus den Tiefen seiner Erinnerung hervorholen.

Weshalb hatte Chris an der Beerdigung teilgenommen?

Das war die Schlüsselfrage.

Am Nachmittag hatte er seinen Vater angerufen. Aber der hatte ihm nichts Neues erzählen können. Jason hatte eine große Verwandtschaft, und es gab Onkel und Tanten, die Chris gut gekannt hatten. Spontan hatte er noch zwei Gespräche geführt. Das erste mit Tante Ethel, die nie ein Blatt vor den Mund nahm, das zweite mit Tante Stephanie, einer notorischen Quasselstrippe. Die beiden Telefonate hatten ihn eine Dreiviertelstunde gekostet und nichts eingebracht. Nach dem verbalen Wasserfall von Tante Stephanie war ihm die Lust vergangen, noch andere Familienmitglieder anzurufen.

»Phil, kann ich noch einen Moment allein hierbleiben? Bitte.«

Der Freund von Chris zog die Augenbrauen zusammen. Er schien etwas fragen zu wollen, doch dann nickte er nur.

»Kommst du nachher noch zu uns?«

»Natürlich.«

»Zieh einfach die Tür hinter dir zu, wenn du gehst. Ich schließe später ab.«

Phil ging. Jetzt war er allein. Er streckte sich auf dem Sofa aus.

Das Haus strahlte eine unnatürlich Stille aus. Geister aus der Vergangenheit tauchten auf. Aus dem Nichts erinnerte er sich an einen Vers, den er als kleines Kind von Chris gehört hatte.

Hinten in meines Vaters Garten, da steht ein Baum mit Gemüse. Hier ein Baum, da ein Baum, jeder Baum ein Ast. Hier ein Ast, da ein Ast, jeder Ast ein Nest. Hier ein Nest, da ein Nest, jedes Nest ein Ei. Hier ein Ei, da ein Ei, jedes Ei ein schwarzer Fleck auf dem Loch. Ra, ra, was ist das?

Ein Rätselspiel. Auch so etwas, worauf Chris versessen gewesen war. Es hatte keine Bedeutung. Obwohl … ein Baum mit Gemüse. Er dachte an Joe Bresnahans Gemüsegarten unter den Joshua-Bäumen. Schwarzer Fleck. Etwas, das verbrannt war? Eine versengte Stelle? Ein Loch. War das vielleicht ein Synonym für das Grab? Ein Ei aus einem Nest? Ein Kind, das seinen eigenen Weg geht, nicht tot bleiben will?

Ein schwermütiger Gedanke.

Jason schaute sich unwillkürlich im Zimmer um, sein Blick streifte über den Boden.

Unter dem Geschirrschrank, direkt vor ihm, lag etwas auf der Erde. Ein Stein? Es war kaum zu sehen, und er sah es auch nur, weil er auf dem Sofa lag und zufällig hingeschaut hatte. Er stand auf, kniete sich vor den Schrank und versuchte, das Ding hervorzuholen. Er schaffte es nicht. Er legte sich auf den Bauch, sodass er seinen Arm richtig ausstrecken konnte. Jetzt bekam er es zu fassen. Er holte es unter dem Schrank hervor und betrachtete es. Es war ein Ring. Ein silberner Ring. Klein und fein, mit einem keltischen Kreuz darauf.

Er wusste, wem dieser Ring gehörte. Und er erinnerte sich an noch etwas.

Ihm stockte der Atem. Es war, als hätte sich ein Elefant auf seine Brust gesetzt.

Jason machte die Tür hinter sich zu und ging zurück zu Phil und Joyce. Er blieb nicht mehr lange, er musste jetzt andere Dinge vorbereiten. Er wollte so schnell wie möglich zurück nach Los Angeles. Den Flieger um 22.37 Uhr, den letzten Nachtflug, schaffte er nicht mehr. Die nächste Möglichkeit war morgen früh um sechs Uhr. Er war unruhig, freudig erregt, verwirrt. Er rief Kayla an.

Während er mit ihr sprach, dachte er wieder an die Geisterstimme auf Chris' Dachboden. Auf einmal machte er sich noch größere Sorgen um sie. Sie durfte nicht allein zu Hause bleiben, sie musste bei Simone übernachten. Morgen früh würde er nach Hause kommen, mit der ersten Maschine aus San Francisco. Er hatte etwas entdeckt. Er war jemandem auf der Spur. Er würde ihn besuchen, und danach, so erwartete er, würde endlich Klarheit herrschen.

29

Entführung

Um zwei Uhr nachts wurde Jason wach. Er stand auf, duschte, zog sich an und schlich durch die stillen Gänge des Surf Hill Motels. An der Rezeption war niemand. Er hinterließ eine Nachricht und ausreichend Dollars. Um Viertel vor drei stieg er in seinen Ford und verließ den Parkplatz.

In seinem Kopf hämmerte es, seine Augen waren feucht, und er biss die Zähne aufeinander. Aber er war auf dem Weg nach Hause.

Vom Auto aus rief er Kayla an. Er wusste selbst nicht, warum. Es war mitten in der Nacht, und wenn sie ihr Handy eingeschaltet hatte, weckte er sie. Warum tat er das?

Er hatte keine Ahnung, er *musste* es einfach tun. Es war, als würde ihm eine innere Stimme den Befehl erteilen, und er konnte die Stimme nicht beiseiteschieben. Kayla antwortete nicht.

Ich komme zu spät. Wieder so ein Gedanke, der keinen Sinn ergab. In ein paar Stunden war er zu Hause, sie würden ihre Probleme klären und ganz neu anfangen. Nachdem er seinen letzten Besuch gemacht hatte, natürlich.

Es war noch nicht vorbei. Noch nicht.

Doch im Augenblick machte er sich Sorgen wegen Kayla.

Du hast sie verloren, flüsterte diese bösartige Stimme wieder.

Er kurvte durch die Straßen von San Francisco. Eine eisige Kälte, wie er sie noch nie zuvor gespürt hatte, kroch an ihm hoch, wie eine Schlange. An der Schulter fing es an, glitt über die Wangen, und schließlich gefror die Haut auf seinem Kopf. Er dachte an Canyonview, an sein Wohnzimmer, das ohne sie viel zu groß sein würde, nicht mehr klein und kuschelig. Alles in diesem Zimmer *war* Kayla. Die chinesische Vase, die sie in irgendeinem seltsamen Laden in Los Angeles ergattert hatte. Totaler Kitsch, fand er, doch Kayla war damit tanzend zu Hause aufgekreuzt und hatte sich gefreut wie ein kleines Kind. *Schau mal, Jason, ist sie nicht himmlisch?* Der alte Schrank, in dem das Essservice stand, den sie für ein paar Dollar gekauft und eigenhändig restauriert hatte, indem sie in wochenlanger Kleinarbeit die alte Farbe abgekratzt, ihn dann geschliffen und zum Schluss lackiert hatte. Der hellbraune Weidenkorb mit Bumen darin auf dem Glastisch vor dem Sofa.

»Nein«, murmelte er, »ich komme nicht zu spät. Das kann nicht sein, das darf einfach nicht sein.«

Viel zu früh, ein paar Minuten vor vier Uhr, saß er im Warteraum des Terminals. Er war der erste Passagier des Fluges United 3126. Es würde ihn umbringen, wenn er nicht bald ihre Stimme hörte. Deshalb versuchte er wieder, sie zu erreichen. Es klingelte, also hatte sie ihr Handy nicht ausgeschaltet. Aber sie antwortete nicht. Er versuchte es über das Festnetz in Canyonview. Sie nahm den Hörer nicht ab.

Da war etwas passiert, etwas Schlimmes!

Bis sechs Uhr zu warten war furchtbar, und der Flug schien noch länger zu dauern als nötig. Aber es war erst halb acht, als er auf dem Los Angeles International Airport landete. Er schaltete sein Handy wieder ein. Drei Nachrichten hatte er während des Fluges bekommen.

Kayla, dachte er erleichtert.

In der Schleuse zwischen Maschine und Flughafengebäude hörte er die Mailbox ab. Die erste Nachricht kam nicht von Kayla, sondern von Simone.

»Jason!« Ihre Stimme überschlug sich vor lauter Angst.

Scheiße, es ist schiefgelaufen.

Es war noch viel schlimmer.

Er wollte gar nicht hören, was der Arzt in seinem weißen Kittel sagte; er wollte sie sehen. Doch der Arzt hielt ihn zurück. Das Erste, das Jason zu sich durchdringen ließ, war, dass sie operiert wurde, dass sie in den besten Händen war und dass er geduldig sein musste.

»Wird sie überleben?« Er schrie beinahe. »Wenigstens *das* können Sie doch wohl sagen!«

Der Arzt gab keine Antwort und erlegte ihm die schwerste Prüfung auf: warten. Nichts tun und warten.

Jason wurde in einen kahlen Raum geführt. Dort saßen fünf Personen. Als Erster stand sein Vater auf. Edward Evans nahm seinen Sohn in die Arme, klopfte ihm auf die Schulter und flüsterte heiser: »Mein Gott, Junge! Mein Gott!«

Neben ihm saßen Daniel und Tonya Sheehan. Jason hätte Daniel fast nicht erkannt. Der Mann hatte sonst immer diesen selbstsicheren Blick, dieses Charisma, das Markenzeichen eines erfolgreichen Geschäftsmannes. Jason verglich David Sheehan gern mit Blake Carrington, der männlichen Hauptfigur aus der Uralt-Seifenoper *Denver Clan*, die er sich als kleiner Junge immer mit seinen Eltern angeschaut hatte. Daniel ähnelte Blake – distinguiert, graues Haar und fester Blick, der Autorität ausstrahlte.

Diesmal entdeckte Jason kein Charisma, vielmehr hatte er einen ratlosen alten Mann vor sich. Tonya, normalerweise stilvoll im Auftreten, stets lächelnd, war nur noch ein Häufchen Elend.

Auch Simone und Cliff waren gekommen. Cliff war bleich, geschockt, seine Hand umklammerte die von Simone. Ihre Augen waren rot gerändert. Als sie Jason sah, begann sie wieder zu weinen.

»Jason ...«, schluchzte sie.

Cliff stand auf. Er wusste offenbar nicht, ob er Jason umarmen oder ihm nur die Hand geben sollte. Er tat weder das eine noch das andere und sank wieder in seinen Schalensitz zurück.

»Was ist passiert? Wer kann mir etwas sagen?«, fragte er.

»Jason, ich ... kann nicht ...«, stammelte Simone, als die anderen schwiegen.

»Doch, du kannst. Bitte, sag es mir.«

Er musste es hören. Falls er sich überhaupt darauf konzentrieren konnte. Aber wenn auch sie schwieg, wenn keiner von ihnen etwas sagte, dann wuchs seine Angst, dass Kayla schon gestorben war.

»Sie wurde heute Nacht überfallen. Der Täter ist spurlos verschwunden. Sie hat mehrere Messerstiche abbekommen.«

Das wusste Jason schon. Dennoch tat die Nachricht in seinem Herzen genauso weh wie beim ersten Mal.

»Der Täter hat sie zurückgelassen, und es ist ihr gelungen, den Notruf zu informieren. Im Rettungswagen ist sie noch mal zu Bewusstsein gekommen. Sie hat gesagt, der Täter wäre ein großer Mann gewesen, ganz in Schwarz gekleidet. Mehr hat sie nicht gesagt. Das ist alles, was bis jetzt bekannt ist.«

Phils Worte schossen ihm wie flammende Pfeile durch den Kopf.

Er sah riesig aus, wie ein Kleiderschrank. Wie einer, mit dem man lieber keinen Ärger hat. Er hatte schwarze Sachen an.

Simone wurde von einem neuen Weinkrampf geschüttelt. Cliff zog sie an sich. Jason fragte sich, ob es für ihn nach dem heutigen Tag überhaupt noch jemanden gab, den er trösten könnte. Wenn dies der Tag war, an dem Kayla starb …

Nein, so weit ist es noch nicht. Sie lebt noch, halt dich daran fest!

Aber das war nicht so einfach. Denn es war genau das passiert, was er in den dunkelsten Ecken seines Hirns befürchtet hatte. Es war nicht zu erklären, aber dadurch war es nicht weniger wahr.

Er starrte auf den grauen Fußboden. Tränen tropften darauf. Er versuchte, sie zurückzuhalten. Keiner würde es ihm verübeln, wenn er flennte, doch was half das? Es nützte weder ihr noch ihm.

Zu sechst harrten sie der Dinge, die da kommen sollten.

Jason hatte das Gefühl, als würde die Zeit stillstehen. Dennoch wurde es später, denn durch das Fenster sah er, dass die Sonne weiterwanderte. Für ihn war längst schon die Nacht angebrochen. In der Finsternis umherzuirren, das war sein Schicksal.

Es war halb zwölf, als plötzlich die Tür aufging. Rauch kräuselte sich an den Pfosten entlang. Hinter der Tür wartete eine rot glühende Hitze. Flammen schossen in den Raum, wie die Zungen höllischer Feuerdrachen. Jason starrte entsetzt darauf, dann auf die anderen im Raum. Sie bemerkten nichts.

Aus dem Feuer heraus erschien Kayla, natürlich war sie es, sie brannte von Kopf bis Fuß. Sie grinste wie eine schreckliche Hexe. Ihre Hände, zu Klauen deformiert, griffen nach ihm.

Du hast mich im Stich gelassen, und jetzt bin ich tot. Du hast mich im Stich gelassen. Aber ich gehe nicht allein, dich nehme ich mit!

Er kniff die Augen zusammen.

Das gibt es nicht, das kann nicht sein, dachte er voller Grauen.

Er wartete ein paar Sekunden. Als er die Augen wieder öffnete, stand der Arzt auf der Türschwelle. Das Feuer war verschwunden. Alles war weg, außer dem Mann. Der Mann sah ihn mit ernster Miene an.

Jason spürte, wie sein Herz bis zum Hals schlug.

Du hast mich im Stich gelassen, und jetzt bin ich tot.

Jetzt bin ich tot.

Der Arzt brachte schlechte Nachrichten.

Drei Stunden später schlurfte Jason mit feuchten Augen durch die Gänge des Krankenhauses. Er konnte nicht aufhören zu schluchzen. Ein kräftig gebauter Pfleger starrte ihn scheinbar teilnahmsvoll an und blickte hastig wieder weg. Jason wollte allein sein, endlich allein sein mit seiner Trauer. Er ging zum Betsaal des Krankenhauses und trat ein.

Vor dem kleinen Altar, auf dem eine Jesusfigur aus Bronze stand, auf einer einfachen Holzbank, von der die Farbe abblätterte … Plötzlich zerriss *The Car Song* die feierliche Stille. Jason hörte einen Moment zu, dann holte er sein Nokia aus der Hosentasche, drückte den Anruf weg und schaltete das Handy aus. Er schloss die Augen und betete. Für Kayla.

Hinter sich hörte er ein Geräusch. Die Tür wurde geöffnet. Jemand kam herein. Es war der Pfleger, der so hastig weggeschaut hatte. Was wollte der ihm denn noch sagen?

Als der Mann näher kam, glaubte Jason ihn zu erkennen.

Wer war das doch gleich? Die Erinnerung kam nicht sofort, es lag zu lange zurück. Erst als der Mann grinste, fiel es ihm wieder ein. Es lag nicht am Grinsen selbst, sondern an dem abgebrochenen Zahn in der Mitte des schlechten Gebisses. Es war wie die Erinnerung an ein verdorbenes Essen.

Der Zahn. Dazu gehörte auch der düstere Blick aus den braunen Augen von …

Wie von der Tarantel gestochen, sprang er auf.

»Mein Gott!«, flüsterte er. *»Du?«*

Der Pfleger fasste ihn am Arm. Sein Grinsen war verschwunden.

»Hallo Jason«, sagte Doug Shatz.

Der Mann, der früher einmal Maria – den Nachnamen wusste er nicht mehr – vergewaltigt hatte und der verurteilt worden war, weil Jason das spanische Mädchen überzeugt hatte, Anzeige zu erstatten, hatte sich stark verändert.

Er war kein magerer Teenager mehr; er hatte sich Muskelpakete antrainiert und sah aus wie ein Bodybuilder.

»Lass mich los!«, zischte Jason.

Doug starrte ihn mit giftigem Blick an. Schon im nächsten Moment hatte Jason das Gefühl, als landete ein Baumstamm auf seinem Genick. Jason fiel auf die Knie. Ihm wurde schwindlig. Verblüfft sah Jason zu der Hand hoch, mit der Doug ihn beinahe k.o. geschlagen hatte. Der Schmerz breitete sich von einem Schulterblatt zum anderen aus. Shatz ging in die Hocke.

»Erzähl mir nicht, was ich zu tun habe.«

Er sagte es wie ein Lehrer, der ein ungezogenes Kind zurechtweist. Jason roch seinen Atem, er stank nach Alkohol und Zigaretten. Plötzlich ließ Doug eine Messerklinge aus einem metallenen Schaft springen und hielt sie viel zu dicht vor Jasons Augen.

»Du wirst jetzt ganz ruhig aufstehen und mit mir mitkommen. Hast du mich verstanden?«

Jason nickte.

»Eine Bewegung, und ich mache mit dir dasselbe, was ich mit deiner Frau gemacht habe.«

Er zog ihn hoch. Jason hatte keine Kraft mehr, sich zu wehren. Doug legte ihm einen Arm um die Hüfte, als wollte er ihn stützen. Die Messerspitze bohrte sich in seinen Rücken.

Vielleicht hätte er sich doch wehren können. Später wurde ihm klar, dass er die größte Chance dazu gehabt hätte während der wenigen Minuten, als Doug ihn durch die Krankenhausgänge zur Tiefgarage führte, wo ein weißer Mercedes-Lieferwagen stand. Aber Jason war wie betäubt, vollkommen fertig.

Mit einer Hand öffnete Doug die hinteren Türen, versetzte Jason einen Faustschlag ins Genick und fesselte ihn. Jason sah nur noch Sterne. Zuerst wurden ihm die Hände auf dem Rücken festgebunden, danach waren die Fußgelenke dran. Doug schubste ihn in den Laderaum des Lieferwagens und schloss die Türen.

In einer Ecke entdeckte Jason schwarze Kleidungsstücke.

Dougs normale Kleidung. Er hatte sie getragen, als er Kayla ermordet hatte. Jason würde das nächste Opfer sein.

Doug klemmte sich hinter das Steuer und fuhr los.

30

Mitch

Die Fahrt dauerte eine halbe Stunde, vielleicht eine Stunde, vielleicht noch länger. Jason hatte kein Zeitgefühl mehr. Der Mörder seiner Frau saß hinterm Steuer, und er fühlte sich zerschlagen und zermürbt. Er war am Ende.

Irgendwann hielt der Lieferwagen. Doug stieg aus, und kurz darauf hörte Jason das Rattern eines Garagentors. Danach kam Doug wieder zurück und fuhr den Wagen ein kurzes Stück weiter, in irgendetwas hinein. Anschließend öffnete er die hinteren Türen.

Es handelte sich tatsächlich um eine Garage. Und Jason wusste auch sofort, wo er jetzt war.

Irgendwo ging eine Tür auf, und ein Mann im Rollstuhl tauchte auf. Jason sah ihn an. Dass ihm Ohren, Nase, Lippen und Augenlider fehlten, fiel diesmal weniger auf als die Narben in seinem Gesicht. Sie stachen hervor, als wollten sie Gefühle verraten, die sich unter der Haut abspielten.

Jason war sich bewusst, dass es Menschen gab, die Lou Briggs mit einem Frankenstein-Monster verglichen, das noch nicht fertig war.

Lou schien sich zu amüsieren, als fragte er sich gerade, in welches Wespennest Jason Evans diesmal gestochen hätte.

Jason warf einen Blick auf Doug, der wie ein Rausschmeißer neben den geöffneten Hintertüren stand. Das Kinn hochgereckt, die Arme vor der Brust verschränkt.

»Krankenbesuch gemacht, Jason?«, fragte Lou.

Jason bedachte ihn mit einem wütenden Blick. Lou schien das kaltzulassen.

»Doug hat sich einen kleinen Fehler geleistet. Aber er wird es schon noch zu Ende führen.«

Jason kniff kurz die Augen zusammen.

»Sie ist ihren Verletzungen erlegen. Um fünf vor zwölf ist sie gestorben. Ich war dabei.«

Es klang wie ein heiseres Krächzen, fast nicht zu verstehen.

Lous Augen weiteten sich. »Wirklich? Na, siehst du, dann hat sich unser kleines Problem ja von selbst gelöst.«

Der verunstaltete Mann gab ein schrilles Geräusch von sich, vielleicht ein Lachen. Jason biss sich auf die Unterlippe. Angst, Wut, das Gefühl der Ohnmacht und vor allem der Kummer über das, was er in den vergangenen Stunden erlebt hatte, brauchten ein Ventil. Mit erstickter Stimme kreischte er: *»Ihr verfluchten Arschlöcher!«*

Lou machte eine Bewegung, als hätte ihn eine Mücke gestochen. Lästig, aber nicht weiter unangenehm. Er hatte seine Miene sofort wieder unter Kontrolle.

»Wir haben noch viel zu besprechen, Jason. Es ist alles sehr schrecklich für dich, ich weiß. Wirklich, ich verstehe das. Aber du reißt dich jetzt bitte zusammen und benimmst dich, ja? Andernfalls müsste ich es ein bisschen unangenehm machen für dich.«

»Das ist mir egal«, schrie Jason. »Bring mich doch auch um, dann ist es vorbei!«

Lou schüttelte den Kopf. »Du enttäuschst mich, Jason. Willst du nicht erst wissen, warum Kayla sterben musste? Und dein Onkel Chris, den wollen wir doch nicht vergessen?«

Jason starrte Lou an und knirschte mit den Zähnen.

»Aber vorher musst du mir noch sagen, wie weit du gekommen bist«, fuhr er fort. »Damit ich weiß, wo ich anfangen muss. Was hast du schon herausgefunden? Du hast zu deiner Frau, Gott hab sie selig, gesagt, du hättest in San Francisco etwas entdeckt. Was?«

Trotz Trauer, Wut und Schmerz sah Jason ihn fragend an.

»Ach ja«, sagte Lou. »Das kannst du ja nicht wissen. Bevor Doug das erste Foto in deiner Firma abgeliefert hat, ist er bei dir eingebrochen. War nicht so schwer. Du hast ja wohl die Angewohnheit, ab und zu deine Verandatür nicht abzuschließen. Er hat ein paar Abhörgeräte installiert. In den Telefonen und hinter den Schränken. Wir haben alles mitgehört, was zwischen deiner Kayla und dir abgelaufen ist. Auch dein letztes Telefongespräch mit ihr, als du ihr gesagt hast, dass du nach Los Angeles zurückkommst.«

Jason schwieg.

»Die Fotos kamen von mir«, fuhr Lou fort, »Doug hat sie nur zugestellt. Es wird dich übrigens kaum überraschen, dass er auch hinter dem Steuer des Lieferwagens gesessen hat, der dich von der Straße gerammt hat. An dem Abend nach der Geburtstagfeier bei deinem Pa.«

Jasons Mund blieb geschlossen.

»Ich habe dich gefragt, was du in San Francisco entdeckt hast. Ich sage dir ganz ehrlich, dass dieses Telefongespräch für mich der Grund war, aktiv zu werden. Ich dachte, du wärst vielleicht auf dem Weg zu mir, und ich wollte dir zuvorkommen. Erst deine Kayla und dann du, Jason.«

Jason lag, an Händen und Füßen gefesselt, im Laderaum des weißen Mercedes-Lieferwagens. Er konnte nicht fliehen, und auch er würde ermordet werden. Er verspürte den Drang, seiner Wut und seinem Schmerz freien Lauf zu lassen. Was änderte das schon? Er war Lou und Doug ausgeliefert, sie konnten ihn jederzeit töten. Das hatten sie auch vor; Lou hatte es ja selbst gesagt.

In seinem Innern erwachte etwas anderes. Eine andere Art von Zorn. Diese Männer, diese Bestien hatten ihm Kayla genommen. Er lebte noch. Und solange er lebte, konnte er kämpfen. Er spürte, dass er *lechzte* nach einem Kampf. Er wollte Rache, das war es. Im Augenblick war es nur Illusion, dass er seine Rache bekommen würde, doch solange er lebte, konnte er sich zumindest an den Gedanken klammern. Er musste seinen Verstand nutzen. Ruhig bleiben, Zeit gewinnen, überlegen. Lou wollte reden, und solange er ihn am Reden hielt, war er noch nicht tot.

»Ja, ich war auf dem Weg zu dir. Ich habe entdeckt, dass du in Chris' Haus gewesen bist. Ich habe deinen Ring gefunden. Er lag unter einem Schrank. Deshalb hast du an deiner rechten Hand gerieben, als ich das letzte Mal bei dir war. Du hast deinen Ring vermisst.«

Lou grinste. »Da ist das Ding also abgeblieben. Hast du ihn bei dir?«

Jason biss sich wieder auf die Lippen.

»Durchsuch ihn!«, sagte Lou zu Doug.

Der breitschultrige Mann, immer noch wie ein Pfleger gekleidet, kroch in den Laderaum und tastete Jason ab.

»Doug hat deinen üblen Streich von damals nicht vergessen, wusstest du das?«, sagte Lou. »Durch dich sind wir zu Partnern geworden. Ohne dich hätte ich nie von ihm gehört. Trotzdem betrachtet Doug das Ganze eher unter geschäftlichem Aspekt. Ich bin sein spendabelster Kunde. Für mich spielen andere Dinge eine Rolle, aber das erzähle ich dir später.«

Jason dachte über die letzte Bemerkung nach. Lou war noch

nicht fertig mit ihm. Er würde also nicht gleich ermordet werden. Die Frage war nur, wie viel Zeit ihm noch blieb.

Doug hatte den Ring schnell in der Hosentasche gefunden und gab ihn Lou, der ihn an seiner Hose sauber rieb und ihn sich anschließend auf den Ringfinger schob.

»Jetzt geht es mir schon etwas besser«, sagte er vergnügt.

Mit seinen lidlosen großen Augen starrte er Jason an und fuhr mit seinem Rollstuhl ein Stück näher an die geöffneten Türen heran.

»Weiter, was weißt du sonst noch?«

Jason musste sich zwingen, nicht die Beherrschung zu verlieren. Lou, dem er vertraut hatte wie keinem anderen, war ein Mörder. Er arbeitete mit einem Auftragskiller zusammen. Kayla war ihr Opfer. Er hätte nie gedacht, dass er selbst im Stande sein würde, jemanden zu töten, jetzt aber war er so weit. Ihm fehlten nur noch die Mittel. Weshalb hatte er sich im Krankenhaus so leicht überrumpeln lassen von Doug? Warum hatte er dort nichts unternommen? Die Antwort lag auf der Hand. Er war mit den Nerven am Ende gewesen und viel zu verblüfft durch Dougs unerwartetes Auftauchen.

Versuch einfach, das Ganze in die Länge zu ziehen, riet ihm sein Überlebensinstinkt, der allmählich immer wacher wurde. Und der Gedanke nach Rache. Er musste durchhalten, um Kaylas willen.

»Chris war bei der Beerdigung der Familie Chawkins«, sagte er. »Ich weiß, dass es irgendeine Verbindung gibt zwischen Mikey, der in dem Auto gestorben ist, und mir. Ein paar Wochen später wurde ich geboren. Meine Pyrophobie hat vielleicht damit zu tun, was Mikey zugestoßen ist.«

Lou beobachtete ihn aufmerksam.

»Und?«, drängte er.

»Ich glaube, dass Mikey in mir steckt. Auf die eine oder andere Weise. Vielleicht bin ich seine Inkarnation.«

Lou krümmte einen Finger über sein Kinn.

»Weiter.«

»Im Großen und Ganzen ist es das wohl«, sagte Jason. »Die Fotos betrafen Mikey Chawkins. Chris war auf der Beerdigung. Du und Doug, ihr habt ihn ermordet. Den Grund kenne ich nicht. Ich weiß auch nicht, weshalb Kayla sterben musste. Und ich verstehe nicht, was du gegen mich hast.«

Lou schüttelte seinen verunstalteten Kopf. »Ich dachte, du wärst schon ein Stück weiter. Also weißt du es noch nicht. Allmählich fange ich wirklich an zu glauben, dass du es nicht weißt.«

Der Mann im Rollstuhl seufzte, als hätte Jason noch nie etwas davon gehört, dass Wasser nass ist.

»Du wirst alles von mir erfahren. Aber nicht hier.«

Er sah zu Doug hinüber. »Wir machen es.«

Kaum hatte Lou das gesagt, bewegte sich Doug.

Er holte eine Metallplatte und stellte sie schräg gegen die Ladefläche des Lieferwagens. Danach schob er Lou in dessen Rollstuhl hinein, sodass er direkt neben Jason saß.

Doug griff sich seine schwarze Kleidung und schlug die Türen von außen zu. Kurz darauf hörte Jason wieder das Rasseln des Garagentors. Er rappelte sich hoch, bis er Lou genau gegenübersaß, und lehnte seinen Rücken gegen den Reservereifen, der an der einen Seite hing. Seine Handgelenke brannten unter dem stramm sitzenden Strick. Der Motor des Lieferwagens sprang an, und die Reise ins Ungewisse begann. Durch das schmale Fenster hinter Lou fiel das Licht der Nachmittagssonne herein. Der Wagen setzte zurück, machte eine Kurve und fuhr dann vorwärts. Über Dougs Kopf hinter der gläsernen Trennwand zogen Rauchkringel nach oben. Er hatte wieder seine schwarzen Sachen angezogen und sich eine Zigarette angesteckt.

Jason schaute sich um. Er hatte Durst, die Kehle tat ihm weh. Doch er lebte noch. Anscheinend sollte er nicht in Lous Haus ermordet werden.

Mehrere braune Jutesäcke waren gegen die Trennwand gelehnt. Aus einem ragten lange Stöcke hervor. Daneben lag ein in Folie verpackter Strohballen.

Wieder suchte er den Blick von Lou Briggs. Der saß aufrecht in seinem Rollstuhl.

»Wir haben Zeit«, sagte er ruhig. »Bald erzähle ich dir meine Geschichte, Jason. Ich werde es sogar sehr ausführlich tun.«

Als der Lieferwagen leicht ins Holpern geriet und Doug trotzdem nicht langsamer fuhr, gab Lou ein Geräusch von sich, das sich anhörte, als hätte er einen epileptischen Anfall, aber offenbar war es nur sein seltsames Lachen.

»Das Ganze erinnert an ein Theaterstück«, sagte Lou. Durch das Motorengeräusch klang seine Stimme sehr gedämpft. »Stell dir eine Bühne vor. Das Bühnenbild ist fertig, die Lichter im Saal gehen aus, das Scheinwerferlicht wird eingeschaltet. Der erste Schauspieler betritt die Bühne, es ist Pete McGray. Du kennst Pete. Er ist ein Schlappschwanz, ein Trunkenbold und einer, dem die Hand locker sitzt. Eine, die dieser Beschreibung sofort zustimmen würde, ist Donna Campbell. Sie betritt die Bühne als Zweite. Aus unerfindlichen Gründen fühlt sich Donna zu Pete hingezogen. Was bedeutet das? Zwischen der jungen Frau von vierundzwanzig und dem dreißigjährigen McGray keimt die Liebe. Man sollte meinen, Donna hätte es besser wissen müssen, aber leider, sie hat es nicht. Jedenfalls damals noch nicht. Sie hat sich von Pete einwickeln lassen. Ja, ihr Bruder, Chris, der hat sie oft genug gewarnt. Aber sie hat nicht auf ihn gehört, denn sie war ziemlich eigensinnig. Das kam daher, so dachte ihr Bruder, dass sie gezwungen war, ihre Jugend aufzugeben und früh, viel zu früh erwachsen zu werden. Sie hat ihre Mutter verloren, als sie vierzehn war. Der Vater hatte sich schon vorher aus dem Staub gemacht. Sie hat nie wieder von ihm gehört. Und sie hat auch nie erfahren, wie es weiterging mit ihm, wie lange er noch gelebt hat, ob oder wo er gestorben ist. Der Einzige, den sie hat, ist ihr Bruder, zwei Jahre älter als sie und auf seine Art ein ziemlicher Sonderling.«

Jason hatte das Gefühl, als legte sich ihm eine eiskalte Hand um den Hals, weil dieser entstellte Mann Dinge erzählte, die seines Wissens außer ihm selbst nur einer Hand voll Menschen bekannt waren. Was Lou sagte, stimmte. Es stimmte sogar haargenau.

»Donna hat keine schöne Vergangenheit hinter sich. Kinderheim hier, Vormund da, nirgends ein richtiges Zuhause. Bei ihrem Bruder in San Francisco will sie nicht bleiben, obwohl der es ihr vorschlägt, mehrmals sogar. Sie ist ruhelos und unsicher, fühlt sich gehetzt. Donna Campbell ist eine andere Frau als Donna Evans. Als Donna Evans wird sie eine Metamorphose durchleben, doch so weit ist es zu diesem Zeitpunkt der Theatervorführung noch lange nicht. Sie zieht von einer Stadt in die andere, steigt mit einem Mann nach dem anderen ins Bett. Irgendwie geht es immer gut. Bis sie in Salt Lake City Pete McGray über den Weg läuft. Pete scheint der Richtige zu sein. Er ist stramm und stark. Sie ist hin und weg, und ein paar Monate lang ist sie glücklich, länger als jemals zuvor.

Bis sie schwanger wird. Da endet das Märchen. Pete will, dass sie abtreibt. Sie weigert sich. Sie ist fest entschlossen, das

Kind zur Welt zu bringen. Pete zeigt sich plötzlich von seiner ganz anderen Seite, er ist nicht mehr der nette Kerl von früher. Er greift zur Flasche, und wenn er getrunken hat, schlägt er die Mutter seines ungeborenen Kindes. Eines Tages passiert das, was irgendwann passieren musste. Ein paar Wochen sind vergangen, seit Donna entdeckt hat, dass sie schwanger ist. Es ist der 13. Juli, um genau zu sein …«

Lou wartete einen Moment und gab Jason Gelegenheit, zu begreifen, dass es der 13. Juli war, als er das erste Polaroidfoto bekam.

»… In einem Wutanfall schlägt Pete sie zusammen. Irgendwann fließt Blut. Als er wieder zu sich kommt, begreift er, was er getan hat, und haut ab. Er lässt sie verletzt zurück. Dies war, von einer Ausnahme abgesehen, das letzte Mal, dass Donna Pete gesehen hat. Sie muss selbst einen Krankenwagen rufen und wird in ein Krankenhaus gebracht. Dort wird sie gesund gepflegt. Sie meldet sich bei ihrem Bruder, und der nimmt sich ihrer an.

Donna überlebt, das ungeborene Kind nicht. Und als wäre das noch nicht genug, wird außerdem festgestellt, dass sie nie wieder ein Kind bekommen kann. Pete hat ihre Zukunft zerstört.«

Jason schob sich ein Stück nach hinten, um möglichst aufrecht zu sitzen und sich gegen das Reserverad lehnen zu können. Allmählich begriff er, dass Lou über Dinge berichtete, die völlig neu waren für ihn. Sie schienen bedeutungslos zu sein, weil alles bedeutungslos war, gemessen daran, was Doug mit Kayla gemacht hatte, und auch gemessen daran, dass sein eigener Tod bevorstand. Aber vielleicht war es doch nicht unwichtig. Lou erklärte ihm gerade, weshalb er so gehandelt hatte. Konnte ihm das nützlich sein?

»Pete ist mein biologischer Vater«, sagte er heftig. »Das weiß ich von meiner Mutter. Wie kommst du drauf, dass …«

Plötzlich hatte er einen Kloß im Hals. Die Antwort kam von selbst.

Chris.

Er konnte es nur von seinem Onkel Chris erfahren haben.

Gleichzeitig dachte er an Pete McGray, den er nur aus den spärlichen Berichten seiner Mutter kannte. Ein einziges Mal hatte sie ihm ein Foto von Pete gezeigt. Ein runtergekommener, unrasierter Typ mit langen Haaren hatte ihm entgegengeblickt. Jason hatte nicht verstanden, dass seine Mutter sich in so einen wie den hatte verlieben können; sie selbst im Nachhinein wohl auch nicht.

Pete sei sein Vater, hatte sie gesagt. Danach habe sie ihn verlassen und ihr Glück bei Edward gefunden. Donna wollte nicht mehr an Pete erinnert werden. Ob Jason in der Lage sei, das zu akzeptieren? Jason war noch jung gewesen, als seine Mutter dieses Gespräch mit ihm geführt hatte. Er hatte genickt und Pete so gut es ging aus seinen Gedanken gestrichen.

Hatte seine Mutter gelogen? Aber wenn Pete nicht sein Vater war, wer war es dann?

Wie war Lou dahintergekommen? Und *warum* interessierte es ihn überhaupt?

Das Erkennen kam so plötzlich, als hätte sich eine Tür zur Weisheit geöffnet.

»Wie du weißt«, fuhr Lou fort, »ist es auch Pete schlecht ergangen. Bei einer Wirtshausschlägerei wurde er niedergestochen; 1988 war das. Anscheinend war er zur falschen Zeit am falschen Ort. Aber sein Tod war kein großer Verlust für die Menschheit.«

Lou machte eine Pause. Jasons Gedanken wirbelten durcheinander. Ganz langsam verdichtete sich das Erkennen in seinem Kopf. Ihm wurde übel.

Gleichzeitig dachte er an seine Mutter. Er wusste von ihrer ausschweifenden Vergangenheit, doch an ihrer Aufrichtigkeit und daran, dass sie ein anderer, ein besserer Mensch geworden war, hatte er all die Jahre nie gezweifelt. Jetzt stimmte nichts mehr. Das Bild, das er von ihr gehabt hatte, veränderte sich; es wurde schwarz und undurchschaubar.

»Lass uns fortfahren in unserem Theaterstück«, sagte Lou und rutschte in seinem Rollstuhl hin und her. Dass er seine Geschichte zum Besten geben konnte, bereitete ihm sichtlich großes Vergnügen.

»Alles kommt, wie es kommen muss. Nach dem Verlust ihres Kindes geht Donna in Sack und Asche. Natürlich ist sie auch wütend auf Pete. Aber was geschehen ist, kann man nicht ungeschehen machen, und sie muss weiter. Dann passiert es. Am 18. August 1977 fährt sie auf dem Highway 98 in der Nähe von Sacramento Wash. Sie hat Salt Lake City hinter sich gelassen und will in Kalifornien ein neues Leben beginnen. Seit sie Pete McGray zum letzten Mal gesehen hat, als er sie, wimmernd und sich vor Schmerzen krümmend, zurückgelassen hat, sind etwas mehr als fünf Wochen verstrichen. Donna sitzt in ihrem Auto. Plötzlich tauchen in der Ferne schwarze Rauchwolken auf. Als sie näher kommt, sieht sie, dass es brennt. Ein Auto steht in Flammen, ein Chevrolet. Donna tritt auf die Bremse und rennt zum brennenden Wagen. Es ist schrecklich, was sie dort sieht. Das Auto liegt auf dem Dach, auf den Vordersitzen zwei verzweifelt schreiende Menschen. Sie sind eingeklemmt und können sich nicht befreien. Und dann sieht sie noch etwas. Weinende Babys auf der Rückbank. Es sind zwei …«

Lou machte mit zwei Fingern das V-Zeichen. Jetzt war Jason alles klar.

»Noch haben die Flammen die erst vor Kurzem geborenen

eineiigen Zwillinge Mike und Mitch nicht erreicht. Fast drei Wochen sind die beiden jetzt alt. Jeden Moment können die Flammen sie erfassen. Donna muss etwas tun, sie muss sich entscheiden. Wen soll sie als Ersten zu retten versuchen? Es bleibt keine Zeit, lange zu überlegen. Sie schiebt sich vor in das brennende Auto, kämpft sich durch die heißen, stinkenden Rauchwolken zu den Babys durch und ergreift das erste. Mit dem Kind im Arm klettert sie wieder aus dem Wagen. Gerade noch rechtzeitig. Im nächsten Augenblick gibt es eine Explosion, und aus den zerborstenen Fensterscheiben schießen neue Flammen empor. Steif vor Schreck taumelt sie rückwärts. Abrupt bleibt sie stehen und ihr wird klar: Keiner der anderen im Auto hat überlebt. Das *glaubt* sie, doch sie hat sich getäuscht. Schwarzer Rauch quillt aus dem Wageninnern. Sie traut sich nicht mehr näher heran, denn sie ist in Panik und zu Tode erschrocken. Stell dir die Situation mal vor.«

Jason versuchte es. Der Highway 98 tauchte vor ihm auf, wie in einem Film, den er sich gerade ansah. Die lodernde Sonne eines heißen Augusttages fiel auf den aufgebrochenen Asphalt. Die Luft flimmerte durch die unbarmherzigen Flammen, die das Auto der Chawkins auffraßen.

Dort steht Donna, eine junge Frau, Mutter eines ungeborenen, ermordeten Kindes. Soeben sind drei Menschen vor ihren Augen gestorben. Sie zittert, sie weint vielleicht auch. In dem Wagen liegen drei Leichen, glaubt sie. Was sie nicht sieht: Es gibt noch einen Überlebenden. Den sie nicht rettet.

»Hast du verstanden, Mike?«, fragte der verunstaltete Mann im Rollstuhl.

Jason nickte ergeben.

Ja, ich habe verstanden, Mitch.

31

Geheimnisse

Wieder zeigte der Mörder von Kayla und Chris sein makabres Grinsen.

»In der Ferne nähert sich ein anderes Auto. Die nächsten Sekunden sind entscheidend. Donna ist überzeugt, die drei Menschen im Auto sind tot. So fasst sie *den* Entschluss.«

Jason brauchte nicht zu raten, wie dieser Entschluss aussah.

»Sie legt das Baby in ihr Auto und fährt los. In dem anderen Auto sitzt ein gewisser Johnny Halper. Arbeitet in einer Tankstelle und ist überall als chronischer Alkoholiker bekannt. Am Abend vorher hat er kräftig gebechert. Am Morgen dieses 18. August nimmt er sein übliches Frühstück zu sich, einen großen Schluck Jack Daniels, wie die Polizei später feststellt. Dennoch greift er tapfer und überraschend schnell ein, nachdem er den Chevrolet erreicht hat. Er vollbringt eine Heldentat. Auch er kämpft sich ins Innere des Wagens durch und zieht sich dabei erhebliche Brandwunden zu. Es gelingt ihm, das andere Baby lebend aus dem Flammenmeer zu bergen. Es hat schwerste Verbrennungen erlitten. Übrigens hat Johnny keine Ahnung, dass vor ihm eine Frau da gewesen ist, die schon ein Kind gerettet hat, denn Donna hat sich schnell aus dem Staub gemacht. Johnny hat sie nicht gesehen. Wenn er darauf geachtet hätte, hätte er vielleicht noch einen Lichtreflex des davonfahrenden Wagens erhaschen können, aber er hat nur das brennende Auto gesehen. Und wenn er nicht sofort gehandelt hätte, könnte ich dir diese Geschichte nicht erzählen.«

Ein Rollen war zu hören, gefolgt von einem metallischen Klacken. Vielleicht hatte sich ein Schraubenzieher gelöst und kullerte über den Boden. Der Lieferwagen fuhr weiter. Über Dougs Kopf stiegen wieder kleine Rauchwolken in die Luft; er hatte sich eine neue Zigarette angesteckt.

»Das Baby, das Johnny aus dem Auto gerettet hat, überlebt. Allerdings wird es schwer gezeichnet durchs Leben gehen, trotz vieler chirurgischer Eingriffe während der nächsten Jahre. Außerdem ist das Kind, später der Mann, die meiste Zeit an den Rollstuhl gebunden, aufgrund irreversibler Kontraktionen der Muskeln.«

Mitch Chawkins wartete einen Augenblick. Vielleicht erwartete er, dass Jason Mitleid zeigen würde. Hatte er vielleicht vergessen, was Doug in seinem Auftrag mit seiner Frau gemacht hatte? Er erinnerte sich an die Worte von Joe Bresnahan. *Eins vermisse ich. Wo kann es nur geblieben sein?* Jason hatte es so verstanden, als hätte Joe ein Foto gemeint, das er vermisst; jetzt konnte er sich vorstellen, dass der alte Mann von dem anderen Baby gesprochen hatte. Hätte Jason damals die richtige Frage gestellt, würde er schon längst wissen, was es mit dem Geheimnis auf sich hatte. Er hatte es nicht getan, genauso wie er bei Freddy Padilla viel zu wenig Fragen gestellt hatte.

Was geschehen ist, kann man nicht ungeschehen machen.

Jason, alias Mike Chawkins, biss die Zähne zusammen und versuchte, die Hand- und Fußgelenke auseinanderzudrücken. Es gelang nicht. Doug hatte ihn fachmännisch gefesselt.

»Lass uns zu Donna zurückkehren«, sagte Mitch. »Sie geht also davon aus, die Insassen des Autos sind verbrannt. Sie macht sich mit dem Baby, das sie aus dem Feuer geholt hat, auf den Weg in Richtung Kalifornien.«

Jason dachte an seine Visionen bei Mark. Jetzt war ihm mit

einem Schlag klar, wer die in Flammen gehüllte Gestalt, der Feuergeist, in Wirklichkeit gewesen war. Donna Campbell, die er bis jetzt seine Mutter genannt hatte.

Mawkee, dachte er. *Sie hat mich Mikey genannt, bevor ich Jason wurde.*

»Mit mir«, sagte er heiser.

Mitch grinste widerlich. »Ja, mit dir, obwohl das damals gar nicht eindeutig war. Zu der Zeit waren wir nur ein paar Wochen alt, eineiige Zwillinge. Woher sollte man da wissen, wer Mitch ist und wer Mike? Zum Glück, könnte man sagen, sind unsere Eltern schon gleich nach unserer Geburt dahintergekommen, dass wir doch nicht hundertprozentig gleich sind. Bei mir sind die Organe spiegelverkehrt angeordnet, bei dir nicht. Das kommt bei eineiigen Zwillingen manchmal vor, man nennt das *situs inversus.* Und das scheint auch der Grund zu sein, weshalb ich oft erkältet bin.«

Wieder schwieg Mitch einen Moment. Nachdenklich krümmte er einen Finger um sein Kinn.

»Wenn dieses Feuer nicht gewesen wäre oder wenn Donna sich anders entschieden hätte, sähe ich jetzt aus wie du«, flüsterte er. »Aber ich bin verbrannt, und du …«

Er schluckte und schüttelte den Kopf.

»Weiter im Text. Donna fährt also weg mit dir. In den ersten Minuten spürt sie noch Panik und gleichzeitig Euphorie. Vor ihren Augen sind drei Menschen einen schrecklichen Tod gestorben, davon ist sie überzeugt. Sie hat etwas Illegales getan. Sie hat dich gestohlen. Völlig durcheinander fährt sie an diesem 18. August 1977 so schnell und so weit sie kann. Weg von diesem Höllenfeuer, weg von ihrem unumkehrbaren Entschluss. Abends, als sie sich ein bisschen beruhigt hat, ruft sie die einzige Person an, der sie vertraut, ihren Bruder. Er hört ihr zu und sagt, dass sie zu ihm kommen soll, nach San Francisco. Bei ihm kann sie untertauchen, und danach wird man weitersehen. Sie fährt nach San Francisco. In den ersten Tagen wird sie beinahe Opfer ihrer eigenen Panik. Ohne die Unterstützung ihres Bruders hätte sie wahrscheinlich den Verstand verloren.

Der Bruder fährt nach Mount Peytha City. Er nimmt an der Beerdigung der Familie Chawkins teil. Das ist zwar riskant, aber er will auf diese Weise seine Anteilnahme zeigen. Außerdem möchte er wissen, was über das verschwundene Baby geredet wird. Es stellt sich heraus, dass keiner ein Wort darüber verliert.

Donna wird von Gewissensbissen geplagt. Es gibt Tage, da will sie das Kind bei den Behörden melden. Doch dann wird ihr klar, dass sie an diesem Tag auf dem Highway 98 alle Brücken hinter sich abgebrochen hat. Es gibt kein Zurück. Auch ihr Bruder meldet den Diebstahl des Babys nicht. Ihm geht es vor allem darum, dass der Kontakt zu Donna nicht abbricht. Er fürchtet, sie zu verlieren, wenn er das Baby und sie der Polzei ausliefert. Deshalb hält er all die Jahre den Mund.

Der Bruder rät Donna, mit Pete zu reden. Wenn sie das Kind behalten will, muss sie alle Welt davon überzeugen, dass das Kind von ihm stammt, und Pete muss das bestätigen, wenn er danach gefragt wird. Donna will unter keinen Umständen Kontakt zu ihm aufnehmen, daher übernimmt der Bruder die Aufgabe. Es wird ein unangenehmes Gespräch. Pete will nichts mehr mit Donna zu tun haben, alles andere interessiert ihn nicht. Aber er wird tun, was von ihm verlangt wird.

Danach denkt sich der Bruder ein Szenario aus, durch das verschleiert wird, dass das Baby nicht ihr eigenes Kind ist. Zunächst muss eine Geburtsurkunde her, die sie und Pete als die

Eltern ausweist. In Utah klappt das nicht, weil dort zu viele Leute wissen, dass sie im August 1977 *nicht* schwanger gewesen ist. Also ist San Francisco, ihr eigener Geburtsort, die logische Wahl. Hier hat sie in jungen Jahren gelebt, und der Bruder ist hiergeblieben. Es muss glaubhaft gemacht werden, dass sie bei ihm zu Besuch war und dass das Kind zu früh zur Welt gekommen ist. Der Bruder bringt Pete dazu, nach San Francisco zu kommen, damit sämtliche Spuren verwischt werden können. Es werden Fotos gemacht von Pete und Donna mit dem Baby. Dann nimmt Donnas Bruder die beiden mit zur Unterzeichnung der Geburtsurkunde. Er hat an alles gedacht. Es gelingt ihm sogar, jemanden zu finden, der erklärt, er hätte im Haus des Bruders Geburtshilfe geleistet. Der Mann hat Schulden beim Bruder. Er bezahlt sie mit seiner Unterschrift auf der gefälschten Geburtsurkunde.

So wird am 2. September Jason geboren. Diesen Namen hatte Donna ihrem ungeborenen, von Pete in einem Wutanfall getöteten Kind geben wollen, falls es ein Junge geworden wäre. Mikey stirbt, und Jason erblickt das Licht der Welt. Na ja, ein paar Leute wundern sich schon, als sie den schon ziemlich proper aussehenden Neugeborenen zu Gesicht bekommen, aber niemand schöpft Verdacht und geht der Sache nach. Anschließend reist Pete ab, und Donna sieht ihn nie wieder. Ihr Bruder rät ihr, San Francisco zu verlassen und in einer anderen Stadt ein neues Leben zu beginnen. Es wird Los Angeles. Dort begegnet sie Edward Evans und verliebt sich in ihn. Zwei Jahre später läuten die Hochzeitsglocken. Ihr ganzes Leben lang hält Donna an ihrer Geschichte fest. An der Geschichte, dass Jasons Vater Pete heißt. Dass sie die Beziehung zu ihm nach der Geburt ihres Sohnes beendet hat. Die Misshandlungen und die Fehlgeburt sind Geheimnisse, die sie mit ins Grab nimmt.«

Mitch starrte schweigend vor sich hin. Jason kam fast um vor Durst. Seine Kehle brannte. Trotzdem versuchte er, seine Fesseln an Händen und Füßen zu lockern, ohne dass Mitch es bemerkte. Es war hoffnungslos.

Er hustete und sagte: »Das ist unmöglich! Jeder muss doch gesehen haben, dass das andere Kind weg war. Die Sache wurde untersucht, das weiß ich mit Sicherheit.«

Mitch lehnte sich zurück. Er reckte eine dünne Hand in die Höhe, und der Zeigefinger wies zum Dach des Lieferwagens.

»Natürlich gab es Ermittlungen durch die Polizei. Donna kam damit durch, weil keiner sie gesehen hat. Halper wurde verdächtigt, für dein Verschwinden verantwortlich zu sein. Doch er blieb dabei, dass er nichts wüsste von einem zweiten Baby, und letztendlich musste sich der Chef des Mount Peytha City Police Departments, Joel Kaplan, der vor ungefähr zehn Jahren gestorben ist, damit zufriedengeben. Halpers Gedächtnis war wie ein Schweizer Käse mit vielen Löchern, er war wahrscheinlich nicht nur dem Alkohol verfallen, aber er war eine ehrliche Haut, und an jenem Tag hat er eine Heldentat vollbracht, denn er hat mich vor dem Tod gerettet. Später tischte Kaplan noch diverse abenteuerliche Theorien auf. Möglicherweise wärst du gar nicht auf der Rückbank gewesen. Möglicherweise hätte unsere Mutter dich festgehalten, und du wärst mit Haut und Haaren im Feuer umgekommen.«

Wieder starrte Mitch vor sich hin.

»Ich weiß nicht«, sagte Jason zweifelnd. »Hat er das wirklich geglaubt? Man findet doch immer Spuren, ich meine, ich kann mir nicht vorstellen, dass ein menschlicher Körper bei so einem Brand ganz und gar zu Asche wird, nicht mal ein Baby.«

»Da hast du recht«, pflichtete sein Zwillingsbruder ihm bei. »Der menschliche Körper brennt schlecht. Wie sollte das auch gehen, schließlich bestehen wir zu fünfundsiebzig Prozent aus Wasser. Selbst im Krematorium muss man die Knochen der Toten nach dem Verbrennen noch zu Staub zerstampfen.«

Mitchs leerer Gesichtsausdruck veränderte sich nicht. »Eine andere Theorie lautete, du wärst gar nicht im Auto gewesen. Vielleicht hätte ein Verwandter oder Bekannter auf dich aufgepasst. Aber du wurdest nie gefunden.«

Jason spürte einen Stich ins Herz. Ihm war noch gar nicht bewusst geworden, dass seine Verwandten ja gar nicht seine Verwandten waren, wenn Donna nicht seine Mutter war. Seine wirklichen Blutsverwandten lebten irgendwo anders. Wer waren sie? Abgesehen von seinem psychotischen Bruder Mitch, der mit Doug Shatz unter einer Decke steckte?

»Kaplan war mit seinem Latein am Ende«, fuhr Mitch fort. »Alles war möglich. Natürlich kam er auch auf die Idee, du könntest entführt worden sein, möglicherweise sogar aus dem brennenden Chevrolet. Deshalb hat man auch dem Fahrer des Lastwagens, Steve Silverstein, auf den Zahn gefühlt. Aber dabei ist auch nichts rausgekommen. Um es kurz zu machen: Dein Verschwinden war ein Rätsel, und das blieb es auch. Kaplan meinte, du hättest Pech gehabt, ich wäre der Glückspilz.«

Mitch kicherte bitter. »Allerdings gehörte der Polizeichef zu den Leuten, die bei der Arbeit nicht gern ins Schwitzen geraten. Er bevorzugte praktische Lösungen. Er gehörte zu denen, die mit dem Besen durchs Haus gehen und den Schmutz dann unter den Teppich kehren, weil sie nicht wissen, was sie damit machen sollen. In diesem Fall fiel ihm nichts Besseres ein, als darauf zu drängen, dass man auch deinen Namen auf den Grabstein setzte. Du warst nicht mehr da, du warst wohl tot, vielleicht warst du ja doch total verbrannt. Dies wurde schließlich die offizielle Version. Du wurdest gewissermaßen unter den Teppich gekehrt. In der Presse machte man kein Aufhebens von dem verschwundenen Baby. Zu jener Zeit war es noch viel leichter, solche brisanten Dinge aus der Zeitung rauszuhalten. Alle Welt hat geglaubt, du würdest im Sarg liegen. Die trauernde Chawkins-Verwandtschaft hat sich auch nicht weiter aufgeregt. Dein Grab wurde zugeschüttet. Mit Sand und Vergessen.«

Jason sagte nichts.

Mitch starrte ihn an, ohne ihn richtig wahrzunehmen.

Dann klärte sich sein Blick, und er redete weiter.

»Das alles passierte 1977. Ich überlebte und wurde größer. Als *Freak*, von allen verstoßen. Ständig gepeinigt von Schmerzen …« Eine Grimasse legte sich auf sein verunstaltetes Gesicht. »Selbst die besten Spezialisten für Brandverletzungen konnten nichts ausrichten. Das war der unerträglich hohe Preis, den ich für mein *Glück* bezahlen musste. Bis zu meinem zehnten Lebensjahr wohnte ich bei Onkel Sam und Tante Dina, danach bei Onkel Kent und Tante Kate. Das ging nicht gut, und mit vierzehn kam ich das erste Mal in eine Wohngruppe. Da fing die Hölle erst richtig an. Wenn man aussieht wie ich, hat man kein Leben, das darfst du mir glauben. Ich …«

Es war Mitch anzusehen, wie die Erinnerungen in ihm hochkamen. Unerfreuliche, schmerzhafte Schatten der Vergangenheit.

»Du verstehst, was ich meine. Trotzdem wurde mir ständig eingeredet, ich müsste froh sein, dass ich wenigstens noch lebe. Irgendwann konnte ich es nicht mehr hören. Das Einzige, das ich wirklich noch hatte, war mein Verstand. Und das Internet war ein Segen für mich. Ich konnte für mich selbst sorgen, ohne dass mich jemand zu sehen brauchte. Sobald ich alt genug war, ließ ich meinen Namen ändern. Diesen verfluchten Namen wollte ich nicht länger tragen.«

Jason leckte sich über seine trockenen Lippen. Der Schmerz in seinen auf den Rücken gebundenen Handgelenken wurde immer stärker. Der Strick schnitt in die Haut. Der Lieferwagen fuhr weiter, mit unbekanntem Ziel. Was hatte Mitch vor? Die Frage lag ihm auf der Zunge, doch er stellte sie nicht. Er ließ ihn reden und zwang sich, darüber nachzudenken, wie er entkommen konnte.

»Ich wurde älter«, fuhr Mitch fort. »Ich machte mich auf die Suche nach dem Lastwagenfahrer, der mich zu meinem *Glück* verdammt hatte. Steve Silverstein. Er war zu dreißig Jahren Gefängnis verurteilt worden. 1999 wurde er vorzeitig entlassen. Wenig später wurde er Opfer eines tödlichen Unfalls.«

Mitchs Mundwinkel hoben sich zu einem falschen Lächeln.

»Die Bremsen seines Toyota haben versagt. So steht es im Polizeibericht. Es passierte, als er einen Hang hinunterfuhr, entlang einer tiefen Schlucht. Steve hatte keine Chance. Er verlor die Kontrolle über den Wagen und stürzte in die Tiefe.«

Mitch erzählte es, als würde er einen Artikel aus der Zeitung vorlesen.

Er hatte den Lastwagenfahrer ermordet.

Jason merkte, dass es ihn nicht einmal mehr schockierte. Mitch war von Hass erfüllt. Durch das ihm zugefügte Leid war er verrückt geworden und gewalttätig.

Er fragte sich, wie Mitch die Bremsen an Steves Auto hatte manipulieren können. Hatte er damals schon Hilfe von Doug? Nein, aller Wahrscheinlichkeit nach nicht. Er hatte Doug erst aufgespürt, nachdem Jason von ihm berichtet hatte, und das war während eines der ersten Besuche bei Mitch gewesen.

Dann musste er zu jener Zeit mit einem anderen Auftragskiller zusammengearbeitet haben.

»Nachdem Steve erledigt war, musste noch das Rätsel deines Verschwindens gelöst werden. Sagen wir mal so: Ich habe einfach nicht geglaubt, dass du zu Asche verbrannt sein solltest. Die Theorie hatte weder Hand noch Fuß. Ich war lebend aus dem Auto gekommen, die Überreste unserer Eltern konnte man noch identifizieren, und von dir sollte nichts übrig geblieben sein? Unmöglich!«

Mitch kniff die Augen halb zu und beugte sich nach vorn.

»Ich will noch etwas deutlicher werden. Ich wusste, dass du lebst.«

Jason wollte zurückweichen vor Mitchs drängendem Blick, aber das Reserverad hinderte ihn daran.

»Ich habe es gespürt. Verdammt noch mal, schließlich sind wir eineiige Zwillinge«, sagte er heftig.

Jason öffnete den Mund, um etwas zu sagen, doch er brachte nichts über die Lippen.

»Um es noch deutlicher zu sagen: Ich habe nie daran gezweifelt, dass ich *nicht* allein bin«, fuhr Mitch fort, »Nenn es meinetwegen Glauben. Außerdem hatte ich Träume oder Visionen, und darin sah ich immer wieder eine verschwommene Gestalt, die zu mir zu gehören schien.«

Vielleicht waren es ja nur die Schatten in dem Lieferwagen, aber Jason hatte das Gefühl, Mitch würde immer größer und vor allem bedrohlicher werden.

»Jahrelang habe ich dich gesucht und dich nicht gefunden.«

Mitch kam mit seinem verunstalteten Gesicht Stück für Stück näher. Jason roch den säuerlichen Schweiß, vermischt mit einem anderen Geruch, der ihn an verkohltes Fleisch erinnerte.

»Schließlich landete ich doch noch einen Volltreffer. Dank Google und dem Profil, das ich von dir und natürlich auch von mir ohne …«, Mitch zögerte einen Moment, »… ohne Brandwunden erstellt hatte. Von einem Wissenschaftler des National Forensic Institute habe ich eine Rekonstruktion vornehmen lassen, wie ich heute ausgesehen hätte, wenn Steve Silverstein an jenem Tag nüchtern gewesen wäre. Größe, Haarfarbe, Figur. Selbst meinen IQ habe ich umfassend testen lassen. Ich bin davon ausgegangen, dass er ungefähr deinem entsprechen müsste.«

Er grinste.

»Er liegt bei 129, also ziemlich hoch. Ich habe mich bei der Suche auf Pyrophobie und auf ein Geburtsdatum rund um das unsere herum konzentriert. Am Schluss blieben ungefähr vierzig Personen übrig, die Websites und Foren über Pyrophobie besuchten. In all den Jahren habe ich mit jedem einzelnen dieser Kandidaten Kontakt aufgenommen, habe sie mit meinem Profil verglichen und habe bei den jeweiligen Standesämtern ihre Daten auf Übereinstimmungen hin überprüft. Du hast ja keine Vorstellung davon, was mithilfe des Internets alles möglich ist, vor allem wenn man sich hier und da auch noch reinhacken kann. Irgendwann kamen nur noch vier Männer infrage. Für kurze Zeit habe ich geglaubt, ich hätte ihn endlich gefunden. Ein Mann aus Oakland entsprach ziemlich genau dem Profil, das ich von dir erstellt hatte. In Gedanken setzte ich schon den gesamten Prozess in Gang, den wir jetzt durchlaufen, doch dann kam ich dahinter, dass er es nicht sein konnte. Jetzt blieb nur noch ein Einziger übrig: Jason Evans, der Mann, der auf *ipyrophobia.com* manchmal Beiträge lieferte. Als du mir dein Foto gemailt hast, war ich so gut wie sicher, dass ich diesmal richtiglag.«

Für einen Sekundenbruchteil flackerte in Mitchs Augen ein gelbes Feuer auf.

»Du hast hundertprozentig dem entsprochen, was ich rekonstruiert hatte. Das Ganze war ein teurer Spaß, aber er war jeden Cent wert. Normalerweise arbeitet das Forensische Institut nur für Behörden, aber in meinem Fall haben sie eine Ausnahme gemacht, da sie Verständnis hatten für jemanden, der gerne wissen wollte, wie er ohne seine Verbrennungen ausgesehen hätte. Wie auch immer, es dauerte Jahre, aber am Ende habe ich dich gefunden.«

Mitch lehnte sich zufrieden zurück.

»Und doch war ich immer noch nicht hundertprozentig sicher. Ich konnte einfach nicht glauben, dass ich dich aufgespürt hatte. Auch als ich das eine ganz besondere Merkmal bei dir entdeckte, blieben noch Zweifel.«

Jason legte die Stirn in Falten.

Mitch schwieg wieder. Aber nicht lange.

»Sei mal ehrlich. Siehst du es *wirklich* nicht? Es fiel mir immer stärker auf, vor allem als du das letzte Mal bei mir warst, mit meinen eigenen Fotos. Da musste ich übrigens so tun, als wäre ich zu blöd, ein Grabmal auf einem Friedhof zu finden.«

Der gezeichnete Mann breitete die Arme aus, als sollte er abgetastet werden. Es war wie eine Aufforderung, ihn genau zu betrachten.

Jason tat es. Er kniff die Augen zusammen und sah ihn an, wie er es vorher nie getan hatte. Er setzte seine Fantasie ein und konnte auf diese Weise die Narben wegdenken, auch die Gesichtshaut, die wie eine straff sitzende rote Maske aussah. Mitch bekam eine makellose Haut. Danach fügte er in Gedanken Augenlider hinzu. Lippen. Nase. Ohren. Und, was den größten Unterschied ausmachte, er gab dem kahlen

Mann im Rollstuhl Haare. Seine eigenen üppigen schwarzen Haare.

Jetzt passte alles zusammen, einen kurzen, aber intensiven Augenblick lang.

In seiner Fantasie sah er tatsächlich sich selbst.

Dass dieser Mitch Steve Silverstein ermordet hatte, hatte ihn nicht sonderlich berührt. Aber das hier war zu viel für ihn. Der Moment des Erkennens verflog wie ein Traumbild nach dem Erwachen.

Er sah ihn wieder so, wie er wirklich aussah. Die Ähnlichkeit war verschwunden.

Allerdings nicht ganz. Noch immer gab es Dinge, die identisch waren. Mitchs Gesichtsform unterschied sich nicht von seiner. Das Kinn war auf dieselbe Weise nach vorne gestreckt. Und vor allem: Beide hatten sie in der Kinnpartie dieselbe kleine diagonale Vertiefung. Jetzt erst fiel sie ihm richtig auf.

Mitch folgte Jasons Blick.

»Ja, die kleine Vertiefung in unserem Kinn«, bestätigte er.

Leise fügte er hinzu: »Hast du nie gespürt, dass du nicht vollständig bist. Hat dir nie etwas gefehlt?«

Jason schüttelte den Kopf.

Mitch zuckte mit den Achseln.

»Ach, ich war immer auf der Suche nach dir. Aber du nicht nach mir. Das ist der Unterschied. Spielt aber keine Rolle. Jedenfalls hatte ich trotzdem noch meine Zweifel. Sogar die kleine Vertiefung konnte mich nicht hundertprozentig überzeugen. Ich sage dir jetzt, was mich endgültig davon überzeugt hat, dass du Mike bist. Nein, ich habe nicht nach anderen Übereinstimmungen gesucht, obwohl ich mir sicher bin, dass da noch etliche zu finden wären. Ich habe es anders angestellt ...«

Mitch überlegte kurz. Plötzlich kam ein gackerndes Lachen aus seinem Mund.

»Weshalb soll ich es dir eigentlich erzählen? Du weißt es ja schon.«

»Du hast Chris auf den Zahn gefühlt«, sagte Jason mit ausgedörrter Kehle.

Mitch ballte die Fäuste. »Genau! Doug und ich hätten zu deinem Vater gehen können, oder ich hätte dich über deine Vergangenheit ausquetschen können. Aber als du von Chris erzählt hast, dem einzigen Bruder deiner Mutter, ihrem letzten noch lebenden Familienmitglied, da habe ich entschieden, dass es klüger wäre, ihn aufzusuchen. Schließlich hatte Chris Donna sehr nahegestanden, erst recht in der Zeit um 1977. Es wurde ein äußerst aufschlussreicher Besuch. Bis dahin hatte ich nur wegen der physischen Übereinstimmungen und der Pyrophobie vermutet, dass du Mike bist. Mir war klar, solltest du wirklich Mike sein, dann musste Chris etwas darüber wissen. Die Frage war nur: wie viel? Nun, er wusste alles. Meine Erwartungen wurden weit übertroffen! Alles, was ich dir erzählt habe, weiß ich durch ihn. Und es war nicht mal schwer, es aus ihm herauszuholen. Ich glaube, dass er sein großes Geheimnis mit niemandem geteilt hat. Stell dir vor, mehr als dreißig Jahre lang hat er es für sich behalten! Allerdings ist es so, dass Doug ein Meister darin ist, Menschen zum Reden zu bringen.«

Aber Chris hatte es wohl doch nicht ganz für sich behalten. Mindestens ein Mal musste er Jason gegenüber etwas erwähnt haben, auch wenn er vergessen hatte, was es war. Denn nur das konnte der Grund dafür sein, dass er als Kind die Zeichnung mit den brennenden Gräbern und mit dem Wort *Mapeetaa* auf einem der Grabsteine angefertigt hatte.

»Und danach hast du ihn umgebracht.«

Er hörte, wie normal, wie selbstverständlich seine eigenen Worte klangen, und es tat ihm weh.

Mitch bewegte seinen Kopf leicht hin und her.

»Das auch, ja, natürlich. Ich konnte ihn doch nicht laufen lassen, oder? Übrigens, nicht ich habe es getan. Doug hat ihn aus seiner Not erlöst. Allein hätte ich es ja nicht gekonnt, und für solche Sachen ist er schließlich da. Allerdings war ich derjenige, der die medizinischen Gutachten über seine Krankheit gefunden hat. Chris hatte sie nicht gut genug versteckt. Doug brauchte nur ein bisschen nachzuhelfen, da hat er gestanden, dass er nicht mehr lange zu leben hätte. Erst haben wir ihn erhängt, und dann haben wir einen Abschiedsbrief hinterlassen. Dass das Ganze nach einem Selbstmord aussah, ist uns ganz gut geglückt, glaube ich.«

Jason biss sich erst auf die Unterlippe, dann auf die Oberlippe.

Glühend heiße Wut stieg wie Lava in ihm hoch.

Mitch fuhr ungerührt fort: »So habe ich erfahren, dass du mein tot geglaubter Bruder bist. Aber mir ist auch klar geworden, dass ich überhaubt kein Glück gehabt habe. Im Gegenteil! Du bist das Sonntagskind. Du hast keinen entstellten Körper, du siehst gut aus, du hast eine hübsche Frau, dir fliegt alles zu. Weil du als Erster gerettet wurdest. Ich hätte an deiner Stelle sein können. Ich hätte dein Leben führen können. Dafür ist es jetzt zu spät. Gerechtigkeit werde ich nicht mehr bekommen. Aber Genugtuung. Du wirst leiden, so wie ich gelitten habe. Das habe ich mir einst geschworen, und so wird es kommen.«

Die Glut des Wahnsinns brannte in seinen Augen.

»Weshalb so umständlich?«, schrie Jason vor lauter Wut, vielleicht auch, weil er seine wachsende Angst vor Mitchs letzten Worten zu überdecken versuchte. »Du hast Steve Silverstein,

Chris und Kayla ermordet. Warum hast du mir nicht gleich ein Messer zwischen die Rippen gejagt, wenn du es nicht erträgst, dass es mir besser geht als dir?«

Mitch nickte, so als wäre er von selbst gar nicht darauf gekommen.

»In der Tat hätte ich das tun können. Aber warum? Ich fand es viel interessanter, dich selbst entdecken zu lassen, wer du wirklich bist. Ich habe darüber nachgedacht. Ich habe sogar sehr intensiv darüber nachgedacht. Deshalb die Lüge, dass ich meine Verletzungen als Teenager bei einem Hausbrand erlitten habe. Und dann die Polaroidfotos. Vor Jahren hatte ich einen Betreuer, einen jungen Mann namens Michael Glass, der mich ein bisschen aufmuntern wollte. Er hatte eine Polaroidkamera, machte ein Foto von mir und sagte: *Ich finde dich nicht hässlich. Hässlichkeit hängt nicht davon ab, wie man aussieht, sondern wie es tief in einem drin aussieht.* Dieses blöde Gefasel, du kennst es sicher. Trotzdem habe ich mich daran hochgezogen. Ich habe die Kamera von ihm bekommen, und ich habe sie aufbewahrt. Michael wollte mir zeigen, wer ich bin. Und da habe ich beschlossen, sie jetzt einzusetzen, um dich erkennen zu lassen, wer du in Wirklichkeit bist: Mikey Chawkins, laut offiziellem Protokoll tot und bestattet, gestorben am 18. August 1977.«

Wieder kicherte Mitch. »Ich habe mich gebauchpinselt gefühlt, dass die Fotos so viel bewirkt haben, dass du sogar mich um Rat gefragt hast. Aber mir ist es um mehr gegangen als nur das psychologische Spiel. Ich wollte dich fühlen lassen, wie es ist, wenn man ganz allein dasteht, wenn einem das Liebste genommen wird. Als du in San Francisco gesagt hast, du hättest etwas gefunden, da habe ich den nächsten Schritt unternommen. Bevor ich Rache nehmen würde an dir, wollte ich dich den Tod von Kayla fühlen lassen.«

Jason schloss die Augen. Wieder verließen ihn die Kräfte. In seinem Innern baute sich die Trauer zu einer riesigen Flutwelle auf.

»Meine Geschichte ist fast zu Ende«, sagte Mitch. »Als sich herausgestellt hat, dass Kayla überlebt hatte, habe ich Doug ins Krankenhaus geschickt. Er hat dich zu mir gebracht, bevor du zu mir kommen konntest.«

Er zuckte mit den Achseln. »Das ist es dann. Mehr gibt es nicht zu berichten.«

Jason sah Kayla vor sich. Sie stand, ganz in Weiß gekleidet, auf einer grünen Wiese, es war ein strahlend heller Tag, irgendwo war auch Ralph. Und Donna. Und Chris. Doch Kaylas Gesicht strahlte nicht. Ihre Augen waren dunkel. Es war der Blick jenes Augenblicks, als er sie zum letzten Mal gesehen hatte. Sie waren im Streit auseinandergegangen, und der hatte sie weiter voneinander getrennt, als er es sich in seinem schlimmsten Albtraum hätte vorstellen können.

Der Streit war ihr Abschied gewesen.

Die Flutwelle brach über ihm zusammen.

32

Allerletzte Ruhe

Aus pechschwarzer Dunkelheit rollen Feuerwalzen heran. Das Inferno wird rasend schnell größer; flammende Zungen kriechen um ihn herum, das Feuer ballt seine glühend heißen Fäuste. Er kann sich nicht bewegen. Die Flammen knistern neben ihm, unter ihm, beugen sich über ihn. Dann verändern sie sich, nehmen Form an, werden zu einer Gestalt. Das brennende Wesen hat ein Gesicht. Es ist Donna Evans, geborene Campbell. Sie ist das Feuer, und sie streckt ihre lodernden Arme nach ihm aus. Doch sie berühren ihn nicht, sie gleiten an ihm vorbei. Sein Blick verfolgt ihre Hände, und jetzt erst sieht er, wer neben ihm sitzt. Es ist Mitch. Nicht mehr entstellt, sondern er gleicht ihm wie ein Ei dem andern.

Dieses Mal rettet sie mich, *hört er ihn knurren, schleppend, über das wütende Rasen des Feuers hinweg.* Dieses Mal bleibst du zurück, Mawkee!

Dann ist Mitch weg, genau wie die brennende Donna.

Doch warum ist das Feuer immer noch da?

Er kann ihm nicht entkommen. Er ist Beute der Flammen, und die Feuerfäuste treffen ihn mitten ins Gesicht, wie funkelnde Hämmer. Die Schmerzen sind fürchterlich. Sein Haar verglüht. Die Nase, lichterloh brennend, fällt zu Boden. Er schlägt die Hände vors Gesicht und hält plötzlich ein verkohltes Ohr zwischen den Fingern.

Er schreit noch lauter …

Er spürte, dass er schrie und dass da nicht wirklich ein Feuer war. Er öffnete die Augen.

Mitch, noch immer das halb fertige Frankenstein-Monster, schaute ihn an. Und er selbst saß nach wie vor im Lieferwagen, an Händen und Füßen gefesselt. Anscheinend war er eingenickt. Wie war das möglich?

Da erinnerte er sich, dass seine letzten Gedanken auf Kayla gerichtet waren, und das war zu viel für ihn gewesen. Er war in eine Ohnmacht geflüchtet, in das Vergessen.

Und dann war er mitten im Albtraum aufgewacht. Er sah direkt in den lidlosen Blick von Mitch, von jenem Mann, der beschlossen hatte, dass Kayla sterben musste.

Mitch schüttelte den Kopf und wandte den Blick ab. Jason nutzte die Gelegenheit und versuchte zum soundsovielten Mal, sich von den Fesseln an Händen und Füßen zu befreien. Sofort schoss ihm ein höllischer Schmerz in die Glieder, sodass er gerade noch einen Schrei unterdrücken konnte. Er stieß die Luft durch die Nase aus. Schweiß brach ihm aus allen Poren. Benommen begann er zu würgen, als stünde er in stürmischer See auf einem Schiff und als hätte er gerade einen Schlag von einem Mast abbekommen.

Dennoch gab er nicht auf, er durfte nicht kapitulieren.

Er machte weiter und wollte lieber nicht daran denken, wie blutig und aufgescheuert seine Handgelenke inzwischen sein mussten.

Draußen war es inzwischen Abend geworden. Vielleicht schon Nacht.

Und noch immer fuhr Doug weiter.

Schließlich hielt der Lieferwagen. Doug glitt von seinem Sitz, die hinteren Türen wurden aufgezogen. Jason blickte in einen nachtschwarzen Himmel. Wie spät mochte es sein? Wo waren sie? Er wusste es nicht.

Doug tauchte wieder auf. Hinter dem grellen Licht einer Taschenlampe, die er in einer Hand hielt, sah er aus wie eine teuflische Silhouette.

Jason hustete. Seine Kehle war staubtrocken, er hatte unerträglichen Durst.

Doug zerrte ihn an den Beinen von der Ladefläche. Jason glitt über den Rand. Da er erwartete, jeden Moment auf einen harten Untergrund aufzuprallen, biss er die Zähne aufeinander. Schon fuhr ihm ein folternder Schmerz durch seine Knochen. Er wollte keinen Laut von sich geben, doch es gelang ihm nicht. Er brüllte auf und fluchte.

Doug lehnte sich über ihn hinweg in den Laderaum, sah sich darin um und griff nach irgendetwas. Jason wusste nicht, was es war, bis Doug es ihm auf die linke Wange klebte und es mit einem Ruck über den Mund bis zur rechten Wange zog. Klebeband.

Er lag jetzt mit dem Rücken auf der harten Erde. Schmerzen vernebelten jeden Gedanken.

Doug holte noch etwas anderes aus dem Laderaum. Ein brauner Jutesack fiel neben Jason auf die Erde. Inzwischen rappelte sich Mitch aus seinem Rollstuhl hoch. Wankend und gebeugt schlurfte er nach vorne.

»Hilf mir mal«, rief er Doug zu. Der breitschultrige Mann drehte sich um, fasste Mitch unter den Achselhöhlen, hob ihn hoch, als hätte er das Gewicht einer Feder, und setzte ihn auf der Erde ab.

»Brauchst du deinen Rollstuhl?«

»Nein«, sagte Mitch. »Hier kann ich mich damit nicht bewegen. Ich schaffe es schon. Kümmer du dich lieber um ihn.«

Doug nickte. Jetzt fasste er Jason unter den Achseln und schleppte ihn vom Lieferwagen weg. Mitch folgte ihnen und leuchtete mit der Taschenlampe auf den Weg. Doug war alles andere als feinfühlig, und Jason fürchtete schon, er würde ihm die Arme aus den Gelenken reißen. Er jaulte auf, doch hier war niemand, der ihn hören konnte. Außerdem verhinderte das Klebeband, dass er laut schreien konnte.

Doug schleifte ihn mit, als wäre er schon eine Leiche. Seine Hacken hinterließen Spuren im Sand. Jetzt erkannte er die Umgebung wieder, trotz der Dunkelheit. Er sah die Pfeiler eines hohen Tores. Zu beiden Seiten Eichen, wie riesige Wächter.

North Gate, Saint James Cemetery. Warum hatten sie ihn hierher gebracht? Mitchs schleppende Stimme hallte in seinem Gedächtnis wider.

Rache nehmen.

Das Blut von Steve Silverstein, Chris Campbell und Kayla klebte an seinen Händen. Was hatte er mit ihm vor? Eine Flucht schien ausgeschlossen. Noch einmal versuchte er, seine Hände zu befreien. Wieder war es, als würde man ihm mit einem Messer ins Fleisch schneiden. Seine Handgelenke fühlten sich feucht an; das konnte nur sein eigenes Blut sein.

Doug schleppte ihn weiter, vorbei an Dutzenden, an Hunderten von dunklen Umrissen von Grabsteinen. Der Mond warf eine silberne Glut auf den Boden. Es musste zwei oder drei Uhr morgens sein.

Vor einem Grab wurde er abgelegt. Mitch beleuchtete den Grabstein.

Es war das Grab der Chawkins. Die Namen Robert, Amanda und Mike erschienen in einem Kreis aus schneeweißem Licht.

»Pass auf ihn auf«, sagte Doug. »Ich hole den Rest.«

Er machte sich wieder auf den Weg. Jason war allein mit seinem Bruder.

»Was, glaubst du, wird jetzt wohl passieren?«, fragte Mitch.

»Warum sagst du es mir nicht?«

Mitch grinste. »Fang schon mal an, dich zu verabschieden. Dein Name steht auf dem Stein. Nur du selbst liegst noch nicht darunter.«

Jason riss die Augen auf.

»Du willst mich begraben? In meinem eigenen Grab?«

Mitch gab wieder ein gackerndes Lachen von sich. Es stieg in den nächtlichen Himmel empor wie das Heulen eines Wolfs. Nein, wie das eines Dämons.

Doug kam mit dem Jutesack zurück, aus dem die Stöcke ragten, und mit dem Strohballen. Die Stöcke gehörten zu bestimmten Gerätschaften, zu einer Spitzhacke, einem Spaten und einer Schaufel. Er spuckte in die Hände, rieb sie aneinander und begann, die Grasfläche mit der Hacke zu bearbeiten.

Auch Mitch beschäftigte sich. Er holte einen kleinen Stock aus dem Jutesack, steckte ihn neben dem Grab in die Erde, ging so weit wie möglich zurück und hielt dann mit ausgestrecktem Arm ein brennendes Streichholz daran. Die Spitze des Stocks entzündete sich. Es war eine Fackel. In ihrem Schein sah Jason, wie Mitchs Narben sich bewegten, als würden Würmer unter seiner Haut herumkriechen. Auch Mitch hatte Angst vor dem Feuer, aber längst nicht so stark wie Jason. Doug wühlte derweil die Erde des Grabes auf, und er, Jason, sollte darin zur ewigen Ruhe gebettet werden.

Ich bin tot.

Noch nicht. Nein, noch nicht. Doch die Zeit wurde knapp. Mitch und Doug wollten vermutlich vor dem Morgengrauen verschwunden sein. Bis dahin musste das Grab wieder zugeschaufelt sein, mit ihm darin, und sie würden keine Spur hinterlassen wollen.

Er zerrte wie ein Besessener an den Stricken. Es nützte nichts, die brennenden Schmerzen wurden nur noch unerträglicher. Mitch drehte sich zu ihm um und grinste ihn an.

Jason zog, ruckte, riss. Er war der Ohnmacht nahe und versuchte seine Schmerzen hinauszubrüllen. Schwarzer Nebel bildete sich vor seinen Augen, und er hörte auf, weil er Angst davor hatte, das Bewusstsein zu verlieren. Tränen flossen ihm übers Gesicht.

Inzwischen hatte Doug den Spaten genommen und machte das Loch tiefer. Er arbeitete schnell, viel zu schnell. An den Rändern des Grabes wuchsen die Sandberge höher und höher. In zwei oder drei Metern Tiefe würde er auf die vermoderten Särge seiner Eltern stoßen, doch so tief würde Doug wahrscheinlich nicht graben. Das war auch nicht nötig. Ein Meter, höchstens anderthalb reichten aus. Seine Leiche würde in das Loch geschmissen werden, und niemand würde ihn finden. Jason wäre für immer verschwunden, in seiner eigenen letzten Ruhestätte.

Doug war fertig. Er kletterte aus dem Grab. Dann riss er den Strohballen auf und verteilte ihn auf dem Sandboden des Grabes. Kalte Finger streiften über Jasons Rücken. Mit übermenschlicher Kraft zwang er sich, ruhig zu bleiben.

Mitch griff nach der Fackel. Der verunstaltete Mann blickte wieder ängstlich auf die Flamme und dann auf Jason. Doch seine Stimme klang fest, fast feierlich.

»Vor fast zweiunddreißig Jahren wurde ein Grab für dich gegraben. Du bist ihm entronnen. Bis zum heutigen Tag.«

Die Fackel spiegelte sich wie eine bestialische Glut in seinen Augen.

»Es steht geschrieben, dass du verbrannt bist und danach begraben worden bist, in diesem Grab. So steht es geschrieben, und so soll es geschehen.«

Doug Shatz stand mit hochgekrempelten Ärmeln daneben. Sein Gesicht war schmutzig grau von Schweiß und Sand. Mitch hob die Fackel langsam über den Kopf und schloss die Augen. Er schien ein Gebet zu sprechen.

Jason wusste, was geschehen würde. Er stieß mit den Hacken nach hinten aus, wie ein eingezwängtes Tier, das sich verweifelt gegen die Gitterstäbe wirft, wenn es spürt, dass der Schlachter kommt. Es war nutzlos. Er würde einen furchtbaren Tod sterben, den Tod seiner Albträume.

Mitch ließ die Fackel wieder sinken. Sein Gebet, oder was es auch gewesen sein mochte, war zu Ende. Mit der brennenden Spitze der Fackel wies er auf Jason.

Er würde ihn anzünden. Er würde es *wirklich* tun.

Ein tierischer Schrei, ein Urschrei presste sich aus seiner Lunge. In seinen wild durcheinanderwirbelnden Gedanken konnte nicht einmal das Klebeband den schneidenden Schrei zum Verstummen bringen. Wie ein Besessener versuchte er, sich freizukämpfen. Glieder und Rumpf zuckten, Schweiß schoss ihm aus allen Poren. Das Klebeband nahm ihm den Atem.

Mitch schwenkte den flammenden Tod, als würde er eine angezündete Flagge in der Hand halten. Aus lauter Erregung blähte er die Wangen auf, doch seine Augen waren leer und kalt wie das Universum.

Jason knurrte, rüttelte, krümmte sich. Der Schweiß biss in den Augen. Er hatte das Gefühl, seine eigenen Zähne zu zermalmen, denn in seinen Ohren hörte er ein Knirschen, als würden Knochen zersplittern.

»Leg ihn ins Grab«, sagte Mitch leise, und es war dennoch deutlich zu hören.

Doug beugte sich zu Jason hinunter, fasste ihn wieder unter den Achseln und schleifte ihn zum Grab. Jason wehrte sich, versuchte mit allen Mitteln, dem eisernen Griff zu entkommen, doch Doug hielt ihn mühelos fest und zog ihn ins Loch hinunter, auf das Stroh, in das frisch ausgehobene Grab unterhalb des verwitterten Grabsteins der Chawkins mit seinem wirklichen Namen darauf. Doug kletterte wieder aus dem Grab.

Jason lag jetzt ungefähr einen Meter unterhalb der Erdoberfläche, nur wenig oberhalb der Gebeine seines Vaters und seiner Mutter.

Durch einen Tränenschleier schaute er einen Moment starr zum nächtlichen Himmel empor. Dann begann er wieder zu knurren und zu kämpfen; sein Herz pochte wie wild. Unter ihm schienen Skeletthände aus dem Sand zu wachsen, kalte Knochen, die nach seiner Haut griffen.

Er spürte keinen Schmerz mehr, die Grenze war überschritten, sie hatte sich aufgelöst. Erinnerungen zogen an ihm vorbei. Kaylas Lachen. Ihre perlweißen Zähne, ihre glitzernden Augen, ihr süßer Duft. Sie streichelte ihn und sagte ihm, dass sie ihn liebe. Ihr erster Kuss, auf dem Sunset Boulevard, im Schein des Mondes. Das erste Mal, als sie sagte, er sei alles für sie; das war nach einer anderen Nacht, im gebrochenen Rot der Morgendämmerung über der schäumenden Brandung von Venice Beach. Und noch weiter zurück. Edward, der mit ihm spielte, ihm einen Ball zuwarf, nach dem er sprang, als er noch ein kleiner Junge war. Donna war auch dort, sie lachte, klatschte in die Hände, und das frische Grün badete in der Sonne.

Noch weiter zurück.

Er ist wieder ein Baby. Donna steht in der Wüste, neben einem Auto, aus dem schwarze Rauchwolken und Flammen durch die geplatzten Fenster züngeln. Tödliche Flammen. Ihr Gesicht ist bedeckt mit Ruß und Tränen, die Hand hat sie vor den Mund gepresst, die Augen quellen hervor, sie steht unter Schock. Dann dreht sie sich um, zu ihm, er liegt dicht neben ihr im Sand, und er entdeckt außer ihrer Trauer auch Erleichterung und Freude in ihrem Gesicht, dass wenigstens er noch da ist; und er sieht ihre Liebe, die Liebe, die sie beide sofort verbindet. Er will zu ihr kriechen, sie berühren, doch das geht nicht. Er kann es nicht, etwas hindert ihn. Doch er muss sie berühren. Das verleiht ihm Kraft, und er nutzt diese Kraft, alle Kraft, die in ihm steckt, die er aus den tiefsten Tiefen seines Innern holt, die er aus etwas schöpft, das noch größer und großartiger ist als seine Mutter. Plötzlich hat er die Hände frei. Auch an seinen Fußgelenken ist noch etwas, und mit seinen Händen greift er danach. Es schmerzt, es schmerzt entsetzlich, aber er reißt es auseinander, und danach kann ihn nichts mehr halten, und er streckt seine Hände nach ihr aus. Donna lacht über ihre Tränen hinweg und flüstert, dass sie ihn liebt. Er ist ihr Kind, für immer. Sie verschwimmt, verschwindet. Wie das brennende Auto, wie die Wüste. Er begreift, wo er jetzt ist.

Und die Nacht kehrte zurück.

Er konnte Arme und Beine wieder bewegen; er hatte sich von den Stricken befreit. Über ihm, am Rand des Grabes, stand Mitch mit der brennenden Fackel.

»Beeil dich!«, rief Doug neben ihm. Seine Stimme klang unwirklich, auf seltsame Weise hohl, weit weg. *»Zünde ihn an!«*

Noch immer spürte er Donna, doch es wurde weniger, es war immer weniger *da*. Er kam hoch, stützte sich auf Hände und Fußspitzen, duckte sich wie eine Wildkatze, die in die Enge getrieben wird.

Mitch stieß einen gurgelnden Warnschrei aus, und im selben Augenblick sprang Jason hoch. Fast wäre er mit den Händen am Rand abgerutscht, aber er schaffte es.

Doug griff nach der Spitzhacke. Jason war bei ihm, seine Hände umklammerten den Stiel, und für den Bruchteil einer Sekunde traf ihn der Blick seines Feindes. Dann fauchte er wie ein Raubtier, entriss ihm die Waffe und schlug die Spitze mit voller Wucht in den Bauch des riesigen Mannes.

»Umpf« war das Letzte, was Doug noch von sich geben konnte. Er presste die Hände auf den Magen und starrte mit weit aufgerissenen Augen auf das Blut, das hervorquoll. Er sackte in die Knie und stürzte langsam um, wie ein gefällter Baum.

Ein Feuerregen schoss an seinem Gesicht vorbei. Mitch hatte mit der Fackel nach ihm geschlagen. Jason fletschte die Zähne, und ein animalisches Grunzen entrang sich seiner Kehle. Er spürte nur noch den Wunsch, seinem Widersacher Arme und Beine aus dem Leib zu reißen.

Mitch holte noch einmal zum Schlag mit der Fackel aus, doch Jason konnte ausweichen. Er sprang ihn sofort an und hob ihn knurrend hoch. Mitch hing in seinen Armen, die Beine zappelten über dem Boden, und in der Hand hielt er die Fackel, die brennende Spitze nach unten gerichtet. Er streckte die freiliegenden Zähne nach vorne, als wollte er versuchen, Jason zu beißen.

»Mike …«

Es klang wie ein gequältes Röcheln.

»Mitch«, hörte er sich selbst sagen.

Die Zwillingsbrüder waren wieder vereint, zusammen mit dem Feuer.

Jason hob den entstellten Mann noch höher. Wieder schwenkte Mitch die Fackel, verfehlte Jason aber auch diesmal.

Der stieß ihn von sich, und Mitch schwebte durch die Luft. Mit einem dumpfen Schlag landete er im Grab, direkt neben der Fackel. Rauch stieg auf aus dem Stroh, die Flammen leckten an Mitchs Körper, der sich wie wild krümmte, krochen unter und über ihn, schossen in die Höhe.

Er brüllte. Er kreischte. Die Schreie zerrissen die Stille der Nacht.

Jasons Beine knickten weg und er sackte zu Boden. Der Schmerz folterte ihn. Er hob den Kopf und blickte auf seine Hände. Die Handgelenke bluteten, und in seine Fingerspitzen schienen Nadeln zu stechen. Zitternd betrachtete er seine Hände. Die meisten Fingernägel waren abgebrochen. Aus den offenen Wunden tropfte Blut. Er riss den Mund weit auf. Jetzt gab es kein Klebeband mehr, das seinen wilden Schrei zurückhalten konnte.

Jason kroch weg von dem breitschultrigen Mann, in dessen Bauch das spitze Ende der Spitzhacke steckte. Dougs Augen und Mund waren noch aufgerissen. Der abgebrochene Schneidezahn war rot gefärbt, genau wie die anderen Zähne, die Lippen und das Gesicht. Blutspritzer bedeckten sein Haar.

Taumelnd kam Jason wieder auf die Füße. Er roch verbranntes Fleisch und hörte knisterndes Feuer. In dem offenen Grab lag sein Bruder, der jetzt für immer still sein würde, das Gesicht der Erde zugewandt. Flammen versengten ein Bein, einen Arm und seinen kahlen Schädel. Die Fackel ragte unter seinem Bauch hervor.

Orangegelbes Feuer tanzte seinen Totentanz um ihn herum.

33

Rückweg

Seit dem Drama auf dem Saint James Cemetery waren Wochen vergangen. Jeden Tag aufs Neue frischte Jason schöne Erinnerungen an Kayla auf. Es galt, Bücher zu füllen mit unvergesslichen Ereignissen, mit Dingen und Gesten, die er in seinem Gedächtnis sammelte. Die erste Begegnung im *Duchess*. Die Verabredungen danach, der erste Kuss. Das gemeinsame Wohnen, das Einrichten des Hauses. Die Reisen nach Utah, Arizona und Nevada. Der Hochzeitstag. Als sie vor dem Traualtar gestanden hatten und Pfarrer Jeremy Hofmeister gefragt hatte, ob er sie zur Frau nehmen wollte, da war er der glücklichste Mann auf der Welt gewesen. Er hatte es kaum fassen können, dass er diese Frau künftig seine Gattin nennen durfte.

Anfangs drehten sich die meisten Gespräche um Kayla. Brian Anderson kam zu Besuch und offenbarte unvermutete väterliche Seiten. Der Urlaub kam und ging vorüber, und als er wieder auf der Arbeit erschien, maulte Babs nicht, belästigte ihn Carol nicht mehr mit ihren Sorgen, und Tony zeigte sich sogar etwas gesprächiger als üblich.

Mit der Zeit merkte Jason allerdings, dass das Interesse bei allen allmählich nachließ. Alte Gewohnheiten meldeten sich zurück. Die Menschen beschäftigten sich mit den eigenen Dingen und Problemen des Alltags.

Das konnte man niemandem verübeln; es war normal, und auch er musste nach vorne schauen. Natürlich würde es weitergehen, doch seine Situation hatte sich grundlegend verändert.

Es würde nie mehr so werden wie früher.

Über *eine* Veränderung hatte er sich am meisten gewundert.

Als er schließlich nach dem tagelangen polizeilichen Nachspiel der Nacht auf dem Saint James Cemetery nach Hause gekommen war, war er nicht etwa gleich todmüde ins Bett gefallen. Als Erstes war er unter die Dusche gegangen. Damit hatte er noch seine liebe Mühe gehabt, da seine verletzten Hände bandagiert waren.

Anschließend hatte er sich auf die Suche nach einer Kerze gemacht. Er wusste, dass Kayla welche auf dem Dachboden aufbewahrt hatte. Sie hatte sich nicht von ihrer Sammlung trennen wollen, und das hatte vor allem mit ihrem Abscheu gegen jede Form von Verschwendung zu tun. Daher hatte sie die schönsten Exemplare, die sie früher einmal für Festlichkeiten gekauft hatte, in ein Tuch gewickelt und auf den Dachboden gebracht.

Dort hatten sie mindestens schon drei Jahre gelegen. An jenem Tag aber hatte Jason sie nach unten geholt und eine besonders schöne und große Kerze angezündet. Er hatte in die Flamme geschaut und war ganz ruhig geblieben, ohne jede Spur von Aufregung in seinem Kopf oder in seinem Körper. Er hatte sie lange betrachten können, und es hatte ihm nichts ausgemacht.

Seine Pyrophobie schien also der Vergangenheit anzugehören.

Mindestens eine Stunde lang hatte er in die Flamme gestarrt und währenddessen seinen Gedanken freien Lauf gelassen.

Dann hatte er die Kerze ausgeblasen, die Augen geschlossen und gebetet.

Es war der 6. September. Ein Sonntag. Um sieben Uhr stand er auf, duschte, frühstückte und unternahm eine kurze Wanderung. Um halb neun saß er in seinem LaCrosse CX und fuhr los. Der Buick war nach der Reparatur wie neu. An Werktagen brauchte er für die Fahrt eine Stunde, an diesem Tag mit kaum Verkehr zwanzig Minuten weniger. Daher konnte er seinen Wagen schon um zehn nach neun auf dem Parkplatz des *Thurber Institute* abstellen.

Es war ein großes, langweiliges Gebäude. Ein viereckiger Klotz aus beige gestrichenem Beton. Nur der Garten war einen längeren Blick wert. Außer Palmen wuchsen dort beiderseits der kleinen Wege Obstbäume. Äpfel, Mangos und Guaven hatte er dort schon entdeckt. Außerdem gab es Hortensien und Rhododendren.

Jason betrat das Gebäude und ging durch die üblichen Gänge bis zu dem vertrauten Zimmer. Er öffnete die Tür, und dort saß sie in ihrem Rollstuhl am Fenster. Sie sah ihn, legte ihr faustdickes Taschenbuch zur Seite – sie hatte vorgestern *Duma Key* von Stephen King zu lesen begonnen – und begrüßte ihn mit einem matten Lächeln.

»Guten Morgen!«, sagte er und küsste sie.

»Morgen.«

Sie wirkte noch immer zerbrechlich, und das war sie auch. Die körperlichen Wunden heilten langsam, aber stetig. Es grenzte ohnehin an ein Wunder, dass sie überlebt hatte. In den ersten Stunden nach Dougs Überfall hatten ihr die Ärzte so gut wie keine Chance gegeben. Als Jason Stunden später um sein eingenes Leben kämpfte, war er überzeugt gewesen, Kayla wäre inzwischen gestorben. Zu Mitch hatte er gesagt, sie wäre schon längst tot, denn sonst hätte der Doug noch mal losgeschickt, um sie umzubringen. Zweifellos hätte er das auch getan, wenn nicht er die Nacht auf dem Saint James Cemetery überlebt hätte, sondern die beiden anderen.

Kayla lebte noch. Aber psychisch war sie noch lange nicht gefestigt.

Wenn die Leute ihn fragten, wie es ihr ging, sagte er immer, es gehe ihr besser, sie mache Fortschritte. Nur mit ihren Eltern und mit seinem Vater sprach er darüber, wie es wirklich um sie stand, wie sehr sie sich verändert hatte. Sie war nur noch ein Schatten ihrer selbst. Natürlich war sie noch Kayla, doch ihre Spritzigkeit, das Funkeln in ihren Augen, ihre Seele – all das, was sie zu dem gemacht hatte, was sie war, – existierten nicht mehr.

Die Kayla, die in dieser Rehaklinik untergebracht war, war still und machte einen abwesenden, müden Eindruck. Sie zeigte an nichts und niemandem Interesse. Nicht an den Übungen, die sie unbedingt machen musste, um wieder gesund zu werden, und auch nicht an den Menschen, die sie liebten.

Ihr schien alles gleichgültig zu sein.

»Hast du gut geschlafen?«, fragte er.

»Ach, geht so.«

Sie war schon wieder woanders. Ihr Blick glitt zum Fenster und in den Garten, in den sie den ganzen Tag schauen konnte, dann zum Taschenbuch auf ihrem Schoß, schließlich zu Jason. Die Leere in ihren Augen tat ihm weh. Ebenso gut hätte sie auch ein Schild um ihren Hals tragen können: TUT MIR LEID, BEWOHNER VERZOGEN, DIESER KÖRPER WURDE VERLASSEN.

Er erzählte ihr, was er getan hatte, seit er sie zuletzt gesehen hatte. Das war gestern Abend gewesen, folglich gab es nicht viel zu berichten. Dann fragte er sie, wie es ihr gehe.

»Es geht«, sagte sie achselzuckend.

Er zog einen Stuhl heran und setzte sich. »Wann reden wir miteinander?«

Sie schaute ihn an, als hätte sie ihn nicht verstanden.

»So kann das nicht weitergehen, Kayla.«

Sie wandte ihren Kopf ab. »Ich will das hier nicht mehr.«

Bis jetzt hatte er sich vernünftig und verstandnisvoll verhalten. Während der ersten Tagen, als er in Mount Peytha City von den Kriminalbeamten vernommen wurde, war ihr Überleben das Wichtigste gewesen für ihn. Es war ein Kampf auf Leben und Tod gewesen. Das Ärzteteam vom Pacific Valley Hospital, das ihr das Leben gerettet hatte, hatte sie schon fast aufgegeben. Das hatte Jason im Nachhinein von John Havemann erfahren, jenem Chirurgen, der einen Lorbeerkranz dafür verdient hatte, dass er sich heute überhaupt um ein Gespräch mit Kayla bemühen konnte. Eine Minute lang hatte das Herz ausgesetzt, und sie hatte klinisch tot auf dem Operationstisch gelegen.

Ja, dass sie noch da war, war anfangs mehr als genug gewesen. Als sich in den folgenden Tagen die Furcht vor einem Rückschlag als unbegründet erwiesen hatte, war auch das mehr als genug gewesen. Kayla hatte zwar von Kopf bis Fuß bandagiert im Krankenhausbett gelegen, die Augen geschlossen, das Gesicht geschwollen, doch all die Zeit, die er sie so hatte sehen müssen, hatte er immer gedacht: *Es wird wieder gut, die Ärzte sagen, es wird alles wieder gut, selbst die Narben werden verschwinden, zumindest so gut wie.*

Das Hauptproblem waren ihre Beine. Das Rückenmark war durch Dougs Messer beschädigt worden. Ob sie je würde laufen können wie früher, war ungewiss. Daran hatte sich nichts geändert. Alles hing von der Therapie ab und davon, wie sehr sie selbst zu kämpfen bereit war.

Und genau hier lag das Problem, fünf Wochen nach der Horrornacht. Sie machte überhaupt nicht den Eindruck, als wollte sie sich dafür quälen. Schlimmer noch, es schien so, als wollte sie sich für *gar nichts* mehr quälen.

Jason hatte ihre Betreuer im *Thurber Institute* gefragt, wie er damit umgehen sollte. Er hatte ein langes Gespräch mit Jacob Beccerra und Jean Curtius geführt, und die beiden waren der Meinung gewesen, allmählich wäre es Zeit für eine härtere Gangart. Ihr Zustand war stabil, sie machte keine Rückschritte, aber sie machte auch keine Fortschritte. Kayla saß irgendwie fest. Die Frage war, was es war, das sie festhielt. Wenn es nicht bald einen Durchbruch geben sollte, hielten Jacob und Jean es für ratsam, einen Psychologen oder sogar einen Psychiater einzuschalten. Je länger es dauerte, den mentalen Schalter umzulegen, desto größer war die Wahrscheinlichkeit, dass sie zeit ihres Lebens an den Rollstuhl gefesselt blieb.

Er sah, wie sie mit sich selbst kämpfte, der Daumen schnipste wieder über ihren Zeigefinger, und es verging geraume Zeit, bis sie antwortete.

»Ich weiß nicht. Mir fehlt einfach die Energie. Mein Kopf ist voller Watte. Das alles interessiert mich nicht. Nichts fesselt mich. Ich kann auch nichts dafür.«

Kayla hatte dunkle Ringe unter den Augen. Es sah aus, als hätte sie eine Woche lang nicht geschlafen.

»Du könntest mit einem kleinen Schritt beginnen. Das wäre doch schon was. Der Rest kommt dann von allein.«

»Später, jetzt noch nicht.«

Das war nicht Kayla, das war nicht seine unternehmungslustige Frau. Ja, ihr Körper war zurückgekehrt aus dem Totenreich, aber nicht ihre Seele. Die schien im ewigen Jenseits geblieben zu sein.

»Möchtest du denn nicht, dass es dir besser geht, Kayla?«

Sie starrte auf den Fußboden. Müde zuckte sie mit den Achseln.

»Ich bitte dich. Jacob und Jean bitten dich auch. Wir alle sprechen dir Mut zu. Trotzdem tust du nichts.«

Kayla schwieg weiter.

Er beschloss, es anders anzugehen. Wenn es auf die liebevolle Art nicht funktionierte, dann würde er es eben mit der Brechstange versuchen. Er hasste das, und sie würde ihn hassen deswegen, doch allmählich gab es keine andere Möglichkeit mehr, sie aus ihrem Schneckenhaus herauszuholen.

Er konnte nur hoffen, dass er den richtigen Entschluss gefasst hatte.

»Du liebst niemanden.«

»Was?«

Plötzlich schaute sie ihn mit weit aufgerissenen Augen an.

»Wir alle reden mit dir, und du stellst dich taub. Was meinst du wohl, wie lange wir das noch aushalten?«

»Warum bist du so gemein zu mir?«

Tränen schossen ihr in die Augen. Jetzt musste er hart bleiben, um sie aus ihrer Passivität zu locken. Es war ja zu ihrem Besten.

»Wenn du nicht darum kämpfst, dass es dir besser geht, Kayla, dann bist du es auch nicht wert, dass andere für dich kämpfen«, sagte Jason kalt.

Sie starrte ihn an wie ein unschuldiges Kind, das nicht wusste, weshalb es eine Ohrfeige bekommen hatte. Jason versuchte konsequent zu bleiben, doch er fühlte, wie ihn die Kraft verließ. Wie bei einem Ballon, aus dem die Luft entweicht. Neue Schuldgefühle überschwemmten seine Gedanken.

Vor ein paar Tagen hatten Jacob und Jean ihm die Situation eindringlich geschildert. Und er hatte versprochen, mit allen Mitteln zu versuchen, zu ihr vorzudringen. Wenn das nicht half, sollte in der kommenden Woche die Psychotherapie beginnen. Er hatte nichts dagegen.

Nach dem Gespräch mit Jacob und Jean hatte er vorsichtig probiert, das Eis zu brechen. Es war vergebene Liebesmüh gewesen. Alles, was er erreicht hatte, war ihre Zusage, dass sie wirklich anfangen wollte. Bald. Das war Freitag gewesen. An jenem Tag war er voller Hoffnung nach Hause gefahren. Gestern jedoch hatte er feststellen müssen, dass sie ihm nicht die Wahrheit gesagt hatte. Sie hatte ihn nur abgewimmelt.

Heute war ein neuer Tag, und jetzt galt es, mit weniger subtilen Mitteln zu Werke zu gehen.

»Du hast keine Lust? Dann sieh zu, dass du möglichst bald welche hast!«

Es klang härter, als sie erwartet hatte. Härter auch, als er es für möglich gehalten hatte.

Sie sah ihn fragend an.

»Morgen fängst du mit der Therapie an, Kayla!«

Es ist doch nur zu deinem Besten, hätte er am liebsten hinzugefügt, doch er schluckte es herunter. Sie musste es einfach tun. Wenn er sie jetzt nicht wie ein kleines Kind behandelte, war sie für immer an den Rollstuhl gefesselt. Was sie jetzt leider brauchte, war ein wohlgemeinter Klaps auf den Hintern. Und wenn er ihr den nicht gab, konnte sie es ihm – zu Recht – ewig vorwerfen. Er war ihr Mann, in guten wie in schlechten Zeiten.

»Warum lässt du mich nicht in Ruhe, Jason?«

»Weil ich es nicht kann.«

»Ich bin noch nicht so weit.«

Es klang wie ein Flehen.

»Du kannst es nicht länger hinausschieben. Oder ist es was anderes? Passt dir irgendwas nicht? Du kannst es mir ruhig sagen. Ich bin ganz Ohr.«

Ein kleines Feuer blitzte in ihren Augen auf, ein böses Feuer. Nicht gerade schön, aber immerhin war es die größte Gefühlsäußerung, die er seit ihrer Trennung bei ihr festgestellt hatte.

»Wie denn? Ich bin ein Wrack.«

»Es kann wieder werden wie früher. Dafür musst du die Zähne zusammenbeißen, du musst arbeiten, bis der Schweiß in Strömen fließt. Jacob und Jean geben dir gute Chancen, aber du musst es selbst wollen.«

»Nein, das klappt nicht. Vergiss es, Jason.«

»Warum gibst du dich auf? Das ist doch gar nicht deine Art! So kommen wir nicht weiter.«

Er war verantwortlich für sie. *Er* hatte seine Frau unglücklich gemacht, und ihre Wunden waren die Folge einer Kette von Ereignissen, die *er* in Gang gesetzt hatte, und jetzt beschimpfte er sie auch noch, verletzte sie tief in ihrem Innern.

Würde sie ihm das je verzeihen, *wenn* sie überhaupt gesund werden sollte?

Kayla sagte nichts. Sie saß dort wie ein Häufchen Elend.

Ihm fiel nichts mehr ein.

Früh am Morgen, einen Tag nachdem er Kayla deutlich zu verstehen gegeben hatte, sie sei es nicht wert, dass man für sie kämpfe, bekam er einen Anruf von Jean. Die Betreuerin seiner Frau – klein und schmächtig, aber mit mexikanischem Temperament, sodass man sich besser nicht anlegte mit ihr – sagte, Kayla hätte eine schlechte Nacht hinter sich.

Jason informierte Brian Anderson, dass er dringend wegmüsse, und raste zum *Thurber Institute.* Wie sich herausstellte, hatte Jean nicht übertrieben. Kayla hatte ein Bild zerstört, eine Vase an die Wand geschmissen, und der Spiegel, der über ihrem Waschbecken gehangen hatte, lag in tausend Splittern auf dem Fußboden. Zwei kräftige Burschen vom Nachtdienst hatten Mühe gehabt, sie in eine Zwangsjacke zu stecken. Jean sagte ihm das alles ganz ruhig, was sehr ungwöhnlich war für sie.

Er fragte, wie eine Frau im Rollstuhl im Stande sein könne, eine derartige Verwüstung anzurichten. Jean sagte, wenn sie das geschafft hätte, dann sei die Therapie ein Kinderspiel für sie.

Offensichtlich hatte Kayla Evans noch jede Menge Mumm in den Knochen. Nach dem nächtlichen Randalieren war sie mit ihren Kräften am Ende, und inzwischen saß sie wieder ohne Zwangsjacke in ihren Rollstuhl. Scheu schaute sie nach links und rechts. Sie war immer noch nicht zur Ruhe gekommen. Als er seine Hand auf ihre legte, begann sie zu reden, wie ein Wasserfall.

Wütend war sie in der Nacht geworden. Auf Doug Shatz, der sie um ein Haar ermordet hätte, und auf den Mann im Hintergrund, der die Fäden gezogen hatte: Mitch Chawkins. Und noch viel wütender war sie auf Jason gewesen. Nicht nur wegen gestern. Wegen allem, denn seit den Polaroidfotos war ihr ganzes Leben aus den Fugen geraten. Und sie war wütend auf Ralph, weil der gestorben war. Weil er sie im Stich gelassen hatte.

Alle Welt hatte ihr übel mitgespielt, und deshalb war sie ausgerastet.

»Das sieht man«, bemerkte er, während sein Blick durchs Zimmer wanderte.

Direkt nach ihrem Wutanfall verkündete sie, sie sei bereit. Bereit, mit der Therapie zu beginnen. Zu seiner Überraschung zeigten die nächsten Tage, dass es ihr ernst war damit. Befreit von ihrer Lethargie, arbeitete sie bei den Übungen zum Muskelaufbau engagiert mit. Offensichtlich hatte sie dieses Ventil gebraucht. Der Überfall von Doug, der Stress der letzten Wochen, die innere Anspannung, seit Ralph Grainger ihr entrissen worden war ... Jahrelang hatte sie alles immer nur geschluckt, und jetzt war es in einer gewaltigen Eruption aus ihr hervorgebrochen.

Er war Zeuge, wie ihre Beinmuskulatur immer kräftiger wurde, Stück für Stück. Nach vierzehn Tagen wurde der Rollstuhl durch Krücken ersetzt, und nicht mal eine Woche später wurde ihr gesagt, sie dürfe bald nach Hause. Jason bekam seine Frau zurück.

Am 27. September wurde sie aus der Rehaklinik entlassen. Er fuhr mit ihr nach Fernhill und öffnete die Tür von Canyonview für sie. Zögernd trat sie ein, als wäre es die erste Besichtigung eines Hauses, in das sie vielleicht einziehen würde. Er nahm sie in die Arme und sagte: »Willkommen zu Hause!«

Schnell stellte sich der Alltag wieder ein. Leute kamen zu Besuch, die ihr zu ihrer Genesung gratulierten. Verwandte, Freunde und Freundinnen, alle machten ihr Mut.

Nach diesem 27. September schloss Kayla Frieden mit sich selbst. Eine Ruhe und Ausgeglichenheit, die sie vorher nicht gekannt hatte, legte sich über ihr Leben.

Vielleicht lag es auch daran, dass sie endlich Abschied nehmen konnte von Ralph. Vielleicht war es nur Einbildung, aber sie hatte das Gefühl, er hätte ihr aus dem Jenseits eine Botschaft zugeflüstert. Diese Botschaft lautete, sie solle die

Vergangenheit akzeptieren. Die Dinge würden nun mal geschehen, wie es vorausbestimmt war. Manchmal brächten sie viel Kummer mit sich, doch das gehöre nun mal dazu, und es wäre sinnlos, wütend zu sein auf etwas, das weit hinter einem liege.

Ihre Gewissensbisse, sie hätte zu wenig getan, um Ralphs Tod zu verhindern, wurden dadurch gemildert. Für sie war es auch eine Antwort auf die Frage, ob sein frühes Sterben vorbestimmt war oder nicht. Noch immer war der Tod ein Mysterium für sie, doch sie akzeptierte es. Sie hatte dem Tod in die Augen geblickt, und sie hatte jetzt weniger Angst vor ihm.

Eine Episode hatte ihr Ende gefunden.

Was noch übrig blieb, hatte mit Jason zu tun.

In den letzten Septemberstunden sprach sie es an, als sie auf der Veranda saßen. Obwohl der Herbst an manchen Tagen schon leise anklopfte, herrschte an diesem Abend eine sanfte Sommerbrise. Unter einem klaren Sternenhimmel trank er ein Bier, sie ein Glas Wein.

»Was brennt dir auf der Seele?«

Jason trank einen Schluck.

»Wie meinst du das?«

Sie suchte seinen Blick.

»Wir sind noch nicht fertig«, sagte sie. »Wir stehen wieder ganz am Anfang, das ist klar. Aber zuerst müssen wir das Alte hinter uns bringen. Das hast du noch nicht getan.«

Er zuckte mit den Achseln.

»Du weißt, was ich mitgemacht habe. Es ist doch kein Wunder, dass mich das ziemlich geschafft hat.«

Sie hatte die ganze Geschichte gehört, während sie noch auf

der Intensivstation gelegen hatte, allerdings erst, nachdem das Schlimmste überstanden war.

Jason hatte erfahren, dass er einen Zwillingsbruder gehabt hatte. Dieser Bruder, Mitch, hatte sie und ihn töten wollen, mithilfe von Doug Shatz. Gemeinsam hatten die beiden Jason zum Saint James Cemetery in Mount Peytha City gebracht, wo Mitch Jason in seinem eigenen Grab begraben wollte. Und vorher hätte der wahnsinnige Mitch ihren Mann beinahe angezündet. Jason war es im letzten Moment gelungen, sich zu befreien. Er hatte Doug mit der Spitzhacke getötet und anschließend mit Mitch gekämpft, wobei dieser mit der Fackel ins Grab gestürzt war. Mitch war einen grauenvollen Feuertod gestorben.

Die Polizei hatte Jason mehrere Tage lang festgehalten. Er war stundenlang verhört worden. Aber schon bald wurden Beweismittel gegen Mitch und Doug gefunden. Dougs Messer mit ihren Blutspuren tauchte als Erstes auf. In Canyonview wurde eine versteckte Abhöranlage gefunden. Und in Mitchs Wohnung stießen Polizisten auf verschiedene Tonbänder, auf denen Kayla und Jason zu hören waren. Die kriminaltechnische Abteilung konnte zweifelsfrei feststellen, dass die makabren Polaroidfotos auf Mitchs Computer gemacht worden waren.

Hinzu kam, dass Jasons Geschichte über seine Vergangenheit stimmte. Seine Mutter war nicht seine leibliche Mutter. Pete McGray war nicht sein Vater. Seine wirklichen Eltern waren in einem brennenden Autowrack ums Leben gekommen, offiziell zusammen mit ihm. Er hatte ein Grab. Er war Mike Chawkins, und sein Name stand auf dem Grabstein. Mitch hatte Rache nehmen wollen für das Leben, das ihm vorenthalten worden war.

Jason wurde nicht länger des Mordes oder der Beihilfe zum Mord verdächtigt. Er hatte in Notwehr gehandelt. Und er wurde wieder auf freien Fuß gesetzt. Direkt danach bekam er Besuch von einem älteren Mann, der sich als Sam Chawkins vorstellte. Es war der Bruder seines Vaters Robert. Sam war also sein Onkel. Die Familie hatte Sam gebeten, Kontakt mit ihrem für tot erklärten Neffen aufzunehmen. Jason hatte mit ihm gesprochen und gesagt, er wäre noch nicht in der Lage, näher in Kontakt zu treten zu Menschen, die ja fremd für ihn wären. Sam hatte Verständnis dafür. Er überließ es Jason, später vielleicht doch noch auf sie zuzukommen.

Jasons Leben war auf den Kopf gestellt worden. Das konnte einen aus der Bahn werfen, und dafür hatte Kayla Verständnis. Doch sie zielte auf etwas anderes ab.

»Worüber grübelst du denn jetzt noch nach?«, fragte sie.

Er sah hoch zu den Sternen. »Der Polizei gegenüber habe ich erklärt, ich hätte mich selbst von den Fesseln befreit. Erst vom Strick an den Handgelenken, dann von dem an den Fußgelenken. Deshalb wären auch die Fingernägel abgebrochen. Aber ich hatte auch eine Vision, die merkwürdigste, die ich bisher hatte …«

Er erzählte Kayla, wie Donna, seine Mutter, ihm erschienen war. Und dass es wieder das Jahr 1977 gewesen war. Und dass er für kurze Zeit wahrhaftig Mikey gewesen war.

Wieder etwas, das sie nicht begreifen konnte. Aber sie ärgerte sich nicht darüber, nicht mehr.

»Dann hat die Liebe dich gerettet«, sagte sie schließlich. »Donnas Liebe.«

Er lächelte. »Ja, und dabei sollten wir es belassen.«

»Wir können nicht alles verstehen«, sagte sie.

»Nein«, sagte er und nickte. »Manchmal passieren Dinge,

die man so nehmen muss, wie sie kommen. Manchmal muss man einfach weitergehen.«

Er beugte sich zu ihr hinüber und küsste sie. »Ich liebe dich.«

»Was für ein Zufall. Ich liebe dich auch.«

34

Illusionen

Fünfzehn Monate später. Ein schneidender Wind drang durch seine Kleidung, als er ausstieg und Kayla half, Robert aus dem Babysitz seines LaCrosse zu nehmen. Der warm eingepackte Kleine, acht Wochen jung, heulte, als würde ihm schreckliches Unrecht angetan.

»Ach, herrjemine! Ist es so schlimm?«, fragte Kayla und drückte ihr Söhnchen fest an sich. »Komm schnell rein, drinnen bei Opa ist es viel angenehmer als hier draußen.«

Edward öffnete die Tür, und sie gingen ins Haus. Edward strahlte übers ganze Gesicht, als er einen Enkel sah. Jason schloss die Türen des Buick und folgte seiner Familie.

»Fröhliche Weihnachten, Pa!«, sagte Kayla.

Edward küsste seine Schwiegertochter. »Die wünsche ich dir auch, und dir natürlich auch, Jason! Und nicht zu vergessen dir, Robert! Dein erstes Weihnachtsfest.«

»Hallo Pa, fröhliche Weihnachten auch von mir!«, sagte Jason und drückte Edward die Hand.

»Kommt rein!«, forderte Edward sie ungeduldig auf.

Roberts Großvater hatte das Haus geschmückt und sich dieses Jahr ganz besonders ins Zeug gelegt. Seit Wochen schon hatte er sich auf dieses Weihnachtsfest zu viert gefreut. Der offene Kamin brannte, die Flammen knisterten, und Jason hatte nichts dagegen einzuwenden.

Robert hörte auf zu heulen. Jason warf einen Blick auf die vielen Geschenke unterm Weihnachtsbaum. Noch ein Beweis, dass Edward keine Mühen gescheut hatte. Auf dem Kaminsims, neben dem Baum, an der vertrauten Stelle, stand das Porträt von Donna. Lächelnd schaute sie auf die vier Menschen in diesem Raum. Donnas Lächeln sollte ewig dauern.

Jason stand auf und schaute sich um. Auf dem Geschirrschrank neben dem Esstisch standen noch mehr eingerahmte Fotos. Sein Blick fiel auf das Bild von Chris Campbell. Fröhlich sah er aus, der Mann mit dem grauen Bart, der einem Weihnachtsmann ohne Kostüm so sehr ähnelte. Jason sah sich das Foto genau an. Chris schien ihm kurz zuzuzwinkern.

Ein Lächeln glitt über Jasons Gesicht.

»Dir auch fröhliche Weihnachten!«, flüsterte er. »Wo immer du auch sein magst. Ich hoffe, dass du sie wiedergefunden hast. Eigentlich bin ich mir sicher. Ihr seid bestimmt wieder zusammen, nicht wahr? Ich denke an euch.«

»Was machst du da, Jason?«, fragte Kayla.

»Ich denke nach.«

»Dann komm mal her und denk hier weiter. Dein Sohn braucht die Flasche. Ich helfe deinem Vater inzwischen, den Tisch zu decken. Du darfst auch mal was Nützliches tun.«

»Euer Wunsch ist mir Befehl, Euer Gnaden.«

»So übertrieben muss es ja nun auch nicht sein.«

Er ging zu ihr und nahm ihr Robert ab. »Und, hast du Lust auf ein Fläschchen, du kleiner Schlawiner?«

Das Baby lachte. Großvater Edward lachte begeistert mit mit.

Jason lächelte breit. Manches in seinem Leben hatte sich als Illusion erwiesen. Aber manchmal gab es keinen Unterschied zwischen Illusion und Wahrheit. Eine andere Erklärung gab es nicht. Das Leben ging trotzdem weiter.

Vielleicht würde er sich eines Tages mit seiner echten Familie treffen, mit Sam Chawkins und seinen anderen Blutsverwandten.

Wer weiß? Irgendwann. Wenn die Zeit reif war.

Er hatte Kayla und Robert.

Und Mikey, den Schatten, der ihn immer begleiten würde.

Das war sein Leben. Es war ein reiches Leben, und das war genug.

Mehr als genug, um glücklich zu sein.

Bis dass der Tod euch scheidet. Ohne Probleme. Ohne Aufsehen. Ohne Spuren.

Greg Iles
LEISES GIFT
Thriller
608 Seiten
ISBN 978-3-404-15967-3

Dr. Chris Shepard hat die junge Frau, die in seine Arztpraxis kommt, nie zuvor gesehen. Alex Morse ist Agentin des FBI. Sie ist auf der Spur eines Scheidungsanwalts, der seinen Klienten einen ganz besonderen Dienst bietet: Ihre Ehepartner sterben auf unerklärliche Weise. Nun hat Dr. Shepards Frau diesen Anwalt aufgesucht. Ohne dass ihr Mann es weiß.

»Bevor man es merkt, hat man die letzte Seite erreicht und ist völlig außer Atem – was für ein Höllenritt.« *Booklist*

Bastei Lübbe Taschenbuch

»Sehr intensiv, sehr traurig, sehr eisig.«

NORDIS

Arnaldur Indriðason
FROSTNACHT
Island-Krimi
400 Seiten
ISBN 978-3-404-15980-2

In Reykjavík wird an einem frostigen Wintertag die Leiche eines Kindes entdeckt. Die Kriminalbeamten sind schockiert: Der dunkelhäutige Junge liegt im eigenen Blut festgefroren, offenbar brutal niedergestochen. Wie konnte es zu so einer grausamen Tat kommen? Erlendur, Sigurður Óli und Elinborg nehmen die Ermittlungen auf und konzentrieren sich zunächst auf das direkte Umfeld des Kindes: die Lehrer, die Mitschüler, die Angehörigen. Je mehr die Beamten in Erfahrung bringen, desto tragischer erscheint der Tod des kleinen Jungen ...

Kommissar Erlendur ermittelt in seinem siebten Fall.

Bastei Lübbe Taschenbuch